ハヤカワ・ミステリ文庫
〈HM㉔⑧-1〉

フェニモア先生、墓を掘る

ロビン・ハサウェイ
坂口玲子訳

早川書房
4758

THE DOCTOR DIGS A GRAVE

by

Robin Hathaway

Translated by
Reiko Sakaguchi
First published 2001 in Japan by
HAYAKAWA PUBLISHING, INC.
This book is published in Japan by
arrangement with
ST. MARTIN'S PRESS, LLC.
through THE ENGLISH AGENCY (JAPAN) LTD.

心臓医でもあり、過去の記憶保持者でもある、わが夫に

謝辞

この本のために力を貸してくださった多くの方々には、どんなに感謝してもしきれないほどです。

ここに書かれている医学的な部分については、心臓医の夫ロバート・アラン・カイスマンが徹底的に協力してくれました。心から感謝を捧げたいと思います。また、人類学教授であり、シートン・ホール大学の考古学研究センターおよび博物館の所長であるハーバート・C・クラフト博士には、原稿に目をとおしていただいたうえ、レニ-ラナピ族についての膨大な知識を惜しみなくご教授いただきました。厚くお礼申しあげます。さらに、薬物に関して資料を整えてくださった、ニュージャージー、カムデンの〈アワ・レイディ・オブ・ローズ・メディカル・センター〉の司書フレッド・ケイフス氏、ありがとうございました。

そしてそのほかのすべての人たち――家族、友人、ミステリ作家とその読者たち、編集者とエージェントの方々――みなさんのお蔭でこの本が世に出ることができたことをどんなに私が感謝しているか、一人一人に直接お礼申しあげたい気持ちです。

インディアンの埋葬

すべての学者たちのご高説にもかかわらず
わたしは昔ながらのわたしの意見を捨てていない
われわれが死者に与える姿勢は
魂の永遠の眠りを意味しているのだと

だがこの土地の先人たちはそうではない——
インディアンは命が解き放たれた瞬間から
ふたたび友人とともに席につき
ふたたびともに宴を楽しむのだ

心に描かれた小鳥たち、彩られた小鉢
そして鹿肉はこの先の旅へのそなえ
それらは魂の真髄を物語る
けっして休むことを知らぬ行動力を

すぐにも使えるようにしなった弓と
石のやじりのついた矢は
人生がすぎてしまっても古い考えは
消え去ってはいないと語りかける

この道を訪れる見知らぬ人よ
死者を欺く愚を犯してはいけない
盛りあがった芝生をとくと見ていうがいい
彼らは横たわってはいない、ここに座っているのだと……

フィリップ・フレノー

フェニモア先生、墓を掘る

登場人物

アンドルー・フェニモア………心臓医兼私立探偵
ホレイショ………………………ヒスパニック系の少年。フェニモアの診療所のアシスタント
ドイル夫人………………………同診療所の看護婦兼秘書
ジェニファー・ニコルスン……書店アシスタント。フェニモアの恋人
ダン・ラファティ………………殺人課刑事。フェニモアの旧友
ネッド・ハードウィック………外科医
ポリー……………………………名家の令嬢。ネッドの妻
テッド……………………………ネッドとポリーの一人息子。大学の専任講師
スウィート・グラス……………米先住民の末裔。テッドの婚約者
ロアリング・ウイングズ………スウィート・グラスの兄
ドリス……………………………スウィート・グラスのルームメイト
マイラ・ヘンダースン…………判事の未亡人
アップルソーン…………………研究医

1

十月二十九日　土曜日、午後四時四十五分

運転席の男は細心の注意をはらってそろそろと路地にヴァンを進め（両側の隙間は二インチもなかった）、郊外の裏庭ほどの広さの陰気な空き地に入っていった。まだ陽はあるのに、高いビル——銀行やアパートメントやホテルや駐車塔——の裏側に囲まれて、空き地は薄暗かった。

男は、道路を通りかかった人間から空き地が見わたせないように、ヴァンをきれいにUターンさせて路地への出口をふさいだ。それから地面に跳びおり、ヴァンのうしろにまわって両開きのドアをあけた。中からシャベルを取りだし、車から何ヤードか離れた場所を選んで掘りはじめた。ときどき手を休めては、袖で額の汗をぬぐった。十月にし

ては暖かく、地面はかちかちに固まっていた。一時間近くかかって、やっと縦四フィート、横二フィート、深さ五フィートほどの穴が掘れた。

男は満足してシャベルをヴァンの後部に放りこみ、ジーンズに両手をこすりつけた。四つのビルにとり囲まれた長方形の空はまだ明るい。仕事を続けるには明るすぎる。近くの〈マクドナルド〉からハンバーガーのにおいがただよってきた。彼は空腹だった。ヴァンの後部に跳びあがり、防水シートの隅を持ちあげた。盛りあがったものにかぶせてある防水シートは、いま掘ったばかりの穴を覆うにはやや小さかった。彼はシートの下をちらっと見て、すぐ手を放した。

後部ドアをばたんと閉め、前にまわった。エンジンのかかる音が空き地に響きわたった。彼はヴァンをそっと穴の上までバックさせ、そこで停めた。もう一度ヴァンをまわりこんでドアがロックされているのをたしかめてから、路地へと足を踏みだした。ほんのしばらくこのままにしておいてもかまうまい、ハンバーガーをひとかじりするあいだだけ。もどってくるころには夕闇が迫って、仕事を終えるのにちょうどいい暗さになるだろう。

2

土曜日、午後五時

医師アンドルー・フェニモアは、新鮮な空気を吸いに病院の裏口から外に出た。フィラデルフィアの大気汚染もかなりなものだが、それでもまだ医師専用のラウンジよりは外の空気のほうが新鮮だ。十月にしては穏やかな日和、いわゆるインディアン・サマー。彼はスーツの上着を脱ぎ、医師用の駐車場にむかった。自分の車に近づいたとき、その少年が目にとまった。十二歳にしては背が高いのか、十六歳にしては背が低いのか、黒い野球帽——ひさしはうしろむき——をかぶり、うつむいて車のあいだを小走りに歩いている。少年が二列の車のあいだを横切ったとき、彼が袋を持っているのが見えた。バンパーやフェンダーにぶつけかねないほど無造作に振りまわしたりはせず、宝石をちりばめた王冠でも入っているように大事にそっと抱えている（いや、むしろ、近所の宝石屋から奪った盗品、というほうが妥当かな。なぜそう思う、フェニモア？　少年の皮膚が黒いから？　あの子は母親に食料品を買って帰るところかもしれないじゃないか）。

少年は駐車場のすみに一本ぽつんと立っているスズカケノキのそばで立ちどまった。駐車場にするためにここの地面がならされたとき、残されたこの木のまわりだけが円盤状に舗装をまぬがれていたのである。少年は前屈みになって、何だかよくわからない道具で地面をひっかきはじめた。駐車場の管理人がガラス張りのボックスの内側を激しくコツコツとたたいた。少年はふくれっ面で通りへ駆けだしていった。

フェニモアは後部ドアを開けて座席に上着を放りこみ、ドアを閉めると駐車場からぶらぶらと外に出た。とくにどこへ行くというあてもないまま、ウォルナット・ストリートを河にむかって東に歩く。六時の心臓部会の会議まであと一時間ある。会議をはじめるには妙な時間だ。〈ニース・ヒルトン〉での補習授業（といえるかどうか）に精をだしていた部長が、リヴィエラでの滞在を終えて帰国したばかりなので、この時間になった。それでもフェニモアはまったくかまわなかった。彼の予定表はいつもがらあきだからだが、もっと社交熱心な医者にとっては（彼らの妻はいうにおよばず）、さぞ迷惑なことだろう。

通りには、時折り見かける物乞いや、〈自由の鐘〉（独立宣言のとき鳴らしたもの）や〈ベッツィ・ロス（国旗のデザインを考えたといわれる婦人）の家〉を見物したあと、はぐれてホテルに帰る観光客の姿があるだけ。この街の標準的な土曜日の風景だった。

七丁目で信号待ちをしているとき、またさっきの少年が目にとまった。少年が公園の入口に立ちどまってあたりを見まわしたので、フェニモアは彼をじっくり眺めることができた。濃い紅茶色の顔に、もっと黒ずんだ茶色に縁取られた瞳。おそらく、ヒスパニック系だろう。けんかっぱやそうだが同時に不安げな表情も見てとれる。フェニモアは有名なロックスターの公演——半年も前のだが——を告げるぼろぼろのポスターの列に目を凝らした。

視野のすみに、少年がワシントン・スクエアへと曲がるのをとらえる。彼はもう小走りをやめ、足を引きずっていた。両側のベンチにはホームレスの男女がたむろしている。フェニモアはたたずみ、独立戦争ののちここに眠る無名戦士を偲んで建てられた記念碑〈永久の炎〉をながめた。目をあげると、少年の姿は消えていた。意外なことに、腹がたった。自分で思っていた以上に、あの少年に好奇心をそそられていたのだ。そもそも、あの袋にはいったい何が入っているのだろう？　ベンチの並ぶ小道をぶらぶらしていると、少し先のアザレアの茂みの陰から、少年の頭がひょっこり出てきた。見えなくなったと思ったらまた出てくる、そんなことが何度かくりかえされた。彼の頭が出るたびに、小道に土埃がまいあがる。べつの方向から、きっちり灰色の制服を着た背の高い男が、茂みにむかって大股に歩いてくる。フェニモアはそばのベンチに腰をおろして成り行きを見守った。

公園の警備員は少年に詰めよると、掘っていた道具——錆びたおもちゃのシャベルだった——をとりあげ、袋に手をのばした。少年はそれを振り払おうとする。

フェニモアは割ってはいった。「どうしたんです、守衛さん」

守衛はフェニモアをふりむいた。「見てくださいよ、これを!」アザレアの植えこみのそばのスープ鉢ほどの穴を顎でしゃくった。「こういう不心得者のせいで、年に何千ドルという損害だ」守衛は少年をゆさぶった。「こんなやつは牢にぶちこむべきなんだ」少年はすくみあがった。「だが最近じゃ、それはできないしな」

「守衛さんには、もっと重大な犯罪を取り締まる仕事があるでしょう。この子はぼくにまかせてもらえませんか」

少年も警備員も、フェニモアに疑惑の目をむけた。フェニモアは彼らの目から自分をながめてみた。なりはまともだが、公園をうろついて十代の少年をひっかける小柄な男。彼はあわてて財布を取りだし、守衛だけでなく少年の信頼も得られればと期待しつつ名刺を渡した。

「ははあ、医者ですか。先生がこいつに何ができるのかわからないがね、精神科でもないかぎり」彼は嫌味な目つきで少年を見たが、Tシャツからは手を放した。「まあいい。だが、この穴は埋めろよ」彼は少年にシャベルを放り投げた。「それから、二度とここらをうろつくな」そしてもっと緊急の仕事——近くのベンチのホームレスへの嫌がらせ

——のために、二人のそばを立ち去った。

少年は土を蹴りこんで穴を埋めると、いちはやく逃げだそうと袋をつかんだ。

「待ちなさい」フェニモアは彼を止めた。「そこに何が入ってるんだい？」

少年は袋をさっとうしろに隠した。

「心配するなよ、取りゃしないから。きみに手を貸したいんだ」

何かが——フェニモアの言葉か口調かが——少年の心に届いたらしい。「おれの猫だ」彼は涙声になった。「今朝、車にひかれたんだ。埋めてやりたい。でもこの街じゃ、なんにも埋められやしない。セメントやレンガやアスファルトばっかりだし、駐車場はサツだらけだし」彼は顔をそむけた。

フェニモアは、すすりあげるのがやむのを待ってからいった。「いい場所がある」

少年は袖口でぐいと鼻をふくと、彼に目を合わせた。

「おいで」フェニモアは先にたって公園を出た。少年はついてくる——車一台分ほどあいだをあけて。

土曜日だからウォルナット・ストリートには二人の邪魔になる勤め人は一人もいないし、買い物客もほとんどいなかった。少年はフェニモアの後から歩いてくる。縦にならんで。ついてきているのをたしかめるために、フェニモアは一度だけふりかえった。それからブロード・ストリート十三丁目の、二つのビルにはさまれた狭い路地の入口で立ちどまった。むかし荷馬車道だったところだ。片側のビルの石壁に〈ワッツ・ストリート〉と深く刻まれた文字は、ものごとがより永続的だった時代をしのばせる。彼は曲がった。少年はついてくる。路地の奥はちょっとした空き地になっている——三方をビルに囲まれた固い地面。ここにいるのは二羽の鳩だけ、それにグレーのヴァンが一台。鳩はバタバタと飛び去り、フェニモアはヴァンのナンバーに目をとめた。SAL123。このナンバーは忘れそうもない。飼っている猫の名前がサール《SAL》で、彼女は三匹以上仔を産んだことがないからだ。

「ここはペンシルヴァニア植民地を拓いたウィリアム・ペンが、三百年以上昔に定めた墓地なんだよ、インディアンの……というか……アメリカ先住民のためにね」フェニモアは説明した。「だから、ここに建物をたてることや地面を舗装することは今でも禁じられている。ここには駐車してもいけない。ラナピ族は墓に印を残さない種族だが、歴史上のなんらかの目印があるはずなんだ」彼はこのことを近々歴史協会に報告しようと、頭に刻みこんだ。だがこれからやろうとしていることのためには、この場所はだれからも知られていないほうがいい。歴史上の秘密。「ここのことを知っている者は少ない」フェニモアは少年にいった。「ラナピ族と、ぼくみたいな少数の歴史マニア以外にはね」

少年は下を見た。地面はなめらかで黒くて固い。だがアスファルトではなかった。足とタイヤで踏みかためられたほんものの土だ。彼は小さなシャベルで表面を試してみた。えぐれる。彼は目をあげた。

「それよりマシな道具が必要だな」フェニモアは腕時計に目をやった。五時四十五分。例のくだらない会議の時間が迫っている。「いいことがある。八時にまたここにおいで。ぼくが大きいシャベルを持ってくるから」

少年の目はまだ警戒してきょろきょろ動いた。

「それより、ぼくのオフィスに来てもらうほうがいいか」フェニモアは彼の手に名刺を押しつけた。

少年はそれに目を走らせた。

「スプルース一五五五」

そしてうなずいて歩きだした。

「おい」フェニモアは呼び止めた。「きみの名前は?」

少年はためらった。「ホレイショ」それから急いでつけ加えた。「母さんはレイって呼んでる。友達はラットと呼ぶけど」

ホレイショか。フェニモアはその響きを味わった。何を期待していたにせよ、自分の少年時代のヒーローの一人がここに登場するとは思ってもいなかった——ホレイショ・ネルソン、イギリス艦隊の偉大な司令官だ。「どうしてそんな名前になったんだい?」

少年は肩をすくめた。「おれ、六番目の子供なんだ。聖人の名前が種切れになったんで、母さんがテレビで見たやつをおれにくっつけた。昔の映画を見てたらしい。母さんは悲しい映画が好きでさ」

《美女ありき》か、とフェニモアは思った。ヴィヴィアン・リーが愛人のレディ・ハミルトンを、ローレンス・オリヴィエがネルソン提督を演じていた。たしかに悲しい物語だ。「ホレイショとよんでもかまわないかな？」

少年はかまわなくない、という顔をした。

「ぼくのヒーローなんだよ、ホレイショって人物は」フェニモアは説明した。「あっというまにフランス人をやっつけた提督だからね。艦隊を二手に分けてね。しかし、戦争には勝ったが彼は命を落とした。その前に片腕と片目も失った」

少年は出口に目をやりながら、足踏みをした。

「じゃあ八時にな」フェニモアは、彼が大事そうに袋を小脇に抱えて路地に出ていくのを見送った。

3

土曜日の晩、午後六時三十分

ヴァンにもどる途中で、男は紙容器に残ったフレンチフライをつまんだ。最後の一個を口に放りこんでから、赤と黄色の箱を地面に捨てた。ヴァンのエンジンをかけて二、三ヤード前に進め、外に出て穴をチェックする。穴はまだちゃんとあった。後部ドアのロックをはずし、中に入った。そして伝統的な消防士のやりかたで、ほっそりした女の死体をかついであらわれた。おりる前にすばやく空き地を見まわす。空き地には人っ子一人なく、路地の先のかすかな車の音をのぞけば、ひっそりと静まりかえっている。

彼は前屈みになって、ゆっくりと死体を穴にすべり落とした。そっとやったにもかかわらず、頭や腕や脚が人形のようにゆらゆら揺れた。片手で死体の上半身を起こして座らせる。それから両手でうしろにひっぱって穴の縁に背中をもたせかける。上体は真っ直ぐになったが、どうしても首がかたほうにかしいでしまう。悪態をつきながら、死体の膝に土くれを投げこもうと彼はシャベルを手にとった。その手をとめたので、シャベルが宙に浮いた。シャベルを放りだすと、彼はヴァンにもどった。またあらわれた彼は片手にちいさなキャンヴァス地の袋をにぎっていた。それを乱暴に死体のわきに落とすと、穴を埋めはじめた。

かさこそ、とひそやかな音。彼はさっとふりかえった。

一羽の鳩が薄暗がりからこっちへ歩いてくる。鳩にシャベルを振りあげて脅し、作業にもどった。埋め終わると、長方形の地面はチューリップやスイセンの球根が植えられるのを待っている花壇のようにみえた。

男が路地から通りにヴァンを出したとき、行き交う車がみんなヘッドライトをつけているのに気がついた。思ったより作業が長びいたのだ。値段を吊りあげるべきかもしれない。

4

土曜日の晩、午後七時三十分

「プラサス！」フェニモアは、心臓部会の会議が終わったとたんに部屋から外へ飛びだした。〝プラサ〟というのはチェコ語で〝ブタ〟のこと。フェニモアの母親がチェコ人なので、幼いころから『三匹の子ブタ《プラサス》』の話はよく聞かされていた。彼は病院理事長の幅の広い背中をながめながら、英語よりチェコ語のほうがパンチ力があるな、と思った。

この医学界の権威の象徴ともいうべき存在は、医師たちの診察室を病院の一部に付属させればいかに〝管理収益〟が増えるかという高説を、医師たちに垂れたばかりだった。彼の三人の気弱な経営管理学士《MBA》の副理事たちは、いっせいにうなずいていた。

フェニモアはこれ以上理事会の面々と顔を合わせるのは避けたいと、病院の廊下を急いだ。〝現金資金〟だの〝マーケット・シェア〟だのと話しかけてこないともかぎらない。ハゲタカめ！　ハイエナめ！　動物王国の芳しくないメンバーをそれ以上思いつけないでいるうちに、廊下のむこうから声をかけられた。

「往診に出てたのかい、フェニモア?」高価な仕立てのスーツとグッチの靴で身をかためた心臓医の一人が、軽蔑を隠そうともせずに、フェニモアのくしゃくしゃの上着と折り目の消えたズボンに視線をむけた。

「そうなんだ、トンプスン。食うためにはね」

「自分の患者と知りあえるのはいいことなんだろうね」トンプスンは彼に歩調をあわせながらいった。「ぼくの患者は出入りが激しくて」

そうだろうさ、きみには患者の苦情を聞く時間があったためしはないんだから、フェニモアはそういいたかったが、我慢した。

彼を怒らせるのに失敗したトンプスンは、手を振って離れていった。

スカッシュテニスのコートにむかったにちがいない。老齢者医療保証法《メディケア・ロー》が一九六五年にはじめて議会を通過したときのことを、フェニモアは思い出した。当時彼はまだ子供で、十歳くらいだった。その晩、父の友人で、引退したばかりの年配の医者が夕食にやってきて、二人で新しい法律のことを話しあっていた。議論するうちにしだいに激昂してきたその老医師は、最後にこうしめくくった。「わたしは部外者になったことを喜んでるよ、フェニモア。憶えておきたまえ、二十年後にはこの職業はわけのわからんものになるぞ」そして彼はテーブルに身を乗り出し、フェニモアの父親にデザートスプーンをつけたのだった。「医学も商売になるのさ、ほかの商売と同じ」

あれから三十年、その言葉が何度彼の頭をよぎったことだろう。老医師はとっくに死んでいる。父も死んだ。そして彼はいま、この〝商売〟で生計をたてようとしているのである。

顔を合わせたくない同僚がもう一人目にとまったので、フェニモアはメールルームに飛びこんだ。毎度のことだが、彼の郵便受けはさまざまな会議の知らせであふれていた。それをすっかりゴミ箱に放りこんだ。病院のスタッフでいるために出ざるをえない会議にしか、出席しないことにしている。彼には大病院のスタッフである必要があった。わずかな数ではあっても、自分の患者が入院しなければならなくなった場合の受入先を、確保するためだ。わずかな数、というのは彼が単独で開業しているからで、同僚たちはみんなグループでやっている。昨今は競争が熾烈だし、グループ診療所の医者は互いに患者をまわしあうから、一人で開業するのはなかなか厳しい状況なのである。

また不愉快な相手にぶつからぬようエレベーターを避け、裏にまわって階段をおりた。もうちょっとこのまま頑張ってみるつもりだ。だが、患者の数が減っていることは認めないわけにいかない。彼が父親から受け継いだ高齢の患者たちはほとんど亡くなっているし、彼らの子供たちは保険維持機構《HMO》に加入しがちだ。それも無理はない。ラジオやテレビで宣伝されて、契約してしまう。彼は飼い猫のサールと協定を結んでいた。猫の食費が払えなくなるまでは個人開業を続ける。そうならないかぎりは、絶対に身売りしない、と。みずからも独立心旺盛な彼女は、それに異議はとなえなかった。

彼は紳士用洗面所にむかいながら、医者とはべつのささやかな仕事、いわば副業に感謝した。この私立探偵という仕事がなかったら、正気を保っていられるかどうか――あるいは支払い能力を保てたかどうか、疑わしい。大きなレンガ建てのビルも、ピカピカの医療器具も、患者たちを喜ばせるためのチームも必要ない。書きこまなければならない書類はわずかしかないし、患者の再調査委員会も政府の査察もない。一対一の関係があるだけ。彼が答えなければならない相手は患者――それから自分だけである。

手を洗いながら、彼はふと鏡を見てしまった。これもいつもはなるべく避けようとする行為なのに。やれやれ、なんて顔だ。ジェニファーは彼のどこに魅力を感じているのだろうか？　女性がふつう惹かれるような要素を、彼は何ひとつもっていない。長身でもなければ肌が浅黒くもなく、それにどう考えてもハンサムではない。二人がすごくい い感じになっているときに、彼女が彼の〝深い茶色の目〞がどうとかと、ささやいたことがあった。即座に彼は雌牛のことを思いうかべてしまった。彼女が彼の手についていったこともあった。「あなた、外科医になればよかったのに」彼女は彼の指をなぞりながらいった。

「外科医の指を見たことあるの」彼はきいた。

　彼女は彼を見つめた。

「だいたいみんな、ずんぐりして荒っぽいよ」

「ふーん」彼女は彼の手に視線をもどした。「だったら、触ってほしくないわねえ」

「手術が必要になれば、触ってほしがるさ」

　彼女は笑った。「そのときは眠ってるから、かまわないけど」

「フェニモア！」

　彼は顔をむけた。隣の洗面台にいる背の高い若い男が、不審そうに彼をのぞきこんでいる。「三度も声をかけたんですよ」

「ごめん、ラリー」

「三四〇号室の患者さんをどう思います？　リスカさん。息子さんたちは当然、血管形成の手術を希望してるけど、なにしろご当人は八十六歳ですからねえ。薬でなんとか治療できないでしょうか」

　ラリー・フリーマンはフェニモアお気に入りのレジデントだ。万能のカネよりもまず患者のためを思う、数少ない医者の一人なのである。「ぼくも賛成だ。彼の冠動脈はそれほど悪くないし、心臓の働きもいいしね」フェニモアは両手に勢いよく石鹸をすりこんだ。

「簡単にはいかないでしょうねえ」ラリーは顔をしかめた。

「ああ、しかしまだ手術予定は決まっていないから、二人でがんばれば……」

ラリーはにっこりした。「やってくれるんですね」

フェニモアは丸めたタオルを籠に放りこみ、彼に続いて外に出た。病院の裏のドアを押し開けながら、彼はすでにもう、患者になるべく負担をかけない、従来どおりの治療をリスカに行なう作戦を練りはじめていた。ラリーと出会ったことは、爽やかな空気を吸いこんだようなもの。まだこういう仲間がいるんだ、と彼は思った。それにラリーは若い。いい兆候だ。医師の専用駐車場にむかって大股に歩きながら、彼は口笛を吹きはじめた。

5

同じ晩、午後八時

ホレイショは、フェニモアの診療所兼自宅である古いタウンハウスを見つけるのに苦労はしなかった。表の窓に黄ばんだ看板が出ていた。〈医師アンドルー・B・フェニモア〉の下に〈予約のみ〉とある。フェニモアの父親がここで開業して以来の表札だ。変える理由はなかった——名前も同じだから。三段の大理石の階段を一気に跳びあがると、少年はベルに体重をかけた。医者は待ちかまえていた。

さっそく二人は出発した——フェニモアはシャベルを、ホレイショは例の袋をもって。今度は二人で横に並んだ。歩きながら、フェニモアはつい歴史の講義をせずにはいられなかった。

「大昔、ここら一帯はね」彼は通り全体に腕を振った。「ただの森で、インディアンが少しいるだけだったんだ」

ホレイショはネオンの輝きと車の騒音のかわりに、暗い静かな森を想像しようとした。

「ヨーロッパから移民がやってくるまでは、彼らはここで狩をして幸せに暮らしていたんだよ。ところがなにもかも変わってしまった。移住者たちが妙なやりかたをはじめたからだ。彼らはみんなで土地を共有しようとはせず、細かく分けて囲いをし、銃で立ち入りを禁じた」彼は、少年が聞いているかどうか、ちらと横目をつかった。

ホレイショは前を見つめたままで、反応はない。だが、いくらか緊張と警戒をといたようにみえる。たぶん、アメリカの歴史を長々としゃべるじいさん（ティーンエイジャーにとって三十以上の男はみんな年寄りだ）が危害を加えることはないはずだ、と判断したのだろう。

「彼らは木を切り倒して、家や店や教会を建てた」フェニモアは続けた。「森の小道は、荷車や馬車の通る道路にした。アメリカの先住民を対等に扱った移住者も、少しはいたんだけどね。彼らの土地をただ取りあげるのではなく、商品と交換した人たちさ。いちばん有名なのが、ウィリアム・ペンだ」

「市庁舎のてっぺんにいるやつか？」

フェニモアはうなずいた。「彼は正直な男で、インディアンと条約を結んだ。その規定によれば——」

「キテイ？」

「特定のインディアンの墓地は神聖なものとして残すべきで、そこにだれも物を建ててはならない、と定めたのさ。ぼくらがこれから行くのもそのひとつだ」二人はブロード・ストリートで信号を待った。「この街がどんどんバカでかく成長する中で、なぜかあの狭い敷地は手つかずのままになっている」二人は通りをわたって路地へとやってきた。フェニモアが入っていこうとすると、ホレイショがしりごみした。

「どうしたんだ？」

「そこにさ……いまでもインディアンが埋められてるのかい？」

「ああ、でももうすっかり土になってるよ」

「でも、やつらの霊は……？」

「心配いらない」医者は笑顔になってシャベルを振りあげた。「それはぼくが引き受けるから」

夜は敷地が狭くみえる。くそっ。懐中電灯を忘れてしまった。彼は上を見あげて、頭上に空があることを自分に思い出させた。いくつかの、針で突いたほどの小さな星が、棺に閉じこめられたわけではないと証明してくれた。彼がシャベルで地面をひとかきすると、ガリガリと音がした。二人とも跳びあがった。

何十年にもわたって踏み固められた地面を掘るのは、容易ではなかった。たいした当てもなく、少しでもやわらかい場所はないかと、フェニモアはやみくもにシャベルでさぐった。思いがけなく、そこが見つかった。目が暗がりに慣れるにつれて、やわらかいのは午後来たときにヴァンが停まっていた場所だと気がついた。いま、ヴァンはいなくなっていて、さっきその下になっていた場所が掘り返されている。妙だ。彼は少年の視線を感じて掘りはじめた。五分ほどで、立派な穴が掘れた。猫にぴったりの大きさだ。あともう一かき。シャベルを入れると、何か弾力のあるものにぶつかったようにやや跳ね返された。彼は手を突っこんでさぐり、ぱっとひっこめた。手に触れたのは、どう考えても鎖骨ではないだろうか。

少年が近寄ってきた。「もういいかな？」

「いや、もうちょっと」フェニモアはシャベルを引きぬき、やわらかく掘り返された場所を二フィートほど左に移動してまた掘りはじめた。

「ねえ！　どうしてあそこじゃいけないんだ」

「岩にぶつかったんだ」フェニモアは必死に掘りながら嘘をついた。やっとさっきと同じくらいの穴が掘れると、彼は袋に手をのばした。

「おれがやるよ」ホレイショが袋をそっと穴におろした。

「さあ」フェニモアは少年にシャベルを渡した。

少年は丁寧にその上に土をかけた。穴が埋まると、フェニモアはいった。「なにかいいたいことは？」

ホレイショは首を振った。

「猫の名前は？」

「ダニー」

どうやらホレイショの母親は、猫の命名には参加しなかったようだ。「いい名前だ。ぼくの親友もダンなんだよ」その友達が警官であることはいわずにおいた。フェニモアはこの埋葬式に集中できないでいる自分に気がついていた。頭がどうしても最初の穴に引き戻されてしまうのだ。エリオットの〝ザ・ジェリコ・キャット〟を朗誦したかったが、考えなおした。そのかわりに、昔ながらの祈りを捧げた。「灰を灰に、塵を塵に返したまえ、アーメン」

少年は十字を切った。

フェニモアは先に立って路地を歩き、通りに出た。「ぼくも猫を飼ってるんだ。サールという雌猫でね。ひと月ほどで子供を産むから、寄ってくれれば一匹あげるよ」

ホレイショはうなずいて立ち去った。袋という荷物から解放され、身軽に通りを駆けだしていく。

フェニモアは少年の姿が見えなくなるのを待って、最寄りの電話ボックスにむかった。

「ダン？」

「なんだい、先生」

「今すぐ、ウォルナットとワッツの交差点までこられないか？」

「なんだって《ワット》？」

「そう、ワッツだ。フィデリティ銀行の裏だ」

「何があった《ワッツ・アップ》？」

「おもしろいよ。でも、これは重大な話なんだ」

「しかし、〈フィラデルフィア　フィリーズ〉が〈ブレーヴズ〉に勝ってるんだぜ。これこそ重大事だ」

ダン・ラファティが巨体をデスクに乗りだして、部署に唯一ゆるされた小型白黒テレビを食い入るように見つめている様子が、フェニモアには目に見えるようだった。

「悪いな、ダン。それから強力な懐中電灯を持ってきてくれ」友達が唸るのもかまわず、彼は電話を切った。

フェニモアは埋葬地にもどって待った。通りの騒音は遠くかすんでいる。ホテルの裏口から男が一人出てきてガチャガチャ音をたてながら容器にゴミを投げ入れ、また中にもどった。男が立ち去るとさらに静寂が深まった。パイプをもってくればよかった、とフェニモアは思った。パイプの先の赤い光、いやタバコの火でも、暗闇ではありがたい。目をあげると、銀行の上のほうの階の、明かりのついていた一列の窓がぱっと暗くなった。彼はポケットの中で鍵束をじゃらじゃらいわせた。多少は元気の出る音だ。最初の穴をもう一度調べてみたくてたまらなかった。だが懐中電灯はないし、シャベルもやわなのしかない。しかも、こういうことに関して、警察の手続きは非常に厳重だ。それにしても、ぼくのシャベルはどこにいったんだろう？　彼はまわりを見まわした。ホレイショを送りだす前に、たしか銀行の壁にたてかけたはずなのに。もうその場所にはなかった。ラファティへの電話は二、三分しかかからなかったはずだ。彼がちょっとこの場をはずしたすきに、だれかが持ち去るなんてことがありうるだろうか。敷地を見まわそうとふりむいた瞬間、彼は左のこめかみにシャベルの強烈な一撃をくらった。

「フェニモア……フェニモア……」

だれかが肩を揺すぶっている。まばゆい光が目の中を照らしている。頭に激痛が走る。彼は目を閉じた。

「起きろ。おれだ、ダンだ」

うめき。

「どうした？」

「その光をどけてくれよ」

光はそれた。彼は上半身を起こそうとした。また、うめきがもれた。

「無理するな。だれかに頭をガンとやられたんだ」

「診断をありがとうよ」フェニモアはそっと左のこめかみに手を触れた。指が濡れた。

「さわるな。いったい、こんなところで何をやってたんだ」ラファティはあたりを見まわした。「ハロウィーンのパーティでもやろうっていうのか」そこで彼ははっと思いあたった。「強盗に襲われる前に、どうしておれに電話してこられたんだ？」

「すごい早業だろう？」フェニモアはニヤリとしようとしたが、しかめ面になった。ズボンの尻ポケットをさぐってみた。財布はちゃんとある。朝、自動現金受払い機で引き出した現金でふくらんだままだ。彼はそれをラファティに見せた。

ラファティは、銀行の壁にもたれて座りこんでいるフェニモアの前にしゃがんだ。

「はじめから話してくれ」

襲ってくる痛みのあいだをぬって、フェニモアは少年と猫と墓の話をゆっくりと説明した。話を聞き終えると、ラファティは立ちあがってフェニモアが指さした地面へ歩み寄り、さっきフェニモアがしたように、やわらかい土に手を入れた。そして、フェニモアと同じように、ぱっと手をひっこめた。

6

同じ晩、午後九時三十分

「ここはインディアンの墓地だといったな？」ラファティはフェニモアと並んで銀行の壁にもたれ、殺人課の捜査班が到着するのを待っていた。いましがた、無線で指示を与えたばかりだ。

「そのとおり」フェニモアはいった。

ラファティはパトカーを呼んでフェニモアを病院に連れていかせようと申し出たのだが、フェニモアは断わった。これだけ痛い目にあったのだから、これからのおたのしみを見逃すなんてとんでもない。

「いまも彼らの霊に見張られているような気がするな」ラファティがいった。

「だれの？」

「インディアンのさ」あたりをながめながら、不安そうにそわそわした。「いっぱいひっかけてくりゃよかった」

「幽霊をこわがるやつが、どうしてフィラデルフィア警察のトップになれたんだろうね？」

「フィラデルフィアの問題は、幽霊じゃない」

「歌でも歌おうか？」フェニモアは少し気分がよくなっていた。

「たのむから、やめてくれ」

こういわれれば、やりたくなるのが人情だ。彼は《アイルランド娘がほほえむとき》を口ずさみはじめた。

「うるさいな。なんだっておまえは、ハロウィーンの二日前にわざわざ死体を掘りだしたりしたんだよ。明日の晩は、いたずら解禁だ。余計な任務につかなきゃならないし、それでなくても殺人課の仕事は多すぎるというのに」

「それでも〈フィリーズ〉の試合を見る暇はあったわけか」

「うるさい」

「語彙が乏しいね」

「うるさ――」ラファティは立ちあがり、穴とその住人とを用心深くよけながら狭い円周をぐるぐる歩きまわった。かぎられた運動では我慢ならないとみえて、やがて彼は補強部隊を探しに路地へ出ていった。

彼がいなくなったとたんに、フェニモアの頭がまたがんがんしはじめた。かなりたったと思うころ、路地に重々しい足音がして、ラファティが自分の軍勢をひきつれてふたたび姿をあらわした。巡査二人、刑事一人、検視官一人、それにカメラマン一人。それからの作業は手早かった。フェニモアは柄にもなく役たたずのような気分で、銀行の壁によりかかっていた。

「おい、フェニモア、これを見ろ！」

ぱっと立ちあがったとたんに気が遠くなりそうになった。痛みが頭を駆けぬけて目がくらんだ。好奇心と純粋な意志の力でなんとか数歩歩き、いまや大穴が掘られたところをのぞきこんだ。

女の外見に異様なところはどこにもなかった。閉じられた目、褐色の肌、黒い髪。服装はTシャツにジーンズにサンダルという簡素なものだ。顔にも腕にも手足にも、目に見える外傷はない。埋められてまもない——二、三時間しかたっていない——ことは明らかだった。変質や腐敗の兆候はなく、検視官は死後硬直がはじまったばかりだと断言している。異様なところがあるとすれば、それは彼女の姿勢だった。埋葬の一般的な形として受けいれられている真っ直ぐな仰むけではなく、彼女の遺体は前屈状態で、両膝は顎の下に折り曲げられ、腕は胸の前で十文字に組まれていた。

フェニモアはヒューッと口笛を吹いた。「それに彼女がむいている方向を見ろよ」

ラファティはまじまじと彼を見つめた。

フェニモアも凝視で応じた。「これは伝統的やりかたなんだ、レニーラナピ族のあいだではね。遺体を前屈させ、東をむかせる」

7

十月三十日　日曜日の午後

フェニモアは頭の片側にアイスパックをあてがって、ソファに横たわっていた。テレビがついているが、見てはいなかった。テレビはまず見ない。本も読めないほど気分が悪いか眠れないほど痛みが激しいとき、あるいは、悩んでいるように見られることなくただ無為にすごす口実がほしいとき以外は。

サールが、意図的にスクリーンから顔をそむけて、かたわらで丸くなっている。テレビについては、二人の意見は一致していた。ときどきは画面の映像にフェニモアの注意がひきつけられることがある——不愉快なニュース番組やバカバカしいコマーシャルやかわいい娘《こ》、おっといけない、魅力ある女性などに。最初のには嫌悪感、つぎのには冷笑、最後のには笑顔を誘われることが多い。彼のマスコミへの反応はそこまでだった。今日は気分が悪すぎてどんな反応もするどころではない。

頭がガンガンしないように、サールをなでるあいだも体はまったく動かさない。頭はほとんど空白状態だったが、ふと昨夜のできごとがよみがえってくる。疑問がわく。彼をなぐったのは何者なのか？　なぜなぐったのか？　その疑問を考えるために手を休めるのだが、そのたびにサールはいきなり「ニャア！」といって不満をあらわにする。すると彼はまたなではじめるのだった。

彼を襲ったのは、死体を埋めたのと同一人物だろうか。それとも共犯者？　その人物は、どうして彼が死体を発見したことを知っていたのだろう。少年に悟られないよう、細心の注意をはらったつもりだった。ホレイショと一緒に埋葬式をとりおこなうあいだ、その人物が近くに潜んでいて——考えるだけでぞっとするが——万一彼に死体を発見されていた場合を考えて襲ったのだろうか。

「ニャア！」

いいこ、いいこ、いいこ。

その人物は彼を負傷させる以上のことを考えていたが、邪魔が入ってやめたのだろうか？　彼が激しくなですぎたので、サールはソファから飛びおりた。

電話。彼は手をのばした。

「アンドルー？」

ジェニファーだった。

「ダンから、あなたを元気づけろ、って電話があったんだけれど。なにかあったの？」

あいつめ。「なんでもないよ。なんのことだろう……まずいときにあいつと出会ったからね……部会の会議の直後さ。きみも知ってるだろう、ぼくがいつも彼らの悪臭に参ってるのは。きみは今日は、なにをする予定？」

「ああ、メイン・ライン（フィラデルフィア鉄道本線沿いの高級住宅地）のお屋敷からかなりの蔵書が金曜日に届いたんだけれど、その整理をパパから頼まれてるの」

「そんなもの、読める人間がそこらにいるのかい」

「自称インテリのこと？　じつは、この蔵書はある判事さんのもので、かなり読み古されてるのよ」

「じゃあ、よくある手つかずの状態じゃないんだ、背表紙がカーテンと合うからといって選ばれたような」

「ええ、それにその判事さん、ミステリも相当集めてるの。ほとんどは法廷ものだけど、初期のチャンドラーも何冊かあるわ」

「それ、ぼくのためにとっておいてくれないかなあ。ぜひ、ひとめ拝ませてほしい」

「もっといいことがある。わたしがそっちへ持っていくわよ」

「あー、いまちょっと手がはなせないんだ。会計を締める時期だから……月末だろう」

「そういうことは、ドイル夫人がやってくれるんじゃないの」

「いつもはね。でも、今月は休暇をとってる。雑用が溜まりっぱなしさ」

「わかった」気を悪くしたらしい。「じゃあ、いいわよ」

「そのうちにディナーに招待してくれないか、きみのお父さんにレニ－ラナピ族のことを教えてもらいたいし」

「なぜききたいの」

「目下のところ、それがぼくの興味の対象でね」

「インディアンの本なら、棚にずらりと並んでるわ」

「すてきだ。近いうちに行くよ」

「鹿の肉にワイルドライスを用意しましょうか、つけあわせは――」

「毒のあるツタウルシ？」

「場合によりけりね」

「なんの？」

「いろんな」この謎めいた言葉を残して、彼女は電話を切った。

フェニモアは自分の動機を考えてみた。なぜジェニファーを断わったのか？　ほんとうに彼女に来てほしくなかったのか？　それとも看病されるのがこわかったのか？　じつは内心ひそかに、スープを作ってもらったり本を読んでもらったり、ずっと手をにぎっていてもらうことを切望しているのではないか。ひと口にいえば、弱気になっているのか。そうだとしたら、こんな仕事はやるべきじゃない。彼のこのささやかな副業は収入の補いになるどころか、たちまち健康をおびやかすものとなるだろう。彼が調査で頼りにするのは腕力じゃない。そもそも腕力なんかないのだから。彼の手法は相手と知恵で渡りあうというもの。だがその知恵の勝負でさえ、ある程度の自立と自信は不可欠なのである。彼がジェニファーを遠ざけたのは、そのためだった。

8

十月三十一日　月曜日

月曜日の朝。まさにハロウィーンの朝だ。街は今年も〝いたずらの夜〟をなんとかつつがなくやり過ごした。それはフェニモアにとっても同じだった。頭の傷も回復し、診察室に座って検視官の報告書を読めるまでになっていた。

十五年以上も彼の看護婦兼秘書をつとめ、その前には父のために働いていたドイル夫人が、タイプライターの前に座っている（フェニモアはワープロを買おうと申し出たのだが、彼女は断固拒否した。〝せっかくですけど、そんなものはごめんこうむるわ。わたしは絶対に、手馴れた頼もしいスミス－コロナを手放しませんよ〟）。若いころの燃えるような髪は、おちついたくすんだばら色に変わり（赤毛はけっして白髪にならない）、ふくらはぎにはやや余分な肉がついている。患者にとっての彼女は、自分たちを迎えて深々と沈んで心地よさと慰めを与えてくれる古いソファに似ている。だがその温和さとふくよかさの下には毅然たる精神と容赦ない毒舌が隠れていて、押さえこまれたスプリングのようにいつなんどき詰め物を突き破ってくるかわからない。

そのスプリングは、朝彼女が診療所に入ってきてフェニモアを見るなり、飛びだしてきた。彼の顔は、片側の眉から顎にかけて青や黒に染まっていて、左耳の上にぞっとするようなかさぶたができていたのである。「何にやられたの」彼女はかみつくように聞いた。彼女のドクターへの心配はつねに怒りの形をとる。

彼女の心配にたいして、フェニモアは母親に説明したがらない乱暴息子のごときふるまいをするのがつねだった。「たいしたことはない。ちっぽけなシャベルだ」

「ものすごいブルドーザー、って感じね」大きく鼻を鳴らして自分の観察結果をのべた。「医者には診せたの？」形式的な質問だ。聞かなくても答えはわかっている。

フェニモアは彼女を失望させなかった。「ぼくが医者なんだ」そういうと報告書に顔をもどした。

彼女ははっと息をすいこんだ。ときどき、彼がなくなった父親とそっくりの動作をするので、彼女はそのたびに胸がきゅんとなるのだ。外見も二人はよく似ている――華奢で痩せぎすで髪が後退する傾向。視力が弱いのも同じ。父親も息子も、何か読むときは右肘をつき、その手を目にかざしてスタンドの光をさえぎる癖がある。今日はその片目が腫れあがって開かない。

フェニモアは報告書の最初のページに目をとおした。

姓名　不明
住所　不明
電話番号　不明
社会保険番号　不明
性別　女性
年齢　二十三から二十五のあいだ
髪　濃い茶色
目　濃い茶色
体重　百十八ポンド
人種　アメリカ先住民
特徴　胸部に傷跡あり。幼児期のファローの四徴症《テトラロジー》の手術跡。

「ファローの四徴症だって？」
ドイル夫人がタイプライターから目をあげた。「先生？」
彼はもう次を読みだしている。

胃の内容物　最後にとった食事の残留物——牛肉、マッシュルーム、たまねぎ、ペパー、レタス、トマト、パン。

死因　心不全

彼の手元で電話が鳴った。

「リスカさんのための作戦準備はできましたか？」レジデントのラリー・フリーマンだった。

フェニモアは、病院の過激な心臓外科チームからリスカ氏を守るために考えておいた計画の概要を伝えた。それからこの若い医師にこまかい指示を与えた。電話を切ったとき、患者のためにまたひとつ手が打てたことに、彼は満足していた。受話器を置くか置かぬうちに、また電話が鳴った。

「助けてくれよ」

ラファティだ。「病理学者が今、帰ったところなんだがね。彼女、ここに一時間以上いて、紫色の顔がどうのこうのとまくしたてていった。おれにはちんぷんかんぷんだ。こっちへ来て、翻訳してくれないか」

「すぐ行く」フェニモアはデスクの左の引出しをかきまわした。探していたものを見つけると、それをポケットにつっこんだ。「でかけるよ、ドイル。緊急事態があれば、ラファティのオフィスにいるから」彼は狭くて長い廊下に姿を消した。

「ドイル、だって?」彼が彼女をこう呼ぶのは、事件に取りかかっているときだけだ。それと、彼の顔の状態とを考えあわせると、彼はまちがいなく何かを追っている。ドイル夫人はふたたびすごい勢いでタイプを打ちはじめた。タイプライター酷使を取り締まる法律があるとしたら、彼女はとっくに刑に服しているだろう。だが彼女は早く事務の仕事をかたづけて、新しい事件の手伝いをしたかった――それより何より、ドクターの顔を腫れあがらせた怪物をとっつかまえてやりたかった。


フェニモアが入っていくと、ラファティが非難がましくじろじろ彼の顔をながめた。

「医者の不養生とは、よくいったもんだ」

「それをいうなよ。やっとドイルから逃げてきたとこなんだ、ぼくは。しかも、ジェニファーに泣きつくなんて、きみは何を考えてるのかね」

「おれはただ、おまえに〝テ《T》ンダー・ラ《L》ヴィング・ケ《C》ア〟が必要だろうと思っただけさ」

「今度キューピッドの役を演じたくなっても、ほっといてくれ」

「やれやれ。よほど寝起きが悪かったらしいな」

「目覚めは爽やかだったさ。それで、紫色の顔のことが知りたいんだろう?」フェニモアはすばやく話題を変えた。

「ああ。それも簡単にな。あの病理学者ときたら、ながながくどくどしゃべりつづけてね」彼はこめかみをさすった。「それはなんだ?」と目ざとくフェニモアの上着のポケットのふくらみに目をつけた。

フェニモアはソフトボール大のものを取りだして、ラファティのデスクに置いた。それはプラスティック製の小さな心臓の模型だった。「ばらばらにしたまえ」

ラファティはびっくりした顔をしたが、それを部品にわけて自分の前にひとつひとつ並べた。全部バラし終えると、頭をなでてもらうのを待っているいい子のように、顔をあげた。

「さあ、今度は難しいぞ」フェニモアがいった。「また、もとにもどすんだ」

何度かつっかえたが、ラファティはもどすのに成功した。

「よくできた。これで話がしやすい」フェニモアは、〝ファローの四徴症〟の定義にとりかかった。

「〝ファローの四徴症〟というのは、チアノーゼを起こしている新生児にときどきみられる症状だ。チアノーゼ——つまり顔が紫色になる状態は、血液が肺で充分な酸素を供給されないことによって、引き起こされるんだよ。酸素の足りない血液はどす黒くなる」フェニモアは自分の左手の血管を指さした。「血液は肺でたっぷり酸素を与えられると、赤くなるわけだ。ファローの四徴症《テトラロジー》とは、四つ——つまりテトラ——の」と、彼は指を四本あげた。「要因が重なっている場合をいうんだ。肺にいった血液に酸素を充分に供給できない要因がね。ああ、ついでだが、ファローというのは、そのことを発見したフランス人の名前なんだよ。こういう症状は外科手術でとり除くことができるし、薬の力もかりれば、子供はかなり正常な生活をすることができるんだ」

「どうしてもっと簡単にいわないんだ、〝この症状の場合、血液は肺で酸素をとりこむことができない〟と」

フェニモアは溜息をついた。「そして、ぼくは医学校での数年をただ飲んだり騒いだりして過ごしていた、ときみに思わせるわけか?」フェニモアがラファティに出会ったのは、そんな状況下でのことだった。ある心地よい春の宵に、彼はほかの医学生たちとともに他愛ない酔っ払いの悪ふざけをやったことがあった(電車の窓際の席に座っていた客たちに外から水入りゴム風船の不意打ちを食わせたのだ)。自分も新入りのはやほやだったラファティは、暴行殴打のかどで逮捕する、といってフェニモアや仲間を脅した。細身で黒髪のこの警官(若い頃のグレゴリー・ペックのスタンドインといってもおかしくなかった)は、無謀にもフェニモアを煽動者とさえきめつけたのだった。しかし弁舌さわやかな医学生は、実害はまったく与えていないと彼を論破した。かくしてラファティは彼らを無罪放免にしたばかりか、近々非番の時に、かつてかの有名な作家エドガー・アラン・ポーが訪れたことがあると称するみすぼらしい居酒屋〈大鴉亭〉で、一緒にビールを一杯やろうと、フェニモアに約束までしてしまったのである。以来、二人はその店の常連となっている。

「とにかく、重大問題に話を進めよう」ラファティは椅子でのびをし、頭のうしろで手を組んだ。彼はいまだに映画スターのようだ。ただし中年スターだが。髪には灰色が混じっているし、腹もわずかながらせりだす気配をみせている——規則的にトレーニングしているのはフェニモアも知っているのだが——しかし、彼の目は昔と同じ深い海の色をたたえ、そのまなざしはしいていうなら鋭さと洞察力をましているのである。「検視官の報告書に書かれている既往症が、手術から何年もたって突然死を引き起こす、ということはありうるだろうか」

フェニモアは考えこんだ。「もちろん、ありうるさ。いいかい」彼は人体模型の隔膜壁を指さした。「手術をほどこしたこの部分は、心臓の電動板がある場所でもある。この電動板が手術で乱されれば、鼓動は正しく打てなくなる。さらに重要なのは、術後何年かたって不整脈がおこり、それが引き金となって心室の線維性攣縮や昏睡を——」

「まいるな！」ラファティは両手をあげた。「それじゃあ、まるで病理学者と同じだよ。前にもどって、最後のほうの三つの単語をもう一度いってくれないか」

「ごめん」彼はラファティの鉛筆をとって三つの専門用語を書いた。「〝不整脈〟というのは、心臓が鼓動を打つリズムが乱れること。〝線維性攣縮〟は心臓の筋肉が収縮をやめて痙攣するだけ、つまり弱った青虫みたいな動きしかせず、血液がポンプで押し出されない状態。〝昏睡〟は血液が脳に行かないために意識がなくなってしまうこと」

「で、そういった状態は深刻なのか？」

「非常に深刻だ」彼はうなずいた。

ラファティは考えこんだ。「もしだれかがこの女性の病歴を知っていた場合、人工的にそういう混乱状態を作り出すことが可能かね、その、薬などを使って？」

フェニモアは目をあげた。「彼女の死は不自然だというのかい？」

「埋葬はまちがいなく不自然だ」

「アメリカ先住民にとってはそうじゃない」

「よせよ、ドク。自分の友人や親戚を空き地に埋める先住民がどれだけいると思うんだ」

「あの〝空き地〟はたまたま神聖なラナピ族の墓地だった。しかし、たしかにきみのいうとおりだ。あそこは放置されっぱなしだ。ラナピ族も利用しようとは思わないだろう、ただ……」

「ただ？」

「遺体を発見してほしければ、べつだけどね」

ラファティはデスクを指でとんとんたたきながら、この説について考えた。やがて口を開いた。「べつの見方もある。もしあれがラナピ族の伝統的な埋葬式なら、なぜ家族は彼女にもっとふさわしい衣裳——式服のようなものを着せなかったんだ？　彼女はジーンズにTシャツ、それにサンダル履きだったんだぜ」

「たしかに。ただし、ラナピ族のだれもが正式な衣裳をもっているとはかぎらない。若い人たちはなくしたり、使い物にならなくしてしまっているかもしれない、ぼくらがおばあさんのウェディングドレスをリサイクルショップやバザーに出すように」

「きみはそうかもしれん。おれがそんなことをやったら、うちのばあちゃんはぼくが買い戻すまで追っかけまわすよ」ラファティは部屋の中を歩きまわっていたが、やがてフェニモアに顔をむけた。「それに、あれがただの家族の埋葬式だったとしたら、何者かがおまえの頭を一撃したことはどう説明する？　あれも風変わりなラナピ族の習慣なのかねえ？」

「あれはまったく無関係だった。どこかの強盗が——」

「二百ドルも入った財布を置いていく強盗がどこにいる」

「邪魔がはいったから逃げたのかも」

「どんな邪魔だ」

「きみさ」

「そして宙に消えた、か？」

「いや、ホテルの裏口にさ。あそこから人が出てきてゴミを捨てるのを見かけたよ。ドアには鍵がかかってない」

二人はにらみあいながら黙って座っていた。ようやくフェニモアが口をきいた。「行方不明人名簿でなにかわかったかい？」

「永久に聞かないのかと思ったよ」ラファティはコンピューターのプリントアウトをデスクに投げてよこした。

フェニモアはリストに目を走らせた。

行方不明人	提出者		日付及び時間
メアリ・アダムズ	ジョージ・アダムズ	夫	7／31 午後4時30分
ジョゼフ・コリンスキ	アナ・コリンスキ	妻	8／9 午前6時20分
ニコラス・ファッチョッリ	アンジェロ・ブルーロ	友人	9／2 午後2時15分
サリー・フェアファックス	マイクル・J・フェアファックス	父	10／30 午後3時05分
ジョアン・フィールド	テッド・ハードウィック	婚約者	10／30 午後11時15分

彼は目をとめた。フィールドの横に×印がついている。「この報告書を読みたいね」

ラファティはすでにそれを用意していた。彼に渡した。

ジョアン・フィールド――年齢　二十四。身長　五フィート四インチ。体重　百十八ポンド。髪の色　濃い茶色。目の色　濃い茶色。人種　アメリカ先住民。特徴　胸部左下に切開跡。

フェニモアは目をあげてラファティに合わせた。「何を待ってるんだ？」

「彼女と一緒に小さなキャンヴァス地の袋が埋められていた。その中には、特徴的なものはなにもなかったが、現在中身を調べ中なので、報告書を待ってるのさ」

フェニモアは行方不明者のリストをもう一度ひきよせて、じっくりながめた。「ネッド・ハードウィックなら知ってるんだが」彼はゆっくりといった。

ラファティは活気づいた。「このテッドというのは彼の息子かな」

「かもしれない。彼にはもう知らせたのかい？」

「まだだ。おまえにやってもらえないかな」彼はデスクに足をのせた。

「時間はどのくらいある？」

「身元確認から二十四時間以内に、近親者に知らせなければならない決まりだ」

「婚約者は〝近親者〟じゃないよ」

「おまえは遺伝学の権威だったのか」

それを無視して、フェニモアはきいた。「彼女には肉親はいないのか」

「婚約者が捜索願いを出したときに、兄が一人いるといったそうだ」

「どこにいる？」

「南ジャージー、リヴァトンの近くだ」

「なるほど。あそこはラナピ族の居留地だからね」

「やったね。とうとうおまえの歴史道楽が実際の役にたったよ」ラファティはここぞとばかりフェニモアのアカデミックな研究をからかった。

「なあ、ほんのしばらく規則を曲げられないか？」フェニモアはきいた。「今日はちょっと予定があるんだが、このハードウィックはどうやらぼくの知りあいらしい。重大なことを掘り出せるかもしれないんだ」

「まだ掘り足りないのかい」

フェニモアは特別なおねだりをした子供のように、我慢強く待った。

「よし、わかった」ラファティはどさりと足を床におろした。「九時まで猶予しよう」

フェニモアが戸口に歩きかけたとき、ラファティが声をかけた。「おまえの心臓を忘れていくなよ」

彼はふりむいてニヤリとした。「へえ、ラフ、きみでも気にするのか」彼はプラスティックの心臓模型をポケットに入れ、警官が何かを投げつけてくる前に外に出た。

9

同じ月曜日の午前中

ラファティの部屋の外の薄暗い廊下でエレベーターを待ちながら、フェニモアはハードウィック一家のことを考えた。フェニモアがまだインターンのとき、ネッドはすでに一流の外科医だった。ネッドは開業とほとんど同時に、ポリー・マシューズと結婚した。ポリーはフィラデルフィアの裕福な名家の令嬢で、父親が外科部長であったために、ネッドはだれからも〝良縁〟をつかんだと思われたものだが、それが当時の若い外科医には腹だたしかった。というのも、彼自身、自分の家柄を誇りにしていたからだ。ハードウィック家は古いボストンの名家だった。先祖は一六二〇年にメイフラワー号でやってきたのだ。しかしながら一族がフィラデルフィアに居をかまえたのは二世代前にすぎず、そのため彼はポリーの実家よりも社会的に一段低いところに位置づけられてしまっていた。彼女の先祖がウィリアム・ペンとともにウェルカム号でフィラデルフィアにやってきたのは、一六八二年になってからだというのに。

エレベーターをあきらめて、フェニモアは非常階段をおりた。

駆け出しの医者のころ、彼はハードウィック家の人々とはかなり頻繁に会っていた。ポリーの開くディナーパーティは有名だった（彼女の社交界仲間ではディナーによばれることはけっしてない――ディナーパーティに招待されるのだ）。彼女はパーティの盛りあげ要員として何人かの若いスタッフを招待することが多く、当時から機知に富んだ受け答えで知られていたフェニモアがその中に含まれることも、たびたびあったのである。

だがフェニモアがハードウィック式饗応に嫌気がさすのに、たいして時間はかからなかった。三十になるころには、暇な晩は家でミステリを読みながらサールと過ごすほうがよくなっていた（むろんジェニファーと出会う前のことだが）。今ではハードウィックは著名な外科医である。フィラデルフィアには彼の名前のない一流委員会はひとつもないし、フェニモアがこの有名な外科医に会うことがあるとすれば、それはそういった会議のときにかぎられている。おかしなことだが、フェニモアには彼の息子の、いやほかの子供たちの記憶も全然なかった。むろん二十年以上前のことだ。当時は子供たちはとてもちいさくて大人と一緒に食事をすることはゆるされなかったのかもしれない。彼らはたぶん、金のかかる乳母の監視のもとに二階でおとなしくしていたのだろう。

フェニモアは非常口のドアを押し開け、警察本部ビルのロビーに出た。公衆電話の受話器をとって、自分の診療所のダイヤルをまわした。メッセージが入っていないことをたしかめてから、ドイル夫人に指示をあたえた。まず、ハードウィック医師の自宅に電話して、テッドを呼んでほしいという。もしテッドという男が出るか、彼を呼びにいくようなら、テレビのアンケート調査といつわって、テッドが見ている番組をたずねる。もし電話に出た人物がテッドなど知らないといえば、〝失礼、まちがいました〟といって電話を切る。次に、ハードウィック医師のオフィスにかける。彼がそこにいる場合は、何時ごろまでいるかたずねる。いなければ、どこに連絡すればいいかを聞く。

ドイルが折り返し電話をかけてくるまで、彼は油断なく公衆電話を見張りながら目の前の光景をながめた。青い制服姿の武装した男たちが、手錠をかけられた不貞腐れた態度の若者たちをつれて、いわくありげなあちこちの部屋から出たり入ったりしている。犯罪者たちはだれ一人おどおどしているようにはみえない。それどころか、いかにも場慣れした感じで、知りつくした手順にしたがいながら長ったらしい手続きにうんざりしている様子だ。

耳元で電話がリーンと鳴った。受話器をつかんだ彼は、ネッド・ハードウィックの自宅の電話にテッドが出たことを知った。朝はテレビを見ないそうだ。ハードウィック医師のほうは仕事場にはいなかった。一時からのフィラデルフィア内科および外科医協会の会議で議長をつとめるべく、街の中心にむかっているところだという。

フェニモアは腕時計に目をやった。十二時半だ。「ありがとう、ドイル」警官と容疑者との入り混じった人ごみを避けながら、歩道に出てタクシーをとめた。これは緊急の場合にのみ彼が自分にゆるす贅沢である。彼は運転手にアップタウンの住所を教えた。

「スプルース十八丁目」


フィラデルフィア内科および外科医協会、またの名〈PSPS〉（協会に批判的な非会員からは〝おしっこ《ピスピス》〟と呼ばれることもある）の本部は、レンガと大理石と鋳鉄の威風堂々たる建物で、かつては街のもっとも華やかな部分だったリッテンハウス・スクエアのそばにある。一七八九年にこの協会を設立した医師たちは毎月ここで会合を開き、お茶やシェリー酒や上品なペストリーを片手に称号や学位を披露しあっていた。現在の会員たちも、この由緒ある伝統を踏襲している。

しかしながら、この協会は完全な社交の場というわけではない。学問的に優れた遺産もいくつか保有している。一九〇〇年以前に合衆国で摘出されたもっとも大きな腫瘍、といったいかにも魅惑的な展示物を有する博物館。ベンジャミン・ラッシュ（一七四五—一八一三 独立宣言の署名者のひとりでもある）の黄熱病にかんする直筆のリポートなどを保存している図書館。それから、医薬品が製造される以前に治療に使われていた木や薬草のサンプルがそろった、小さいながらも貴重なハーブガーデン。これらの資料がときとして役にたつことを発見したフェニモアは、年会費は払うが社交的な会合はパスすることにしたのだった。

鋳鉄の門は開け放たれていた。彼はレンガの小道づたいにハーブガーデンを歩いた。花壇のあいだをぶらぶらしていれば、さりげなく門を監視することができる。ときどき身を屈めて植物につけられた名札を読む。〈マリゴールド（潰瘍の軟膏用）〉。〈ニガハッカ（風邪と咳どめ薬）〉。〈ローズマリー（油を混ぜて軟膏に）〉。〈ニンニク（消毒薬）〉。〈キツネノテブクロ（心臓病に）〉。彼はキツネノテブクロの葉を一枚ちぎり、そばのベンチに腰掛けた。

〝いたずらするぞ《トリック・オア・トリート》〟の一団が早々と衣裳とお面をつけて、クスクス笑いしながら鉄の門をちょこちょこ走って通った。猫と骸骨と魔女が二人だ。お面といえばおかしな記憶がある。彼はちいさいときマスクが死ぬほどこわかった。〝いたずらするぞ〟の子供たちが戸口にやってくると、よく食堂のテーブルの下に隠れたものだ。だがじきにそれを卒業し、グリーンの顔に血が飛び散ったり流れたりしているぞっとするようなお面を作って、ほかの子供たちを脅かすのが好きになった。

「フェニモアじゃないか。偶然だな！」ネッド・ハードウィックの大きな声がした。体格のいい男で、身なりは非の打ち所がなく、白髪が日光にかがやいている。〝堂々たる〟という言葉が、彼に会うたびにフェニモアの頭にうかんだ。「悪かったたな」外科医は詫びた。「昼寝をしてたんだろう？　無理もない。睡眠不足なんだろうね。まだ往診してるそうじゃないか」彼は急にフェニモアの顔に気がついた。「どうしたんだ？　ドアにでもぶつかったのか？　はっはっはっ」

「ちょっと階段を踏みはずして」ハードウィックの質問はたんなる好奇心とわかっていたので、フェニモアは軽くかわした。ネッドの挨拶が頭にひっかかっていた。偶然、とはどういうことだろう？

「今朝、ポリーからきみに電話をしてくれと頼まれたところなんだよ、ちょっと困ったことがあってね。いっておくが、病気とは関係ない」彼が前屈みになって声を落としたので、高価なアフターシェイブの強い匂いがフェニモアの鼻をついた。「きみのささやかな副業に関係することだ」

フェニモアの同僚たちは誰一人、彼がときどき私立探偵に変身するのをよしとはしていない。〝ささやかな副業〟といういいかたからも察しがつく。だが、彼に頼みたいことが自分たちの身に降りかかったとたんに、彼らのよそよそしさは影をひそめる。彼は我慢強く、ネッドのちょっと困ったことの内容に耳をかたむけた。

「こういうことなんだ。息子の婚約者が姿を消した。いなくなってまだ二十四時間なんだが、ポリーが動揺してね。なにしろ、結婚式を二週間後にひかえてるし、いろいろ準備があるもんだから。彼女はちょっとパニックを起こして一人で取り越し苦労をしてるんじゃないかと、わたしは思うがね。最近じゃあ、女も男と同じように結婚には神経質になるから。束縛されるとか、キャリアが危険にさらされるとか……二人は一緒に暮らしてたんだ、もちろん、一年以上。〝大切な相手〟というわけでね。しかし、実際に絆を結ぶということになると、別問題だろう、きみも知ってのとおり。いや、いや……」急にフェニモアが独身を通しているのを思いだして、彼はいった。「きみにはわからんだろうが。しかし、いわせてもらえば――」

あきらかに、テッドは警察に届け出たことを父親に話していないのだ。「いつなんですか」とフェニモアはさえぎった。「息子さんが最後に婚約者に会われたのは」

ハードウィックは太い眉をひそめた。「そこなんだ、おかしいのは。われわれは全員、土曜日の晩うちに集まっていた。彼女のために、ポリーがパーティを開いたんだ。彼女に会わせたい家族のものや昔からの友人たちを招いていた」

彼女が神聖なる家族の一員になることを許可する前に、品定めをしようというのだ。まちがいない、とフェニモアは思った。

「いい催しだった。きみも知ってるように、ポリーはいつも全力投球だからね、簡単なピクニック形式のパーティではあったが」

たしかにフェニモアは知っていた。数え切れないほどハードウィックのパーティに出席し、いつも酒をあおりながら逃げ出すタイミングをうかがっていたのだから。たぶん、テッドの婚約者も似たような気持ちだったのではなかろうか。

「みんなその娘……つまり……その若い女性が気に入っていた。かわいい子でね。色の黒い美人だ。インディ……つまり、アメリカ先住民族の出身で。わたしは始終彼女に冗談をいったものだ、きみの先祖はわたしのより古い、うちはメイフラワーでやってきたんだが、とね。彼女の英語名はジョアン・フィールドだが、インディアン名はウィンゲイマスク、〝甘い草〟という意味だ」

医者として、そして私立探偵として長年経験をつんだフェニモアは、なにひとつ表情に出さなかった。

「こんなふうにきみと出くわすとはな。きみは月例会議に顔を出したためしがないのに」ネッドは小言をいった。

フェニモアはもぞもぞつぶやいた。

「で、われわれのちょっとした問題を、きみはどう思う?」

なぜ〝ちょっとした〟なのだ? たいしたことではなく思わせたいのか? 「なんともいえませんね、ネッド。とりあえず、行方不明人のリストを調べて、今夜電話しますよ」

ネッドはまた太い眉を寄せ、頭の中で過密な社交カレンダーのページをめくった。

「たしか今夜はオーケストラを聴きにいく予定だ。しかし、食事は家でとる。六時から七時のあいだにかけてくれれば、つかまるよ」

ハードウィックの仲間内の奇妙な優先順位――行方不明になっている将来の義理の娘よりも音楽会のほうが優先される――には慣れているので、フェニモアはうなずいて別れた。ハードウィックの幅広いどっしりした背中は協会の大理石の階段をあがっていき、いっぽうほっそりした体つきのフェニモアは鉄の門を抜け出してウォルナット・ストリートへと曲がった。

10

月曜日の午後

ドイル夫人はタイプライターから目をあげて、時計を見た。フェニモアが出かけて二時間以上になるが、毎日定期的にかかる電話が三本あったのと予約なしで十代の患者一人やってきただけ。その患者は、待たせてもかまわなそうなみすぼらしい様子の少年だった。彼女が、うちの先生は小児科じゃないのよ、というと、彼はこわい顔で彼女をにらんだ。この若さにしてはこわすぎる、と彼女は思った。それですっかり怯えてしまった。彼女は、おかけなさい、先生はすぐ帰ってみえるから、といった。

それが二十分前のことで、少年はまだまっすぐ前をむいたまま雑誌に手を触れようともしない。字が読めないのかもしれない。彼の外見からいって、ありえないことではない。洗いざらしのジーンズによれよれのTシャツ。ドイル夫人は少年にたいして優しい気持ちになった。文盲は悲惨だ。彼女は近所の図書館で読み方を教えるボランティア活動をしており、何も読めずに一生を過ごしてきた彼女よりも年上の人々を見ると悲しくなるのだった。派手な新聞記事も、わくわくするような恋愛小説も読めないなんて。どうして耐えられるのだろう。

「よう、ホレイショ！」医師の挨拶が待合室に響きわたった。「子猫をもらいにきたのなら、残念だが早すぎるよ。猫のお産は望みどおりにいかなくてね」彼は、少年の脚に体をこすりつけるサールを抱きあげた。

「そうじゃない。べつの用さ」少年はフェニモアの顔の痣を見つめたが、何もいわなかった。

「じゃあ、こっちへおいで」フェニモアは完全に看護婦の領分である最初の部屋に連れていった。「ドイルさんにはもう会ったね？」

少年はぶすっとしてうなずいた。

ドイル夫人は唇をぎゅっと結んでタイプを打ちつづけている。

「なるほど」彼は手招きして少年を奥の部屋に招き入れ、ドアを少し開けておいた。

「さてと、どんな用？　きみはとても健康そうだが」このあいだじゅう彼の腕にしがみついていたサールは、フェニモアがデスクの前に座ったとたんに床に飛びおりた。

ぎこちない間があって、少年がいきなりいった。「おれに仕事、ないかな。放課後、こられるけど」

フェニモアは、外の部屋からドイルの不機嫌さが伝わってくるのを感じた。無視した。「かけなさい」手を振って彼を椅子に座らせた。この椅子は日曜学校で一生の第一歩を踏みだし、やがて古道具屋の住人となり、フェニモアの診療所で生涯を終えようとしていた。「アルファベットは知ってる？」

「当然」彼はバカにされたと思ったらしい。

「よかった。じゃあ、ファイルはできるな。読むほうは？」

「おれ、十四だぜ、ったく！」（同情して損した、とドイルは思った）

「よかった。じゃあ郵便の仕分けもできるな。タイプは打てる？」

彼は首を振ってぼそっといった。「おれが秘書やるようにみえるかよ？」

「けっこう」フェニモアはドアの隙間からそっと看護婦をうかがった。「ドイルさんから仕事をとりあげるようなことはしたくないからね」

女王然としたドイル夫人はちっとも面白がっていない。

「ねえ、ドイル、きみはどう思う？」彼は彼女によびかけた。「この若者に何かすることを見つけられるかね？」

少なくとも彼はまだ〝ドイル〟と呼んでくれている。彼女の気持ちがやわらいだ。もしかしたらこの少年が彼女の荷を軽くしてくれるかもしれないし、そうなれば彼女はもっと重大なことに時間を使えるかもしれない——今度の新事件のような。この子の言葉遣いについては後で面倒みればいい。「まあ、ね」彼女は肩をすくめた。

「よーし。いつから始められる？」フェニモアはきいた。

「明日学校終わってすぐ」ひとつの単語のように一息にいった。

「一時間五ドル。よくやってくれたら、六ドルにしてもいい」

ちらと笑みが浮かんで消えた。

「それからな、ホレイショ」

名前を聞いてドイル夫人が目をパチパチさせた。

「ドイルさんがきみに仕事を見つけられない日には、雑用もやってくれるかな？　地下室や裏庭の掃除とか？」

少年はすばやくうなずいた。

「よし。きまりだ。じゃあ、明日おいで。帰っていいよ」

フェニモアは診察室にもどり、気に入りの傷だらけの肘掛椅子に座った。看護婦の視線を避けるために、パイプをいじくりまわす。

「いつからここに手伝いが必要になったんです？　わたしはずっと、この診療所を完璧にきりまわしてきたと思ってましたけどね。お父さんは一度も不平をおっしゃったことはありませんよ」

「もちろんだよ、ドイル。ぼくはあの子にチャンスを与えたいんだ」

「正直な子なの？」

「まったくわからない。昨日、会ったばかりなんだ。しかし、サールの面接には合格したよ」彼は、窓枠に寝そべっている猫に、情のこもった視線をむけた。「彼女があの子に擦り寄っていたのを見ただろう？」

サールの好意には心を動かされるふうもなく、彼女はいった。「いいわ、とにかく何かなくなったりしたら、ただちに……」

「それはいうまでもないさ」フェニモアはようやくパイプに火をつけ、椅子の背にもたれた。「あの子と出会ったいきさつを話そう」口を切ると、猫を埋葬した話、遺体の発見、さっきのネッド・ハードウィックとの会話まで、一気に話が続いた。傷を負った話はさりげなくとばした。

ドイル夫人はじっと聞き入っていた。話が終わっても何もいわない。

「感想はないのかい？」

「言葉を失ってるの」

「ハロウィーンにはちょっといい話だろう？」

電話。

フェニモアがいちはやく受話器を取った。相手の声に耳を傾けるうちに、仰天の表情が広がった。「そりゃあ、不気味だ」電話を切った。

「何が不気味なんです？」

「ラファティからだ。その女性の遺体のそばで、ちいさなキャンヴァス地の袋が発見されたんだけどね。中に何が入っていたと思う？」

「臭いジョギングシューズが一足？」

「ウォークマン一個、木製の織機の杼《ひ》が一本、ピーナッツバター一瓶」彼は小学校で習ったことのある詩をくちずさんだ。

　インディアンが命から解き放たれるときは、
　昔のように友人たちに囲まれて、
　昔のように楽しいご馳走わかちあい……

「ピーナッツバターの？」彼女は顔をしかめた。

「好きずきだろう、ドイル」彼は体を乗り出した。「アメリカ先住民は死後の生活があると信じている」

「わたしたちだって信じてますよ」ドイル夫人はよきカトリック、フェニモアは悪しきアングリカンだ。彼が教会へ行くのは年に二回だけ——クリスマスイヴとイースターの日曜日。

「でも、信じ方がちがうんだ。われわれは現世的欲望や満足――食べることや飲むことや、愛しあうことなんか――はこの世に残していく、と信じている。しかし先住民はそうじゃない。彼らはそういうものすべてを持っていく、と信じてる。死後も、食べたり飲んだりセックスしたり――戦争だってできる。だから、死者が生前いちばん大切にしていたものを遺体と一緒に埋めることがよくあるんだ」

「彼らをうらやむべきかしら、あわれむべきかしら」

彼は深々とパイプを吸い、窓の外のレンガ塀をむっつりとにらんだ。口を開いた彼の口調は、真剣だった。「インディアンの恋人を失ったとしたら、その青年はあわれむべきだろうね」

フェニモアにとって、残りの午後は坦々とすぎていった。ライ麦パンにボローニャソーセージをはさんだサンドイッチを食べ、三人の患者を診察した――胃痛と喉の痛みと偏頭痛。ほとんどの心臓医は、自分たちはそんなささいな症状にかかずらわっていられない、と思うだろう。だがフェニモアはちがう。彼は自分の患者が好きだし、どんな症状だろうとそれを治療するのが楽しいのである。しかも、彼らはテーブルにパンをもたらしてくれる（それにサールのボウルにキャットフードも）。

帰り支度をしながら、ドイルは民間療法を彼に教えずにいられなくなった。「温めたお酢にお茶っ葉を浸して湿布してくださいよ」

フェニモアは顔をしかめた。

「それがいちばんなのよ、先生、腫れをとるには」

彼女がドアの外に出てしまうのをたしかめてから、フェニモアはラファティにまた電話した。「そのウォークマンにテープは入ってたのか？」

「ああ」

「何かメッセージは？」

「おまえ、何を期待してるんだ、警察とマスコミむけの死因と埋葬方法の説明でも？」

「その減らず口、やめられないのかね」

「空っぽだ。友人や親戚たちは彼女に空のテープをもたせたんだ、彼女がこれからの印象を吹きこむためかな——天使の合唱やセント・ピーターズ教会のゲートの軋む音を録音したり」

「ゲートにはちゃんと油がさしてあると思うけどね」フェニモアがいった。

ラファティは笑った。

「ところで、ジョアン・フィールドにはべつの名前があったよ」フェニモアはいった。

「〝甘い草《スウィート・グラス》〟という」

「マリファナの雅号みたいだな」

「アルゴンキン名の翻訳なんだ。ウィンゲイマスク」フェニモアは手短にハードウィックの話を伝えた。

ラファティは彼を解放するまえに、制限時間を思い出させた。今夜九時までには、テッド・ハードウィックを遺体安置所へ連れていき、身元の確認をさせなければならない。

フェニモアが電話を切ると、まわりにはだれもいなかった。ドイルもホレイショもとっくに帰っている。サールまでが、なんらかの用事で姿を消していた。患者の血液と尿のサンプル（それに缶入りソーダも二本ほど）を入れてある冷蔵庫のかすかな唸りをのぞけば、診療所はしんとしていた。デスクに釘づけになったまま、フェニモアは苦痛を与えなければならない瞬間を先延ばしにした。いつまでもぐずぐずするわけにはいかない。ラファティから最後通牒をわたされている。明日の朝には、《インクワイアラー》紙が遺体発見についてこまごまと書きたて、ラジオが十五分ごとにこのニュースを流し、テレビのカメラマンたちが徒党を組んで古い埋葬地をレンズでなめまわすだろう。時計を見た。五時半だ。

彼は電話に手をのばした。

「ネッドですか？　アンドルーです。テッドと話がしたいんです。ええ、わかったことがあって。すみません。電話ではお話ししかねます。まず、テッドに話さないと」フェニモアは一インチほど受話器を耳から離した。ネッド・ハードウィックのような大物は、何事にしろ拒絶されるのに慣れていない。「どうすれば息子さんに連絡がとれるか、教えていただけませんか」

父親によれば、テッドは大学で講義をしており、六時半ごろ終わるとのことだった。何のクラスか知らないし、どの建物かも知らないという。それを調べ出すのは、フェニモアの腕次第だ。彼は大学の事務局に電話をかけた。

必要な情報を武器に、フェニモアが〈美術史101〉と札のついた講義室の外に着いたとたんに、ドアが開いて賑やかな一年生の集団がぞろぞろと出てきた。彼は、残っていた最後の学生の質問にテッドが答え終わるのを待った。ようやくテッドが一人になったとき、フェニモアは講義室に入ってうしろ手にそっとドアを閉めた。

11

月曜日の晩

テッド・ハードウィックほど父親に似ていない息子もめずらしいだろう、体型も性格も(彼のほんとうの名前はエドワード・ハードウィック三世だが、祖父がエド、父がネッドなので、混乱を避けるためにテッドと呼ばれている)。父親が岩のようにがっちりしているのに反して、息子は葦のようにかぼそい。父親が自己中心的なのにたいして、息子は一歩譲るタイプ。父親が気難しく妥協を許さないのにたいして、息子は優しくて控えめである。

早くから医者にはならないときめていました、とテッドはフェニモアに説明した。というより、科学の分野には素質も情熱もまったくなかったから、結果的に医学には進めなかったわけです、と卑下したような笑みをうかべた。これは外科医の父親に大変な失望を与えた。かわりにテッドが選んだのは美術史だった。現在、彼はこの大学で専任講師を務めている。

　フェニモアは彼にしゃべらせながら、気まずい思いで報せを先延ばしした。

「スウィート・グラスに会ったのは、ここでなんです」テッドはいった。「彼女はアメリカ先住民研究の専任講師で、美術や工芸、織物や陶器を専門にしています。織り手としても才能がありまして」少し誇らしげにつけくわえた。

　テッドが現在形を使うことに、フェニモアはたじろいだ。

「何かわかったんですか」テッドは急に身構えた。

　フェニモアはこの不安げで傷つきやすい青年を素通りして窓のむこうに目をむけた。ベンジャミン・フランクリンの銅像が芝生の中庭に長い影を落としている。あのずっしりしたブロンズの背中から力を引き出せればいいのだが。「スウィート・グラスの特徴に合致する遺体が発見されたんです」

「〝唸る翼《ロアリング・ウィングズ》〟だな！」テッドが口走った。

　フェニモアはひるんだ。テッドの第一印象から、ちがう反応を予期していたのだ――崩おれるとか取り乱すとか。ところが彼の温和な表情が醜くゆがみ、激怒の言葉がほとばしり出た。

「どういう意味です？」フェニモアは聞いた。

「ロアリング・ウィングズ。スウィート・グラスの兄です。彼はぼくを憎んでいる。最初からぼくたちの結婚に反対していました。妹の純粋なラナピ族の血を、ぼくが汚すといって」彼はゆっくり首を振った。「それでこんなことを……」彼はよろめいて講義台にとりすがった。

フェニモアは子供にするように彼の手をとり、だれもいない講義室の前列の椅子に座らせた。

テッドがようやく多少落ちつきをとりもどしたところで、遺体安置所に連れていった。婚約者の遺体を確認した後、テッドは家まで送ろうというフェニモアの申し出に同意した。「きみの車はひと晩大学の駐車場に置いておいても大丈夫だろう」

テッドはうなずいた。フェニモアが市内の交通渋滞と折りあっていくあいだ、彼は無言だった。だが高速道路に入ると、言葉少なにいった。「まさか、彼をほっておくつもりはないでしょうね」

「彼とは?」

「もちろん、ロアリング・ウィングズです」

「なんの証拠もないのに」

「あなたは探偵でしょう、証拠は見つけられるでしょう」

「ときにはね、しかし――」

「今すぐ、始めてください。知っていることは、すべて話しますから」

交通量は減っていた。二人の前に道路が黒々とのびている。

「それでは」フェニモアは用心深く口を開いた。「まず、姿を消す前の婚約者のことで、きみが憶えていることを話してもらえますか。彼女の活動、会話、考え方、なんでもいいんだが」

「ここ二週間ほどは、あまり会っていませんでした。ぼくらは二人ともまだ仕事を続けていましたし、準備に忙しかったんです、結……」彼は声をつまらせた。

「本気で調べてほしいと思ってる？」フェニモアは彼の腕をつかんだ。

「ええ」彼は座席で身じろぎした。「どこまで話しました？」

「結婚式の準備をしていた」

「ええ、彼女はよく買い物にいきました。というより、買い物をしていたはず、といえばいいでしょうか。母が、式や新婚旅行のために買うもののリストを、彼女に渡していましたから」

テッドの母親、ポリー・ハードウィックの生々しい姿がフェニモアの頭にうかんだ。背が高く、骨格が頑丈で、人目を引く。夫と双子といってもいいほどで、息子は両親のどちらにもまったく似ていない。彼らの家で開かれたディナーパーティに出席したある晩のことを、フェニモアは思い出した。一人の客が当時話題になっていた政治問題で、無謀にもネッド・ハードウィックに反論したのである。ポリーは有無をいわさぬ目つきでその客をにらんでいった。「わたくしの家でそんな意見を大目に見るわけにはまいりませんね」度肝をぬかれた客は顔をあからめて口籠もり（フェニモアは不愉快でたまらなかったが）、食事が終わるまで無言のままだった。

「金曜日に」とテッドは続けた。「スウィート・グラスはロアリング・ウィングズに会いにいきました。彼は南ジャージーの居留地に住んでいるんです。妹とちがって、現代社会に順応することを拒否しています。彼の興味は民族の遺産とラナピ族の血を守ること。結婚式にも出席を断わってきました。彼女はもう一度、なんとか説得できないかと出かけていったのです。彼が唯一の血縁者だし、子供のころ二人はとても仲がよかったそうで」

「その後、きみは彼と話した？」

「いいえ。彼のところには電話がありませんから。彼のさまざまなこだわりのひとつでね。彼女の行方がわからなくなったのに気づいて、ぼくは彼にメッセージを送りました。すると、訪ねてきた後はスウィート・グラスからなんの連絡もない、と返事がきました。彼女は兄が気持ちを変えないと知って、翌朝立ち去ったというのです。いずれにしても、パーティに帰ってくる予定でしたが」

「パーティ？」

「ええ。母が土曜日の午後、ぼくたちのためにパーティを開いたんです。まあ、ただのピクニックみたいなものですが。母はスウィート・グラスを親戚や古くからの友人に紹介しようとしたんです。スウィート・グラスはその後ちょっと落ちこんでいるようでした。母の友人たちは威圧的になることがよくありますからね」

さもありなん、とフェニモアは思った。

「そのうえ、兄が結婚式にこないこともあって、彼女は憂鬱だったと思います。家まで彼女を送っていきたかったけど、彼女には自分の車があったし、病院に友達を見舞いにいくからぼくは邪魔なだけだといわれました」

フェニモアはグラッドウィンの出口で高速をおり、幹線道路の中心へむかってトンネルに入った。「その友達というのは?」

「ドリス。一時的なルームメイトです。先週手術を受けて、土曜日に初めて面会できるようになったんです」

「その後、スウィート・グラスとは?」

「いいえ」彼は喉をつまらせた。「夜遅く、彼女のアパートメントに電話しましたが、出ませんでした。メッセージを残したけど、彼女から返事はなかった」

「次の日は?」

「連絡があれば留守番電話が受けてくれるので、ぼくはすぐ大学へ行きました。ホールでは女性が二、三人うろうろしていて、朝から織り方の授業があるのにスウィート・グラスがまだ来ない、というんです」

「それから、どうした？」

「ええと、まずロアリング・ウィングズに連絡しました。大変でしたよ、電話がないんですから。ようやく、彼は彼女に会っていないとわかって、ドリスに電話しました。彼女の話では、スウィート・グラスは病院に見舞いに来たけれどすぐ帰った。頭が痛くてむかむかすると訴えていたそうです。それを聞いてぼくはとても心配になり、警察に電話しようとした。しかし、両親がさせませんでした。警察などにかかわると恥さらしなことになるし、きっとスウィート・グラスは式の前の興奮状態なんだろうといって。両親は彼女があらわれるまで、もう少し様子をみたほうがいい、とすすめました」

「で、きみは同意した？」フェニモアは驚きを隠すのに必死になった。

「ええ。でも、悲しかった。だからそういいました。そのときなんです、母があなたのことを思いついて、電話をかけてと父を説得したのは。父は日曜いっぱいぐずぐずしていた。ぼくは我慢できなかった。だから両親に無断で捜索願いを出したんです。ところが今朝、父はハーブガーデンであなたとばったり会ったというじゃありませんか。偶然ってあるもんですねえ！」

「たしかに」フェニモアには疑問だった、もし彼が〝偶然〟を演出しなかったら、はたしてネッドは彼に連絡をとったかどうか。「ちょっと知りたいことがあるんだが、何か書くものを持ってない?」

テッドはポケットから手帳とペンを取り出した。

フェニモアは頭上のライトをパチッとつけた。「ロアリング・ウィングズの住所か、彼に連絡できる所を教えてほしい」

「リヴァトンのラナピ文化センターにメッセージを残せば、連絡できます。あそこには電話があるし、いずれ彼はそこへ行きますから」テッドはその番号を走り書きした。

「それから、彼女のルームメイトの名前は?」

「ドリス・ベントリー」

「入院している病院は?」

「フランクリン病院」彼はこの二つの情報を書きつけた。「でも、病室の番号は知りません」

「スウィート・グラスは心臓疾患のための薬をなにかのんでいなかった?」

彼はうなずいた。「のんでます……」口籠もって、懸命にいいなおした。「のんでました、一日一錠。よく、ぼくがかわりに薬局までもらいにいきましたよ」

「薬の名前を憶えていないだろうか」

「ジゴキシンです」

「それを書いてくれたまえ」

彼はそうした。

「最近、もらいにいった?」

「ええ、行きました。先週、ぼくがね。彼女は、これで三カ月もつ、といったと思います」

フェニモアは交差点で止まり、どっちに曲がるのかたずねた。幹線道路を走ることはあまりなく、狭く曲がりくねった道路ではすぐ道に迷ってしまう。常軌にもどると、彼はきいた。「彼女の主治医の名前、わかるかな?」

「ロビンスンです。住所はジェファスン。病院に彼女のオフィスがあります」

ロビンスン医師なら知っている。優秀な心臓医だ。それほど過激なほうではない。理事会で承認されているのは、彼と同じ。経験においては彼に劣る、もちろん。

二人はしばらく無言で走った。と、突然、テッドが独り言のように、低い声でいいはじめた。「彼女らしくないよなあ、電話してこないなんて。毎晩かならず、寝る前には電話をくれたのに。お互いにその日あったことを話しあって……」急に自分一人ではないことに気がついていった。「ぼくたちは、二週間前まで同じアパートメントで暮らしてたんですよ。契約が切れるまでね。切れたんで別になったんです。ぼくは家にもどり、彼女はドリスと一緒になった。母の考えです。〝そのほうが実際的なはずよ〟といって。じつは、〝世間体がいい〟といいたかったんでしょう」彼は黙りこんだ。おそらく、失ったスウィート・グラスとの何週間かを悔やんでいるのだろう。「結婚したら、ソサイエティ・ヒルのタウンハウスに引っ越す予定でした。この一年、ちょくちょく準備に行きました。やっと整ってきたところなんです。床がいちばん難物でしたね。砂だらけで。埃だらけで。スウィート・グラスは家事は得意じゃないから。彼女は……」言葉が途切れた。

二人が、襲いかかるような姿勢の石のライオンにはさまれたゲートをくぐってハードウィック家の敷地に入ったときは、九時をまわっていた。それからさらに時間をかけて弧を描いた長い車寄せをまわり、家にたどりついた。屋敷自体はフランスのシャトーと中世の城とイギリスの別邸との混合物だ。代々の資産（ポリーの）と外科医の収入（ネッドの）の両方があるからこそ、維持できる広大さである。家の前の湾曲した車寄せに車はなく、明かりも階下にいくつかついているだけだ。ハードウィック夫妻はまだ、演奏会から帰っていないらしい。フェニモアはテッドを一人残して立ち去るのに不安を覚えた。彼はしばらく黙りこんでいる。車を停めたとき、フェニモアはきいた。「しばらく一緒にいてあげようか」

「いや。大丈夫」彼は手帳から紙片を破りとってフェニモアにわたし、すばやく車をおりた。「送っていただいて、ありがとう」丁寧さは機械的なものだった。

フェニモアは、テッドが防犯ベルを解除して玄関のドアの鍵を開けるのを待った。大きな黒いラブラドール犬が、飛び出してきて彼を出迎えた。彼は膝をついて犬を抱き、毛に顔をおしつけた。フェニモアはさらに三十秒ほど見守ってから、そっとギアを入れて車寄せに車を出した。

12

その後、月曜日の晩

暗い郊外の道をのろのろ走る途中で、フロントガラスと自分とのあいだに、飼い犬に顔を埋める青年の姿がわりこんできてしかたがなかった。それが消えたと思うと、べつの姿がとってかわった——市の遺体安置所に横たわる若い女性の姿だ。

キーッ、というタイヤとブレーキの音がした。左手のまばゆいヘッドライトの中で、すごい剣幕の男がこぶしを振りあげてなにか叫んでいる。あきらかに「くそったれの酔っ払い！」といっているようだ。

運転席の男の肩幅の広さと顎の張り具合から、フェニモアはしらふであるといいはるのはやめにした。そのかわり、アクセルを踏んで追い越しをゆるさず、ハイビームが必要な並木道にはいるまで突っ走った。このせいで彼は、感覚が麻痺するほどの鬱状態から脱出することができた。彼は行動を必要としていた。実際には、彼のサービスはもう必要とされていない。見つけてくれといわれていた女性の居場所をつきとめたのだから。だが彼は満足していなかった。この件には、たんに行方不明になっていた人物が自然死をとげて埋葬された、というだけではすまされない何かがあることを、直感的に察知したのである。なぜテッドは、婚約者の死を知らされたとたんに、〝ロアリング・ウィングズだな〟と口走ったのか。テッドが将来の義兄についていったのは、それだけではない。「彼女の兄は民族の遺産とラナピ族の血を守ることに凝り固まっていた」という言葉。どうもこれは、警察よりさきにロアリング・ウィングズから話を聞く必要がありそうだ。警察が彼にガードを固めさせてしまう前に。腕時計に目をやった。まもなく十時。ニュージャージーの田舎道に挑戦するには遅すぎる。南ジャージーの標識のない夜道にくらべたら、こんな郊外の道路など軽いものだ。それに、これからでは着くのは真夜中になってしまう。だれかに家族の死を伝えるのに、適当な時間とはいえない。しかしながら、ひとつだけ彼に有利な点がある。ロアリング・ウィングズには電話がない。だから警察も、明日の朝までは妹の死を知らせるわけにいかないのだ。

だが、このまま眠るなんて論外だった。夜通し悶々と寝返りをうつことになる。なにかないか。だれかいないか。ドリス・ベントリー。あのスウィート・グラスのルームメイトはどうだろう。彼女は入院している。手術後の回復期にある患者は、眠れないことが多いものだ。夜間の見舞い客を歓迎するかもしれない。だがスウィート・グラスのことは話せない、ショックを与えて回復を遅らせてはまずい。まだ彼女の行方を探していて、ドリスの助けを借りたい、というふりをしなければなるまい。

計画を練りながら、フェニモアは機械的に運転していた。まわりの風景をみまわしたとき、自分が高速道路の入口にさしかかっているのにびっくりした。いつのまにか正しい方向を選ぶ能力には、いつもわれながら驚いてしまう。市の中心に近いフランクリン病院まであと十分もかからない。彼はランプにのり、車の流れが動き出すのを待った。

大都市病院の、洞窟のような暗い夜のロビーは、フェニモアを憂鬱にさせる。人気のない鉄道の終着駅を連想させるのだ。だがこの風景の中にぽつねんといる数少ない人間は、列車を待っているのではなく、報せを待っている。往々にして生の、あるいは死の。ここにはブルーに金のはいった制服姿で、熱心にかれらの質問に答えようとする陽気な係員はいない。たまにあらわれるのはインターンだけ。彼らはグリーンのチュニックをまとっているが、それには赤いシミがついていることが多い――自分たちが深刻な事態に立ち会っていたことを見せつけるためだ。彼らはそのシミを、〝赤い武功章〟のように身に着けている。若い証拠だろう。年配の医者たちはもうそんなひけらかしはやらないし、ロビーにはけっして姿を見せない。

フェニモアが病院の玄関から中にはいることはめったになかった。自分の病院では、いつも駐車場からすぐ通用口にまわる。

受付に行く途中で、一人の女性と三人の子供のホームベースとなっている大きなソファのそばを通った。いちばん幼い子は、女性の膝に体を丸めて眠っていたが、上の二人は何かの遊びをやっているらしく、休みなく室内を駆けまわっている。女性はスペイン語で彼らをとめようとするがどこか上の空で、子供たちはちょっとおとなしくなるがすぐまた駆けだしはじめる。

受付に一人でいた女性は、ペーパーバックに熱中していた。

「ドリス・ベントリーの病室番号を教えていただきたいんですが」

彼女は目をあげてあくびをした。「面会時間はもう終わってますよ」

「ぼくは医者でね」彼は名刺を見せたが、ここのスタッフでないことをいう手間は省いた。

「あ、すみません、先生」カルテのファイルをめくった。「二一四です」

「ありがとう」

フェニモアはエレベーターをおりて廊下を進んだ。パーティがたけなわらしいナースステーションの横を通りすぎる。うしろの呼び出し板の電気が点滅して患者のSOSを告げているというのに、ナースも介護士もその他のスタッフたちも浮かれ興じている。これが彼の病院だったら、全員を厳重戒告処分にするところだ。

重い気分で病室の番号を見ていった。二一〇、二一二、二一四。半開きのドアを軽くたたいた。彼女が眠っているのなら、起こすつもりはなかった。

「どうぞ」

ベッドの上の支柱からさがった小型テレビの淡いグレーの光の中で、彼は若い女性の姿を認めた。スウィート・グラスと同じように、彼女も膝を折りまげて座っている。だが、この女性は生きている――そして西をむいている。

「ぼくはドクター・フェニモアといって……」

行儀よく彼女はリモコンでテレビを消し、紐を引いてベッドの上の電灯をつけた。カメラのフラッシュに照らされたような病室で、外科手術を受けてまもない回復期の患者の姿があらわになった。蒼白い顔には、フェニモアにはすぐそれとわかる表情がうかんでいる――激痛を経験したばかりで、またそれがぶり返すのではないかと心配している顔だ。また検査を受けなさいといわれるのを怖れるように、彼女はおそるおそるほほえんだ。

「こんな時間に邪魔をして悪いけれど――」

「いいんです」彼女はさえぎった。「病院に来てくれる人はいつだって大歓迎です。退屈がまぎれるから」

「じゃあ、気分がよくなったんだね」

彼女は笑顔になった。「少しだけ」

「ぼくはテッド・ハードウィックの友達なんだ。彼――と彼の父親――に、きみのルームメイトを探すのを手伝ってほしいとたのまれた」

「彼女、みつからないの？」

「まだね」フェニモアは嘘はきらいだったが、この場合は目的が手段を正当化すると自分にいい聞かせた。「ちょっとだけ話を聞かせてもらってもいいかな」

「もちろん」彼女はベッドのわきの椅子をすすめた。

「きみが最後にスウィート・グラスに会ったのは？」

「土曜日。ちょっと寄って、あれを届けてくれたの」彼女は窓枠のところのかわいいスミレのバスケットを指さした。「その後は音沙汰なし」

「妙だと思う？」

「べつに。だって結婚式やなんかで、彼女、すごく忙しいから」

「彼女がここへ来たとき、どこかへ行くとかいってなかったかなあ、一人になって考えごとをするとか……？」

「いいえ。そんなことはなにも。ハードウィックのパーティのことをちょっといってただけ。彼女はここへ来る前に、そのパーティに行ってたの。式の準備がやたらに大げさになって困るって、こぼしてたわ。彼女もテッドもシンプルな式にしたがってたのに、彼の両親がどうしてもそれじゃあすまなくて」

フェニモアはうなずいた。「親はいろいろやりたがるもんだよ」

「スウィート・グラスはフレンド派に入ったばかりだし、クエーカー式結婚式が希望だったのよ」ドリスはいった。「ただ本人たちが結婚するだけの。とても簡素な式よ。聖職者はなし。精霊が友達や親戚の心を動かして二人のことをしゃべらせるまで、二人は黙って座ってるの」

「ああ、知ってるよ」

フェニモアはもちろん、結婚式については大変な権威である。四十年独身を通し、しかも婚約したことすらない身の上なのだから。ジェニファー・ニコルスンとは頻繁につきあっているが、年の差（彼女は十五歳年下である）ゆえに彼は将来を誓うことをためらっている。彼女は若い盛りなのに、彼のほうは老人診療所などのまわりをよたよたしている有様だ。彼女にとって不公平だろう、と思っている。ジェニファーがその意見に反対するかもしれない、という考えはうかばなかった。

「わたしは長老派なんだけど」とドリスはいった。「でも学校はクエーカーだったの……わたしの話って、なんだか散漫ね。入院して、だれも話し相手がいないと、こうなってしまうのよ」

フェニモアは笑った。「うん、病院のスタッフはきみに針を刺したり、レントゲンをとったり、移動ベッドに転がしたりしたいほうだからね、会話なんかするよりは」

彼女は笑いだしたが、急に黙って下腹を押さえた。「まだダメみたい」弱々しくほほえむと、「キャンディはいかが?」と脇のテーブルのチョコレートの箱を指さした。

いったいなぜ、人は下腹部の手術をした患者にチョコレートボンボンを持ってきたがるのだろうか?「いや、けっこう」

「わたしも好きじゃないの。ピクルスやサラミのほうがわたしの好みなのよ。よくなったら、の話だけど」と急いで付け足した。

フェニモアはベッドの端へ行ってカルテに目を走らせた。虫垂炎、悪くても胆嚢炎の手術かと思ったが、残念なことに子宮摘出だった。顔をあげると、彼女がじっと彼を見つめていた。彼は椅子にもどった。「きみのルームメイトの兄さんが結婚式に出ることを拒否したことは、知ってた?」

彼が個人的な体のことを口にしないでくれたのにほっとして、彼女はうなずいた。

「彼女、そのことですごく悩んでたわ」

「兄という男を、きみは知ってる?」

「一度、会ったわ。彼って……」——適当な言葉を探しながら毛布の毛をむしった——

「不気味」

「どういうふうに?」

彼女は眉をひそめた。「ものすごく静かなの」

「内向的なのかい？」

「全然ちがうわ。動かないのよ」

「動かない？」

「ええ。ふつう、だれでももじもじしたりするじゃない——顎をなでるとか、髪をもてあそぶとか」実演してみせるように、彼女は三つ編みの金髪をいじくりはじめた。「彼はそういうことを一切しないの。手を膝にのせて座って、見つめるの。知性にあふれた目なんだけど、それをじーっと相手にすえるの」彼女は首をふった。「いたたまれない気にさせられるわ」

「忠告をありがとう。明日、彼に会いにいくんだ」

「そう？　彼女が姿を消したのは彼に関係があると思います？」

「さあ、あらゆる角度から調べてみないとね」

彼女は真剣なまなざしを彼にむけた。「あなたは探偵か何か？」

「ああ、非公式のね。ぼくは謎を解くのが好きなんだ。患者さんの病気の診断をつけるのと、たいしてちがわない。それまでの話を聞き、いくつか検査をし、経験にもとづいて判断をくだし、治療法をきめる」

「それで治るの？」

彼は居心地悪そうにちょっと身じろぎした。「それはそんなに簡単じゃない」話題を変えた。「テッドから聞いたところでは、スウィート・グラスはここに見舞いにきたとき、気分が悪かったそうだが」

「ええ。そのとおりよ。頭痛がするといってたわ、それに、クラクラしてちょっと吐き気もするって。偏頭痛らしいと思ってたみたいだけど。よくそうなる人なの。結婚式がせまって緊張してるから、ってこぼしてたわね。それで早めに帰ったの」

「それからどこへ行くといってた？」

「家に直行して横になるって」

「彼女が薬をのんでいたことは、知ってるかな」

「ええ、もちろん。一日一回、錠剤をのんでたわ」

「もしかして、その薬の名前を憶えていない？」

彼女はちょっと考えて、用心深くいった。「ジゴキシンだと思うけど」

フェニモアは目の前の若い女性の顔を観察した——探偵としてではなく、医者として。蒼ざめて憔悴している。もう面会を打ちきるべき時間だ。「おかげで、とても助かったよ」彼は立ちあがった。「さあ、いまのうちに少し眠っておきなさい、起こされて睡眠薬をのまされる前にね」

彼女は笑いそうになったが、思い出してにっこりするにとどめた。「なにかわかったら、すぐ知らせてくださいね」

「わかった」

ナースステーションのそばを通ると、まだパーティはたけなわで、彼はつくづく不公平さを考えさせられた。二人ともうら若い女性なのに。一人は命を産み出す権利を奪われ、もう一人は生きる権利を奪われた。

「先生！」二〇八号室から叫び声がした。悲痛きわまりない声に聞こえた。彼はドアに首をつっこんだ。

「先生、もう一時間以上ブザーを押してるのに、だれも来てくれないんですよ。今日、股関節の手術をしたんですけど、痛みをなんとかしていただけないかしら」声の主はか弱そうな年配の婦人だが、意志の強そうな顎をしている。枕とシーツにかこまれて、まるで吹雪に埋まっているようにみえた。

「なにか方法を考えましょう」立ち去ろうとして彼はふりかえった。「ぼくが医者だとどうしてわかったんです？」

彼女はびっくりしたような顔をした。「先生にみえるわよ」

「でも、ここの職員じゃないんです」

彼女は匂いを嗅いだ。「あなたでいいのよ」

フェニモアはナースステーションに逆戻りした。彼に注意をはらう者はだれもいない。

全員の視線は、とびきり面白いエピソードを語っているらしい白衣の若い女性に集中している。

「ここの責任者はだれですかね？」彼は無理に愛想のいい声を出した。

女性は途中で言葉を切り、観衆は不機嫌な顔になった。

「二〇八号室のおばあさんが、痛み止めがほしいといってるんですが。一時間以上前からベルを鳴らしつづけているそうですよ」

若い女性は豆電球のならんだボードに目をやった。二〇八の横の電球はついていない。

「今点滅していないのは、ぼくがなんとかするといったからです」

「で、あなたはどなた？」女性が詰問した。

自分がこの病院のスタッフではないことを思い出し、フェニモアは弱気な笑みをうかべていった。「友人です。彼女をよろしくお願いしますよ」

意外なことに、女性は笑顔を返すと大急ぎで廊下に出ていった。

フェニモアはエレベーターにむかいながら、古いことわざを思い出した。「ハエは酢よりも蜜に集まる」

13

十一月一日　火曜日、午前六時

三時間ぐっすり眠って四時間目の深い眠りに落ちかけたとき、フェニモアは六時にかけていた目覚まし時計にたたき起こされた。爽やかとはとてもいえない気分で、ベッドの端にいたサールを両足で蹴飛ばし（彼女はこれにギャーと怒りの声で応えた）、バスルームへ重い体を運んだ。髭を剃るときは、けっして顎から上は見ないことにしている。ケーリー・グラントのような顔立ちだったらよかったのに、と何度思ったことだろう（フェニモアにも顎に小さなくぼみがあるにはあるのだが、類似点はそこまでだった）。〝肉体的魅力についての自惚れ〟という罪状には、フェニモアは該当しない（知能についての自惚れは、別として）。今朝はちらっと自分の顔に目をやった。ありがたいことに、黒と青の痣は緑と黄色に変わりつつある。もうすぐもとどおりになるだろう。

身支度に十五分かかった——シャワーに五分、髭剃りに五分、ネクタイを結ぶのに三分、そのほかに二分（深夜の緊急呼び出しのときは、シャワーと髭剃りを省いて五分で仕あげる）。朝食に五分――ドーナツ一個と〝流しこむ液体〟――蛇口の湯でといたインスタント・コーヒーで、インターンのころからこの方法を採用している――それを、ラジオのニュースを聞きながら、台所のカウンターに立ったまま摂取する。彼が自分以外で見るに堪えない顔だと思うのは、ぴかぴかにめかしこんでふざけたりギャグをとばしたりしながらニュースを提供するTVキャスターの顔だけである。ニュースはシャワーと同じように、きりりとして爽快なのが好きなのだ。曇り。気温十四度。風速二十マイル。牽引トレーラーが連結部分で折れ曲がったため、高速道路は渋滞。ダウ式平均指数は十五ポイント下落。〈フィリーズ〉は四対二で、〈メッツ〉に一勝。この方式に不満があるとすれば、いちばん重大なニュースが最後に読まれることだけだ。昨夜の火事や撃ちあいやナイフでの殺傷事件が羅列されるまえに、彼はかちっとスイッチを切った。

二枚のパンのあいだにツナを放りこんで、コーク一缶とクッキーとともに小さなアイスボックスに入れた。最後に、サールに餌をやってトイレの砂を替えた。何時にもどれるかはっきりしないので、ドイル夫人の慣れた目にしか判読できない走り書きで、午前中の予約（またしても風邪と喉の痛みの患者たち）を変更し、緊急の場合はライリー医師に連絡するよう頼む。

玄関から出たときは、まだ六時半だった。天気予報にたがわず空は黄ばんだ灰色で、上着のボタンをはずしたままでいいほど暖かい。とっさに左右に目をくばり、仕事熱心な早起き強盗がいないことをたしかめる。すばやく首を動かしすぎたので、激痛が走って先日の強盗のことを思い出させた。一ブロック先の駐車場まで歩く——市の基準からいうと、これはとても便利なほうだ。角で立ちどまり、新聞スタンドにコインを入れ、《インクワイアラー》を手に取った。社会面に目を走らせると、遺体発見の記事がでかでかと出ていたが、身元については触れていない。幸いなことに、朝刊には間に合わなかったのだろう。今の彼としては、ロアリング・ウィングズの電話嫌いがラジオやテレビにも及んでいることを願うしかない。新聞を小脇にかかえた。暇ができたら読むつもりだが、たぶん深夜まで暇にはならないだろう。

ベン・フランクリン橋を渡りニュージャージーに入ると、ようやく彼はロアリング・ウィングズのことを考える気になった。高速道路は彼の思考回路を刺激する。車を走るにまかせておくと、頭も自由にのびのび働き出す。だが、行き過ぎぬよう注意はしなければ。彼の出口見すごしは有名だった。

まず、レニ-ラナピ族に関する知識を再確認することから始めたが、たいして時間はかからなかった。レニは〝元来の〟という意味、ラナピは〝人間〟あるいは〝人々〟という意味だ。地域的にはデラウェア族ともよばれているが、これは彼らがその堤に定住した河の名前にちなんだものだ。彼らの祖先はおよそ一万五千年前に、アジア大陸からベーリング海峡を陸づたいにアメリカに渡ってきたのだろうと考えられている。しかしラナピ族がひとつの種族として認められたのはこの千年ほどのことで、そのころに彼らは現在のニュージャージーに定住するようになったのである。ラナピ族の歴史はほとんど口伝えに語られてきたもので、民間伝承に詳しい年配者の多くがすでに死んでいるため、調べるのがむずかしい。記録がほとんどないのである。わかっているのは、初期の移住者すなわちスウェーデン人、オランダ人、イギリス人たちの民芸品や日記や手紙から知り得たことだ。そのなかでももっとも信頼性のあるのがウィリアム・ペンの書簡である。彼はラナピ族の言語であるアルゴンキン語を学ぼうとした数少ない人物の一人だった。彼がこの言語に非常に感銘を受けたということを、フェニモアは思い出した。彼はこんなふうに記述している。〝アルゴンキン語は高雅だが、狭い……速記と同じで、三語を表現するにもたった一語で充分なのだ〟そのときフェニモアは思ったのだった、自分たちの言葉もそんなふうに倹約にできていたらどんなにいいだろう、この世のしゃべりのプロたち——とくにラジオやテレビのプロたちが、言葉数を今の三分の一に切り詰めたらどんなにいいだろう、と。

ラナピ族の比較的新しい歴史については、最近新聞の記事で読んだことがあった。それによると、タートル族を先祖にもつ地方の一族が、ニュージャージー、リヴァトン付近の土地を手に入れたという。この土地は、白人がやってくるまでは、ラナピ族のものだった。彼らはそこで狩猟や釣や、農耕に明け暮れていたのである。記者は、一族の一人に将来の設計を尋ねていた。部族の男は偉大な精霊にたいして、土地への感謝を捧げたあとで、こんな意味のことをいっていた。〝土地がなければ、インディアンでいることはむずかしい。土地があれば、われわれはまた社会をとりもどせる。また一緒に輪を作れる〟

赤いジャガーが彼の前に割りこんできて、運転手が彼に指を突き出した。スピードメーターを見て、その理由がわかった。考えに没頭していて、時速四十五マイルののろのろ運転になっていたのだ。針を六十五まであげると、頭の中も先史時代から現代へ移し変えた。ロアリング・ウィングズに何といえばいいだろう？

もしスウィート・グラスの死が自然の原因によるもので、それをロアリング・ウィングズが埋葬したのならば、事実上彼の犯罪は当局に死亡届を出さなかったというだけのことだ。人道的には、婚約者に知らせるべきだったろうが、それは法律で定められているわけではない。それに、スウィート・グラスが埋められているのを発見された埋葬地は、現在でもアメリカ先住民の墓地として法的に認められているのである。だとすれば、ロアリング・ウィングズはフェニモアが妹の墓を掘り返したことに激怒するありとあらゆる権利がある。

しかしながら、スウィート・グラスの死が自然死ではないとしたら、そして何者かが彼女を殺害して兄のロアリング・ウィングズに疑いをかけるためにラナピ族の墓地に埋めたのだとしたら、やはりロアリング・ウィングズには怒り狂う権利があるのである。

これに反して、もしロアリング・ウィングズがスウィート・グラスを殺し（白人と結婚するのを見るくらいなら殺すほうがましだというので）——これがテッドの考えらしかったが——そして、みずからの手で彼女を神聖な土地に埋葬したのなら……うしろでビービー警笛が鳴った。バックミラーを見ると、馬鹿でかいオイルトラックが迫っている。彼はアクセルを踏んで溜息をついた。いずれにしても、これからの会見は容易ならざるものになりそうだ。

高速の出口へと曲がると、べつの車があとをついてきていた。ピックアップトラックだ。出口を走り過ぎそうになり、傷を負った獣のようにタイヤを軋らせて曲がってくる。運転席の男は、曇天にもかかわらず濃いメガネをかけて日よけのバイザーをつけている。だがそのトラックは二マイルほどバックミラーに映っていたが、そのうちにわき道に入っていなくなった。安心しろ、フェニモア。だれもつけてきてはいない。先日の暴漢はたんなる偶然だ。ここからは道路に気持ちを集中し、適当なスピードを維持した。最も重要なのは、警察よりも早くロアリング・ウィングズに会うことだ。

リヴァトンでいちばん目立つ建物といえば、裁判所のドームだろう。金色に塗られているので、よく晴れた日には日差しを浴びてキラキラ輝いてみえる。この町で輝くものは、ほかには何もない。往年には、メインストリートにはピカピカした白い装飾をほどこした、ペンキ塗り立てのヴィクトリア朝式の家々が立ち並んでまばゆいばかりだった。それらの建物はまだ残ってはいるがすでにみすぼらしく、白い装飾はペンキが剝げ落ちたまま修理されなくなって久しい。裁判所の時計は七時半を指していた。仕事場にむかう人たちがちらほら。歩いている者もいれば、バス停にかたまっている者もいる。フェニモアは停留所のひとつに車を寄せ、窓ガラスをさげた。「キャンプ・ラナピへはどう行けばいいか、教えていただけませんか」

彼の質問はうつろな視線に迎えられた。

「いいんです、ありがとう」その先の丘を下り、アシュレイ河（イギリス人がこう改名するまでは、ウィサメクあるいはナマズ河と呼ばれていた）にかかるちいさな橋をわたった。むこう岸で、ポンプ二台とオイルで汚れた係員を誇る昔ながらのガソリンスタンドに寄った。〈フィリーズ〉のキャップが、男のぎとぎとした前髪の上に深々と引きおろされている（ニュージャージーには地元チームがないので、土地の人間は〈フィリーズ〉を応援することが多いのである）。

「なんだね？」

「キャンプ・ラナピを探してるんだが」

彼は何かを嚙むために口をつぐんだ。ガムかタバコか。「インディアン居留地のことかい？」

政治的配慮による正しい呼び名は、リヴァトンを素通りしたらしい。「そうだ」

また口をつぐんでしきりに嚙んでから、男は通りの先に目をむけた。「ここをまっすぐ行きゃ町はずれだ」勢いよくペッと唾を吐いた。「そっから二マイルくらい走ると、右側に〈キャンプ・ラナピ〉って看板が出てるさ。見落としっこねえ。やつらが鍵かけてる鉄の門があるからな。なんでだか。盗まれるものなんか何もありゃしねえのに。あるのは土地だけだ。土地は盗めねえ」

何たる無知。「どうやって入る？」

「警笛鳴らしゃあいい。開けてくれるよ」

フェニモアは礼をいって車を出した。

リヴァトンからの出口は入口よりさらにわびしく、見捨てられたトレーラーキャンプ場やガソリンスタンドや鉄道線路が点々とみえる。南ジャージーが産業の中心地としてにぎわった一八九〇年代に敷かれた線路は、錆びつき、雑草に埋もれている。砂地の土手と矮生のマツ以外には何もない開けた道路にもどったときには、ほっとした。二マイルを少しすぎたころ、鉄の門と看板が目に入った。びっくりするほどみごとな看板だ。磨きぬかれた板に、明らかにプロの手によるものらしい〈キャンプ・ラナピ〉という金文字が書かれている。鋳物のゲートは、おそらくかつてガラス長者の屋敷にあったものだろう。百年前には、ここで豊富に採れる砂を利用してガラス製造がさかんに行なわれたのである。だがそれは第二次世界大戦までで、やがてプラスティックが全盛となった。

ゲートはよく手入れされており、漆黒に塗られた表面に錆ひとつない。フェニモアは警笛を鳴らすのをためらった。どんな時間でも無作法なのに、こんな早朝、しかもこんな平和な場所では、いかにも無神経に思えた。ブザーかベルはないかとゲートを見まわした。門柱の中ほどのところに小さな箱があり、そこから車寄せにむかって電線がのびている。エンジンを切ると、車をおりて調べた。フィラデルフィアのヤッピー風の人々が住むタウンハウスによくある、インターフォンのようだ。いちばん下にボタンがあった。腕時計をちらと見る。八時五分。警察の先手を取りたいなら、急いだほうがいい。彼はボタンを押した。音はしなかったが、一秒後には男の声が尋ねた。「だれだ？」

「ドクター・フェニモア。ロアリング・ウィングズに話がある」

あるかなきかの間。「おれだ。どんな用で？」

フェニモアは咳払いした。「個人的な、家族のことで」

「入ってくれ」この言葉が発せられるやいなや、ゲートがゆっくりと開いた。

フェニモアは急いで車にもどり、キャンプ・ラナピの中に乗りいれた。

14

火曜日の朝のつづき

車寄せといっても原っぱの埃っぽい道にすぎず、視野に入る建物といえば空を背景に立つ大きな納屋だけだった。

南ジャージーでもっとも特徴的なのが、空である。土地が平らだから、空は果てしなくひろがっている。東部にいながらにして楽しめる、限りなく西部に近い風景だ。フェニモアは根っからの都会派だが、それでもときどき、ここに二、三エイカーの土地を買って薪ストーブとポンプと個室のある小屋を建てたらどうだろう、と夢みることがある。その部屋でならだれにも邪魔されずにパイプをくゆらし、いつまでも草原と空とを眺めていられるだろうし、サールは心ゆくまでネズミを追いかけることができるだろう（ここには強盗もいない）。これは軽々しく扱うことのできない贅沢だ。未来の世代にはこんな果てしない空間を見晴らすチャンスはないかもしれないのだから——宇宙船からならいざしらず。

彼は舗装されていない道路をたどりながら、凹みや出っ張りがあるたびに顔をしかめた。年代物のシェヴィの緩衝器はとっくに用をなさなくなっていたが、わざわざ取り替える気もなかったのだ。ラナピ族に土地と新しい看板とインターフォンとゲートを塗るペンキとを供給した政府の予算は、車寄せを舗装する前に底をついたにちがいない。納屋に近づくと、一人の男が角から出てきて彼を待ちうけた。身長も骨格も平均的、ジーンズにチェックのシャツ、それに肩のあたりまで革紐のフリンジがついた革ジャケットを着ている。真中で分けた髪はきっちり二本の三つ編みにして、肩に垂らしてある。顔は無表情だった。フェニモアがすぐそばに車を寄せても、歓迎のしるしはどこにも見られない。無言のまま、男はフェニモアが車をおりるのをじっと見つめている。フェニモアは、モカシンだろうと期待して男の足元に目をやった。だが目に入ったのは、高価なブランドもののスニーカーだった。「ロアリング・ウィングズですか？」彼は手を差し出した。

男は短めに手をにぎってうなずいた。フェニモアの顔の痣に気づいたとしても、表情には出さなかった。

フェニモアは突如として、そして柄にもなく、舌がこわばっているのに気がついた。ここへくるまでずっとスウィート・グラスの死について考えていたが、この報せをどう兄に伝えるかについては一考もしなかったのである。無意識のうちに、ロアリング・ウィングズはもう知っていると決めてかかっていたにちがいない。だが、もし彼が知らないというふりをしたら？　フェニモアもそれに合わせた演技をしなければならない。しかし、彼がほんとうに知らないという可能性も、ないとはいえなかった。

「悪い報せがあって」医者としての長い経験から、死を砂糖衣にくるむことはできないのを、フェニモアはよく知っていた。「妹さんのスウィート・グラスが亡くなった」

男はフェニモアを見つめつづけている。言葉は聞いたが、意味をのみこむまでに時間がかかったようだ。稲妻のあと、ややあってから雷鳴が轟くように。

「なんで？」

「心臓発作で」

「ああ」彼は片手を胸にあてた。「昔から悪かったから」

「ちがうんだ」フェニモアはあわてて言葉をのみこんだ。医学的知識がつい口からこぼれてしまった。だが探偵の立場からすれば、ロアリング・ウィングズには〝昔から悪かった〟ファローの四徴症で妹が死んだと思わせておくほうが都合がいいのだ。

彼は男の凝視の圧力をまざまざと感じた。ドリス・ベントリーの話は誇張ではなかった。「どこか、話ができる場所はないかな」

答えのかわりに、ロアリング・ウィングズはむきを変えて納屋の角を曲がった。

フェニモアはあとに続きながら、この男の動きの優美さを認めないわけにはいかなかった。でこぼこの地面をものともしない流れるような動作を見ていると、自分のふだんの歩き方がのろまでぶきっちょに感じられる。インディアンの歩き方について、どこかで読んだことがある。ほとんどの人間がするように左右の足のあいだをやや開けて歩くことはせず、彼らは片方の足の真っ直ぐ前にもう片足をおくのだ、つま先から踵へと。大昔、こうして歩くことで、彼らは狭い森の小道を通ったり、動物——場合によっては敵——の跡をつけたりすることができたのだろう——すばやく、音もなく。最初の目的が不用になったのちも、この歩き方の副産物である堂々たる姿勢は、おのずから尊敬を集めたはずだ。もし幼稚園の子供たちにこの歩き方を教えられたら、中年になってからの背骨の問題はほとんど解消するだろう、とフェニモアは思った。

ロアリング・ウィングズは、納屋の陰になって見えなかった小さなブロックの建物に彼を案内した。波型瓦の屋根に突き出た金属の煙突から、一筋の煙がたちのぼっている。あの優美な鉄のゲートがかつてその一部だったと思われる昔の館の面影はどこにもない。崩れるか火事で焼け落ちたかして、屋敷の敷地には納屋だけが残ったのだろう。一歩脇によって、ロアリング・ウィングズは一時しのぎのベニヤの戸を開けた。

プレハブの外観からは予想もつかぬ内部の温かみと美しさだった。白いクロース張りの壁には、茶色や赤や砂色といった温かみのある大地の色調で織りあげられたブランケットが何枚かかかっている。様々なサイズと形のテラコッタの鉢には、あふれるほどの花やシダが植わっている。部屋の中央にでんとおさまっているのは円錐形の暖炉で、長いパイプがまっすぐ天井へのびている。鮮やかな色のクッションが炉床の縁石のまえに散らばって、さあどうぞくつろいで寝そべってください、といわんばかりだ。ロアリング・ウィングズは身振りでそのひとつをすすめ、部屋の奥の衝立のうしろに消えた。

フェニモアはオレンジ色のクッションに腰をおろし、自分のぎこちない座り方をこの青年に見られなくてよかったと思った。動きがぎくしゃくしているのは、もちろん年のせいではなく、運動不足のせいだ。なんとか心地よく腰を据えると、部屋のすみずみまでながめまわした。片隅の木製の台にマットレスが置かれ、壁の織物の暖色とよく似た色のカバーがかけられている。もう片方の隅には、書類のちらかった大きなデスクが据えつけられている。上にはワープロもおかれている。自宅兼オフィスの総仕あげは、ファイルキャビネットだ。政府の予算を申請するには、老人医療保険制度による医療費返還の申請と同じくらい煩雑な事務手続きが必要なのだ。そのうちに、衝立のうしろからなんともいえぬいい匂いがしてくるのにフェニモアは気がついた。衝立の裏にはレンジがあるにちがいない、それにたぶん冷蔵庫も。

「お茶を淹れてる」男が声をあげた。

「おかまいなく」

「コーヒーのほうがいいかな?」

「いやいや。お茶でけっこう」ほんとうは、すぐに用件に入れるように、何もないほうがよかった。時計を見た。八時二十五分。お茶を淹れるというのは、熱湯にティーバッグを放りこむよりはるかに手間がかかるようだ。ようやく衝立のうしろから、あの独特な香りの湯気がたつ陶器のマグを二つ持ったロアリング・ウィングズがあらわれた。熱い液体に満たされたマグを両手に持ったままトルコブルーのクッションに腰をおろす、ラナピ族のしなやかな身のこなしが、フェニモアはうらやましかった。彼はマグのひとつを渡してよこした。フェニモアはパイプを取り出したい強い欲望に駆られた。だが、アメリカ先住民とむかいあってあぐらをかいて座っていると、なんとなく気が引けてしまう。ひとくち、お茶を口に含んだ。「ふむむ。これは何?」

「ハーブをブレンドしてある」

二人は無言で飲み、フェニモアはますます落ちつかなく、気が立ってきた。沈黙には慣れていないのだ。床に腰をおろしていて、立ちあがるのにぶざまな恰好をしかねないと思わなかったら、彼は立って部屋中を歩きまわり、緊張をほぐすために部屋中のものを見ては質問を浴びせたことだろう。だが彼はそのままの姿勢で、この家の主《あるじ》が口を開くのを待った。ロアリング・ウィングズが妹の死について何も聞かないのが、意外だった。ラナピのしきたりでは、死者のことをあれこれ語るのはタブーなのだろうか?　たしか彼らは、死者の名前を口にすることを禁じられているのではなかったか。細かいハーブの葉がフェニモアのカップの底に見えてきたころ、やっとロアリング・ウィングズが沈黙を破った。

「何があったのか、話してほしい」

静かにしろと命じられていた子供がようやくしゃべることを許されたように、ホレイショの猫を埋めたこと、スウィート・グラスの遺体を発見したこと、やがてその遺体をテッドが確認した経緯を、フェニモアは一気に吐き出した。彼の話が終わると、ロアリング・ウィングズはすっと立ちあがって背をむけ、せわしげに火に薪をくべた。悲しみを隠すためか？　話を聞くあいだずっと彼はまったく無表情で、この男には感情というものがないのでは、とフェニモアは疑いはじめていた。時間をたしかめた。三十分たっていた。すぐにもタイヤを軋ませて犯罪捜査班の車がやってくるだろう。ラファティか彼の部下が戸口にあらわれるはずだ。その前に退散しなければ。ラファティは彼のお節介を喜ぶまい。ラファティが彼の介入を許可するとしたら、それは彼自身がそのかしたときだけなのだから。ロアリング・ウィングズから何か聞き出すことがあるなら、いますぐ聞かなければ。「きみはあの墓地のことを、知ってた？」

彼は暖炉からふりむいた。「一度、叔父に連れていってもらったことがある、子供のときに」

「びっくりしてるんだろうか？　妹さんがあそこに埋められていたことに」

彼はふたたび腰をおろして、お茶を飲んだ。彼の動作の悠長さがじれったくてたまらなかった。「妹のことでびっくりすることは何もない」

ロアリング・ウィングズが彼女の名前を口に出さないことに気づき、フェニモアは黙っていた。

「おれたちはずっと前に別々の道を選んだからね。妹はワセチュスと交じりあうことを選んだ。おれはちがう」

フェニモアは、ワセチュスという言葉に聞き覚えがあった。ラナピ族のことを調べていて、たまたま出会った言葉だった。〝白人〟の蔑称である。だが彼は、黙殺という応酬法を身につけていた。そこで、口をつぐんでおいた。

「誤解しないでほしい。おれは妹を責めてるんじゃない。妹は小さいときとても弱かった。呼吸器に問題があったんだ。みんなで鬼ごっことか、とにかく走りまわる遊びをやると、妹はすぐ息が苦しくなって座りこんだ。ほかの子供たちはそれをからかったよ。〝座りカエル〟とあだ名をつけてね。妹は顔色もおかしかった。ときどき紫色になる。子供たちはそれもからかった」彼はフェニモアを見つめた。「子供は残酷なものだ」

フェニモアは話の流れをそこなわぬよう、うなずくだけにした。

「学校に行った最初の日に、看護婦が妹の紫の顔色を見てチアノーゼと診断した。妹を専門医に診せるよう、彼女は母を説得した。それからすべてが変わったんだ。妹は町の大病院に入院。手術を受けた。何週間かかったが、退院してきたときには完全によくなっていた。顔色も悪くないし、すぐにおれたちと同じように走りまわるようになった。もうだれも、妹を〝座りカエル〟とは呼ばなくなった」彼は間をおいた。

「当然だが、妹はワセチュスにとても感謝した」と彼は続けた。「それからは、彼らと一緒だとくつろげる様子だった。彼女は学校でもとてもうまくいっていた。先生に愛されたし、成績も優秀だった。おれも成績はよかったが、みんなにそれほど好かれなかったし、彼らとではこっちも気詰まりだった」彼はまた、口をつぐんだ。昔をふりかえっているのだろう。

「年がたつにつれて妹はますます白人と親しくなり、おれはそうはならなかった。妹はここを出て学校へ行き、教師になった。結果的に、おれたちはどんどん離れていった。最近では会うこともめったにない。話にきたと思ったら、結婚するという、しかも相手は……」そのとき初めて、彼はフェニモアも白人の一人であることに気がついたらしい。

フェニモアは急いでいった。「で、きみは何をしてたんだね、妹さんが教師になっているあいだずっと？」

「おれは技師だ、建築技師」彼は室内をながめた。「この家もおれが建てた」誇らしげな口調だった。

「いい仕事をしてるね。ここはステキだし、とても居心地がいい」(椅子がないことをのぞけばね、とフェニモアは思った)「しかし、きみも教育をうけてるあいだは、そのワセチュスとも付きあったろう?」

「もちろん、付きあった」彼はうなずいた、「だが、交じりあったことは一度もない」

彼はマグ底のハーブに目をやった。「一緒になれるのは同じ種族とだけだ」

「きみだったら、あの墓地にだれかを埋葬しようと思うだろうか?」

彼は勢いよく頭を振った。「とんでもない。バカバカしいよ。人目につきすぎる。なにが起こるかわからない。騒ぎがね。げんに今度だってそうだろう。あなたとその少年。死者はかき乱されるのを好まない。妹だって騒がせるべきではなかった」

フェニモアは、当然の小言をくっている子供のような気分だった。

「だが、それは癒してやれる」ロアリング・ウィングズは立ちあがって、また暖炉にもどった。「今はもう、おれたちにはこの土地があるから」

「おれたち?」

「ラナピ族。タートル部族。偉大な精霊は、政府からの譲渡という形で、われわれにこの土地を返してくれたんだ。おれはここを発展させる責任者だ。先祖を記念する歴史公園にする計画をたてている」彼は公園設立の概要をあるていどまで語ってくれた。「妹はここに連れてきて埋めてやれる」彼はしめくくった。「そうすればもう乱されることはない、と保証できる」そういって彼に目をむけた。「いま妹はどこにいるんだ?」

驚いたことに、ロアリング・ウィングズはすぐにもフェニモアと一緒にフィラデルフィアに行って、妹の遺体を連れ戻すつもりのようだ。「遺体はまだ引き取れないんだ」

ラナピ族の男は、おそろしい目つきで彼をにらんだ。「つまりその、警察は妹さんが亡くなったときの状況が腑に落ちないらしくてね」

「警察?」彼は顔をしかめた。「警察に何の関係があるんだ? これは種族間の恨みだ、ワセチュスとラナピとの。ワセチュスが妹を埋めたにきまっている——そして失敗した」その言葉はフェニモアめがけて飛びかかってきた、用心深く礼儀をふまえたラナピの男のセリフの中から。「たぶん、妹の婚約者が……」彼の唇はゆがんだ。感情の欠落どころではない。

「ちょっと待って。何も証拠はないだろう。その婚約者なんだよ、妹さんの失踪届を出したのは」

インディアンの瞳は積年の怒りに燃えていて、フェニモアは昔読んだラナピ族の伝説を思い出した。ラナピ族が初めて白人と出会ったとき、ラナピの男は鹿をかついでいた。白人はその脂身の部分を全部取りあげ、ラナピ族には首と足しか残さなかった、という物語だ。〝ワセチュ〟を逐語訳すれば〝脂身泥棒〟であることを、今、彼は思い出した。

「なるほど」ロアリング・ウィングズは感情の深さをフェニモアに悟られまいとするよ

うに、目を伏せた。「とにかく」と続けた。「おれは妹を引き取りたい。肉親なんだから。おれには妹を埋葬する権利があるはずだ」

「なんとかしてみよう」フェニモアはぶざまに立ちあがったが、ロアリング・ウィングズは気づきもしなかった。彼の頭は葬儀の計画——そして復讐——でいっぱいだったのだ。

帰路につくあいだ、夢中でロアリング・ウィングズのことを考えていたフェニモアは、車三台分という節度ある間隔をたもちながら一台のピックアップトラックが尾けてきていることに、これまた気づきもしなかった。

15

火曜日、正午過ぎ

フェニモアは診療所に足を踏み入れたとたんに、何かおかしいと感じた。雰囲気がピリピリしていた。ドイル夫人は棒でも呑んだような恰好でタイプライターの前に座っている。ホレイショはファイルの引出しに屈みこんで、命がけの形相でファイルしている。サールは怯えてラジエーターの下にもぐりこんでいて、一インチほど尻尾がのぞいている。

「おはよう」もう昼だったが、フェニモアは陽気に声をかけた。キャンプ・ラナピからの道のりに予想以上の時間がかかってしまった。

二人は彼に氷のような視線をよこし、サールは完全に彼を無視した。ラジエーターの下から出てくると、その上に飛び乗ってわざとらしく毛づくろいを始めた。

「きみ、ずいぶん早いじゃないか」彼はホレイショにいった。

「先生の研究会でさ。半日休みなんだ」彼はつぶやいた。

「で、まっすぐここへ？」

彼はうなずいた。

どういうわけか、このことは異常にフェニモアを喜ばせた。

だが、明らかにドイル夫人は同感していない。

「メッセージは？」彼は看護婦にきいた。

ものもいわずに、彼女はメモの束を渡した。いつもなら、急ぎのぶんは急ぎといってくれる。だが今日は説明はなし。最初のには、〈ジェニファー。十時十五分〉とある。問題が起こっている気配はない。残りのメモは診察予約や処方薬の追加といったふだんの電話ばかりだ。

「来客は？」

ドイル夫人は首を振った。ホレイショはファイルの引出しをバタンとしめた。

「なんなんだ、いったい？」フェニモアはきいた。

「先生のスリッパが片方ないのよ」「おれが盗んだと思ってるんだ！」従業員が同時に口を開いた。

フェニモアは椅子の横に目をやった。いつもなら床のその場所を、彼の見苦しいスリッパ一足が占領している。今日は片方しかなかった。

こんな些細なと思われるできごとになぜドイル夫人が大騒ぎするのか、といぶかるのはフェニモアの診療所に足を運んだことのない人間だけだ。この医者はフォート・ノックスの金塊を全部集めたよりも、自分のスリッパに価値をおいているのである。

「なんでおれが、こきたねえ古スリッパを片っぽ欲しがるんだよ?」ホレイショが吐き出すようにいった。

「わたしはこの子が盗ったんじゃないかなんて、いってません」ドイル夫人は自分を正当化した。「ただ、置き場所をまちがえたかもしれないと思っただけ」彼女はタイプライターを叩き壊しかねない勢いで打ちまくった。

サールは低次元なことのなりゆきに嫌気がさしたのか、ひらりと床に跳びおりてどこへともなく出ていった。

「いいかい、きみたち」フェニモアは精一杯なだめるようにいった。「これにはかならずちゃんと説明がつくはずだよ」

二人は彼を無視して、仕事に熱中しているふりをした。

「午前中のハードな仕事をすませて帰ってきてみれば、出迎えたのは何だ? 不和に不理解に不協力だ」

「バカみたい」彼の看護婦はいった。

「アホくせえ」と少年はいった。

「最初から聞こうじゃないか」フェニモアは精一杯ものわかりのいい口調になった。もっとも困難な事件の容疑者を尋問するときのためにとってある口調だ。「スリッパがなくなっているのに初めて気がついたのは、いつかな、ドイルさん？」

「三十分ほど前よ」

彼はホレイショに顔をむけた。「きみはここへ来てからどこかへ行った？」

彼は首を振った。

ドイル夫人に視線をもどす。「きみが最初に彼に与えた仕事は？」

「待合室の掃除だけど」

フェニモアは待合室にちらっと目をやった。いままで見たこともないほど、きれいになっている。ラグには掃除機がかけられ、ソファのクッションは膨らませてあり、雑誌類はきちんと重ねてある。

「わたしはお茶を入れに何分かキッチンに行ったわ」ドイル夫人は弁解がましくつぶやいた。

「そのあいだにおれが盗んだんだろ！」ホレイショの眉が天井まで飛びあがった。

「彼はそれをどこにしまうだろう？」フェニモアはきいた。「魔術師フーディーニでもなきゃ無理だ」

ホレイショはフェニモアに視線を送ってきたが、それは次のような複雑なメッセージを伝えるものだった。〝スリッパを盗んですばやく隠したければ、やれないことはないさ。だけど、使いふるしのスリッパなんか、なんでおれが欲しがるんだよ？〟「そのうちきっと出てくるさ」フェニモアは急いでいった。「さあ、このことはもう忘れようじゃないか」彼はあわてて白衣に腕を通すと、流しに行って手を洗った。不愉快な話をすっかり洗い流したいという象徴的行為である。「今日の最初の患者さんは？」

ドイル夫人は予約ノートを調べた。「一時にジョンスンの奥さん。午前中の患者さんの予約を全部変えろとおっしゃったでしょう」不満げで不機嫌な声だ。予定変更がいけないのではない、彼女にわけもいわずにニュージャージーへ行ったのがいけないのだ。

「そりゃよかった、じゃあ、サンドイッチをつめこむ時間はあるな」彼はアイスボックスから、はるばる旅をしてきたツナサンドを取り出し、ベチャベチャなのもかまわず、古い肘掛椅子に座りこんで食べた。いつもの癖で、靴を脱いであの心地よい古スリッパに履き替えようとしたが、危機一髪で思いとどまった。また傷口を開くなんてまっぴらだ。窮屈な空間で指先を無理に動かし（あのスリッパがないのが残念でたまらない）、早朝からずっと彼につきあってきたコークの缶を開けた。なまぬるい液体が喉を落ちていく感覚に彼は顔をしかめた。だが、わざわざ台所まで行ってたった一個の氷のためにアイストレイと格闘することを考えると、もっと憂鬱だった。彼は缶を飲み干した。

同室のほかの二人はそれにならった。ドイル夫人はデスクの引出しから密閉式のランチボックスを取り出し、前もってデスクに広げておいた紙ナプキンの上に整然と中身を並べた。プラスティック容器入りのサラダ、スープの魔法瓶、クラッカー三枚にリンゴ一個。彼女はバランスのとれたダイエット食の信奉者である。

「おれ、ホットドッグ食ってくる」ホレイショはファイルの引出しをバタンと閉めると、のたくりながら廊下へ出ていった。フェニモアの察するところでは、行き先は角の自動販売機だろう。

サールが頭と尻尾をピンとあげて偉そうに入ってくると、部屋の隅の自分の皿へ歩み寄った。不穏な沈黙は、〝キティ・チャウ〟と呼ばれる得体の知れぬものをカリカリ嚙む音に満たされた。

電話が鳴ったときはほっとした。

「フェニモア？」ラファティだ。

「そうだよ」フェニモアは身構えながら答えた。

「リヴァトン警察署の所轄刑事からたったいま電話をもらったところだ。おれは彼に、規定通りキャンプ・ラナピを訪ねてくれ、とたのんでおいた」

「どういった目的でですか？」緊張するとフェニモアの言葉遣いはよそいきになる。

「おれが彼にたのんだ困難きわまる仕事を遂行するためだ！」彼は怒鳴った。

「はあ？」

「ジョン・フィールド、またの名をロアリング・ウィングズというレニ－ラナピ族の男は、おれの部下が到着したときには、妹ジョアン・フィールドすなわちスウィート・グラスの死をすでに知らされていたと思われる」

「それは、ね、彼にはできるだけ早く知らせるべきだと思ったし、彼のところには電話がないこともあって……」

「おまえは勝手に暗いうちから飛び出していって、なにもかもやつにしゃべった。そうだな？」

「乱暴にいえば」

「おれたち警官は乱暴だという定評があるんだ」彼は深く息を吸った。「さてと、ご足労でなかったらこちらへおでましいただき、貴殿のご内心をお打ち明けいただくわけにはいかないだろうか？」怒り心頭に発すると、ラファティの格式張りようはフェニモアをはるかに凌ぐ。

「いやあ、患者がくるんでねえ」

受話器を置く音がフェニモアの耳に痛いほど響いた。

大急ぎで白衣をスーツの上着に着替え、廊下の中ほどで立ちどまって肩越しに声をかけた。「すぐもどるよ、ドイル。ジョンスンさんには待っててもらって」

「はい、先生」彼女は不思議そうに彼を見送った。

〝職務妨害をする、許しがたい、ど素人のお節介〟であるかどでさんざんフェニモアをしぼりあげ、彼がロアリング・ウィングズとの会見で得た情報の一部始終を聞き出してしまうと、ラファティは理性的かつ、不完全ながらもかなり友好的に、事件の検討にはいった。

「ロアリング・ウィングズについての、おまえの全体的な印象はどうだった？」警官の視線はアメリカ先住民に劣らぬくらい厳しかった。

フェニモアは一瞬考えた。「誇り高く、内省的で、自分の民族の起源に関しては独善すれすれ、ってとこだね」

「ふむ」ラファティは濃い黒い髪を指でかきあげた。「今朝、おれのところに客があった。〈ヒギンズ・マープル・アンド・ウォスキ〉の代表だ。スウィート・グラスは十万ドルの生命保険をかけていたらしい」

「受取人は？」

ラファティは指でデスクをこつこつ叩いた。「兄だ」

フェニモアは考えてみた。「それは当然だろうな。婚約者に遺す理由はない。彼の金庫はすでにあふれてるんだから」

「ロアリング・ウィングズは貪欲な印象を与えたか？」

「個人的な物欲というふつうの意味では貪欲じゃない。でも彼は十字軍の騎士なんだ。大義名分がある。彼は南ジャージーにラナピ族の村を再興する計画のことを話してくれた。そのプロジェクトには、ほんものの住居や、伝統の儀式を行なう〝大きな家《ビッグ・ハウス》〟と呼ばれる納屋のようなものや、あの地域に残っている民具――武器や陶器や装飾品――の博物館の建設が必要だ。土地はすでに政府からもらいうけている。しかし、その遺産があれば計画を実行して彼の夢を実現するための、助けになることはまちがいないね」

「興味深いな」

フェニモアはジョンスン夫人のことが気になってたまらず、いった。「もう帰らないと」

ラファティは引き止めはしなかったが、フェニモアが立ちあがって帰りかけると声をかけた。「今度、早起きは三文の得ということわざが頭に閃いたとしても、やめとけよ」

フェニモアはそそくさと退散した。

外に出ると、ジェニファーの電話に返事をしていないことを思い出した。最寄りの電話ボックスへ急いだ。二対の耳が聞き耳をたてているオフィスでは、個人的な電話をかけたくなかった。いや、サールも勘定にいれれば三対だ。サールは彼の言葉をひと言のこらず理解している。

「じゃあ、あなた、死んでなかったんだ」ジェニファーは安堵を隠そうともしなかった。

「ああ」

「新しい事件なの？」

「ああ」

「話してくれる？」

「いや」

「今夜、ディナーにこられない？　わたし、無口なお医者にご馳走したくてたまらない気分なの。それに、お父さんが死ぬほどあなたに見せたいものを手に入れたみたい」

「ラナピ族に関する？」

「そうじゃないみたい。でも、ラナピの本は棚にずらりと並んでるわ。アペリティフには、チャンドラーを一見するのも悪くないんじゃない」

ニコルスン氏の新入手図書というのはいつも数百年前の書物だし、ジェニファーのディナーはいつも台所でするざっくばらんな食事だ。プラス、レニ－ラナピ族の棚と初期のチャンドラーとくれば、願ったりかなったりだ、とくに不機嫌なスタッフと怒った法の番人とともに一日を過ごした後では。「うかがうよ」フェニモアはいった。

残念ながら、彼はそういう処方を与えられる運命にはなかった。

16

火曜日の晩

オフィスに帰ってみると、患者のジョンスン夫人が待っていたばかりか、〈緊急〉と記されたポリー・ハードウィックからのメッセージが届いていた。

ポリーは最初のベルで受話器を取った。「アンドルー？　助かったわ。今夜ディナーにこられない？　まずいことが起きて、わたしたちちょっとまいってるのよ」用件自体は緊急というほどのものではなかったが、彼女の声には無視できない必死の響きがあった。

「いいですとも。何時に？」

「七時ごろ」

十分間で二度目の言葉を、彼は口にした。「うかがいます」フェニモアの特殊能力をもってしても、同時に二つの場所にいることは不可能だ。やむをえずジェニファーの番号をダイヤルした。彼女はがっかりしたが、彼が明日の晩行くと約束すると、いくらか慰められた。

この前に訪ねたときとちがって、今夜のハードウィック家には煌々と明かりがともり、半円を描く車寄せには三台の車が停まっていた――赤いジャガー、白のアウディ、ブルーのメルセデス。なんたる愛国者だ、フェニモアはそう思いながらくすんだ茶色のぽんこつシェヴィをそのあいだに乗り入れ、全体の雰囲気をぶち壊した（くすんだ茶色は趣味ではないが、たまたま在庫があったのがこれだったし空色のより安かったのだ）。

彼が来るのを見張っていたらしく、ベルに手を触れもしないうちにポリーがドアを開けた。

「どうぞ」彼女は彼の腕をつかむと、センターホールわきの小部屋に彼を引き入れた。本や書類でごった返していて、オフィスか書斎に使われている部屋らしい。「夫や子供たちと一緒になるまえに、話したいことがあるの」彼女の顔はやつれ、声はいつになくおろおろしている。

彼は彼女が自制心をとりもどすのを待った。

「テッドはスウィート・グラスが自殺したと思ってるの。そして」彼女はちょっと口をつぐんだ。「それはわたしたちのせいだと」

「そんなばかな」

「あの子はそう思いこんで、わたしたちみんなを惨めな気分にさせてるの」

「彼に話をしましょう」

「そうしてくださる、アンドルー？　こんなこと、もう一日も耐えられないわ」

「何があったんです？」

「あの子はわたしたち一人一人を責めたのよ、スウィート・グラスを侮辱したといって。いちばん責任があるのはわたしなんですって」──声が震え、目がキラキラした──

「彼女をぎりぎりまで追い詰めた責任が」

「彼はどうしてそう思うようになったんです？　自殺だという証拠はありませんよ。死因すらまだ確定されていません」この前テッドに会ったとき、青年がスウィート・グラスを殺したのはロアリング・ウィングズだといっていたことを、彼女にいいそびれた。

「彼は取り乱してるだけでしょう」

「彼女の日記を見つけたの」

「ほう？」

「あの子はわたしたちには読んでくれないけれど、日記にはわたしたちがいったことが書きとめてあって、そういうわたしたちの言葉が深く彼女を傷つけたんだっていうのよ」

「なるほど」

「アンドルー、そんなふうにわたしを見ないで。責められているみたいだわ。そりゃ、わたしも最初はテッドにふさわしくない娘だと思ったわ。母親が息子にたいしてどんな気持ちをもつものか、あなたもわかるでしょう。どんな相手だって不足なのよ」（実際にはフェニモアは知らなかった。彼の母親は息子たちにどんな幻想も抱いていなかったから、彼らと結婚したいなどという女性があらわれたら、快く驚いただろう）「でも、悪気は全然なかったの」彼女はいい終えた。

「社交的な侮辱が自殺の原因になることはあまりありませんよ」フェニモアはいった。

「それを日記に書くことでスウィート・グラスの気が晴れる、ということはあったかもしれません。日記作家にはよくあることです。かの有名な英海軍官吏サミュエル・ピープスでさえね。でも、それで自殺を？」彼は首を横に振った。「ぼくにはとても信じられませんね」

「テッドにそういってやってくださらない？」

「やってみましょう」

「あなたは頼りになると思ってたわ」彼女は彼の腕をぎゅっとつかんだ。ふだんの顔色がもどり、声にも昔の自信がややよみがえった。「みんなのところへ行ったほうがいいわね。わたしたちがどうかしたかと心配するでしょうから」

ポリーはフェニモアをグリーンとアイヴォリーのリビングルームに案内した。あちらこちらの小さな銀や真鍮の装飾が部屋にアクセントを与えている。家族全員が集まっていたが、フェニモアは何かを邪魔したような気はまったくしなかった。どんな会話もどんな気持ちの交流も、おこなわれているようにはみえなかったのである。ネッド・ハードウィックはバーがしつらえてある張り出し窓で自分の飲み物を作っている。テッドは口をつけていないグラスを手にして、むっつりと火のない暖炉を見つめている。がっちりして、引き締まった体つきの女性がソファにすわって、これ見よがしに本を読んでいる。それより少し若くて、少し華奢な淡いブロンドの女性が、魚の水槽をのぞきこむようにして、熱帯魚にチュッチュッと唇を鳴らしている。ラヴェンダー色のプリントのロングドレスを着て黒髪をうしろにまとめた三人目の女性は、ヴィクトリア朝風の椅子に体をあずけている。心ここにあらずといった彼女の表情は、フェニモアが紹介されるあいだも何の変化もみせなかった。

「みんな、フェニモア先生のことは憶えてるわね。バーニス？」ポリーがきつい口調でよびかけると、ソファにいたがっちりした女性が本を閉じた。『日本の花』という本だった。

「見慣れない顔は大歓迎よ」彼女は力強く彼の手を握った。

「リディアは？」

ぼんやりした表情の女性が右腕を肘まであげ、彼にむかって物憂げに人差し指を振った。「キティ！　そんな魚のことは放っておいたら」

母親のキリキリした口調にびっくりして、キティはふりむいた。

「ごめんなさい、でもフェニモア先生にご挨拶してちょうだい」

彼女はダンス学校で教えられたお辞儀の名残のようにちょっと腰をかがめたが、すぐに魚のほうにもどった。

苦痛の表情が母親の顔をよぎった。「これで全部よ。もちろん、テッドはべつだけれど」彼女は用心深く息子にほほえんだ。彼はフェニモアにちらっとうなずいた。ポリーはコーヒーテーブルへ行き、精巧な陶器のケースからタバコを一本抜き取った。

「お母様！」同時に二方向から声が飛んだ。テッドはもの思いに、キティは魚に気をとられていたが、バーニスとリディアの二人が母親に厳しい目をむけていた。

彼女は口の手前でタバコを止めた。「いいわよ、いいわよ」彼女はタバコをケースに落とし、パタッと蓋を閉めた。

「どうしていつまでもそんな汚ないものをとっておくのかしら」バーニスがいった。

「ひどい匂いがするでしょうに」リディアが顔をしかめた。

「来客用においてあるのよ。アンドルー、あなたはいかが？」彼女はからかうような口調ですすめた。

「けっこうです。ぼくはこっちのほうが」彼は上着のポケットからパイプを取り出した。

「どうしようもない人ね」リディアがいった。

「それに先生もよ」バーニスが付け加えた。

「ぼくは酒も呑みますよ」彼は穏やかにいった。

「何にする？」察しのいいネッドが張り出し窓からきいた。

「スコッチを、少々水で割って」彼はソファのバーニスの隣に座った。

ポリーは室内をうろうろ歩きまわっている。ネッドがホストをつとめるべく、窓を離れた。

「なあ、フェニモア、どうだ、ちょっとしたハーレムだろう？」彼は飲み物を渡した。

「圧倒されますね」ごくりと飲みくだした。これからの困難な夜のための緩衝材だ。

「わが〝五月の花《メイ・フラワー》〟と呼んでるんだよ」彼は娘たちに順繰りに溺愛のまなざしを投げた。

「テッドのことはなんと呼ぶの、お父様？」リディアがいたずらっぽく目を光らせた。

「たった一人の息子かつ相続人だ」彼はすかさずいった。

テッドは空の暖炉に魂を抜かれたままだった。

「お母様のお金はわたしたち娘が相続するのよ」リディアがフェニモアにいった。「パパの中世的な考え方を埋めあわせるために」

「まあ、リディアったら、家族の秘密をなにもかもぶちまけることはないでしょう」

「あら、お母様、フェニモア先生なら大丈夫よ、秘密を打ち明けたって。ヒポクラテスの宣誓（医師となるときにする倫理綱領の宣誓）をしてらっしゃるんだから」

「お金のこととなると、どうかしら」母親はいった。

「ご安心ください、ポリー」フェニモアはあわてて彼女に請け合った。「ぼくはお金の話はほとんどしないんです。退屈でね」

「妙なかたね」リディアがいった。「あなたの同僚はほとんど、そうじゃないと思うけれど」

「たしかに」と父親が口をはさんだ。「なによりも医学の経済的報酬のほうに強い興味をもつ医者がかなり多い。だが、フェニモアはまちがいなく例外だよ。この前たしかきみは、レジデントのとき乗ってた古いシェヴィにまだ乗ってたな、フェニモア？」

フェニモアは声をたてて笑った。「だったら奇跡ですよ、ネッド。あの車は十五年前にお役ごめんにしました」フェニモアは、年代物の車を乗りまわしバラバラになるまで手放さないことで、有名なのだ。「ただ、今度のは色も同じで似た車種なんです」ハードウィック一家がこれ以上彼の経済状態を詮索しないうちに、フェニモアは彼らの注意をマントルの上にかかっているマスケット銃に引いた。「あれ、先祖伝来の銃ですか」

これ以上いい話題は選ぼうにも選べなかったろう。ホストはぱっと顔を輝かせ、たちまちこの武器の由来の話に突入した。どうやらこれは、フォート・ウィリアム・ヘンリーでフレンチインディアン戦争（一七五四―六三、仏軍とアメリカインディアン連合対英軍の戦い）を戦った先祖のものだったらしい。ネッドはマスケット銃を飾ってある場所からそっとはずし、フェニモアに渡した。じつにみごとな標本で、ピカピカによく手入れされていてすぐにでも使えそうだ。弾はこめてないことを信じたかった。注意深く、持ち主に返した。

「先祖はフランス軍を相手に栄誉の戦いをやった」ネッドは銃をラックにもどしながらいった。

「ご先祖はその戦いで亡くなったんですか」フェニモアは丁寧に尋ねた。

ネッドはうなずいた。「近衛連隊のウィラード・S・ハードウィック中尉。彼はモンカルム将軍との戦いでインディアンに虐殺された五十人の兵士の一人だった。その事件のことは憶えているかね？」

フェニモアはうなずいた。英軍はすでに降伏していたのに、フランス側についたモホーク族が武器を捨てた兵士たちに襲いかかって虐殺したのである。

「じつにおぞましい事件だった。フランス軍に加わったインディアンの一部が暴走してまさかりで……」

テッドがはじめて暖炉から目をそらし、父親をにらんだ。「お父さんがインディアンの伝説にそんなに詳しいとは知らなかったな」

「伝説じゃない、おまえ、歴史だよ」

テッドの首筋から顔へと、赤味が広がった。

ポリーが割って入り、すばやく話題を変えた。「わたし、今年のフラワー・ショウで風変わりな展示を考えてるのよ、アンドルー」

フィラデルフィアでは、だれもがどこかのガーデンの会員になっている。ポリーはガーデニングには特異な才能をもっている。有名なガーデンクラブの会長でもある。来年は彼女自身の庭が展示会場となるのだ。「三月までまだ間があるけれど、準備はこの夏から始めているのよ」彼女は暖炉のそばに座り、自分の気にいった話をするうちにだんだんくつろいでくるようにみえた。「来年のテーマはね、〝庭園――過去と未来〟というの。最初は火星のロックガーデンというアイデアを考えてみたんだけど、あまりにも限定される感じで」

フェニモアは心の中で同意した。

「そこでわたしたちは過去に的をしぼり、古代ローマ風の庭をつくることにしたの」

「でも、お母様、ローマの花は、北アメリカの花と全然ちがうわよ」バーニスが異議を唱えた。「ローマは乾燥してて、ずっと暖かい地域だもの。どうやって植物を守るの？」

「いいこと、いくら植物学の博士号をもっていても、フラワー・ショウの植物選びをわたしに指図する権利はないわよ。今は温室というものがあるんですからね。もういくつかの見本が——ハイビスカスとセイヨウキョウチクトウとオリーブの木だけど——カリフォルニアから発送されてきて、ちゃんと元気に育ってるわ」

「そう、でもね、それをこの巨大な霊廟みたいな街なかにもってきてごらんなさいよ、わたしなら二セントでもそんなもの買わない」

「クラブがすべてに気を配ってるわ。アトリウムみたいなものを建造して、モザイク壁のうしろに電気ヒーターをはりめぐらす計画よ」

「ごらんのようにね、先生、費用は問題外なんですよ」テッドが鋭く口をはさんだ。

「で、クラブの資金が底をついたら、メンバーは大喜びで自分の金庫に手を突っこみ、事業の後押しをするんです、そうだろう、お母さん？　だからこそ、メンバーになるには相当な金持ちでなければならない」

「そういう下品な表現は大嫌いなこと、わかってるでしょう」ポリーは立ちあがった。

「すぐもどるわ。わたしたちの計画をアンドルーに見せたいの」彼女は大きな巻き紙を腕の下にかかえて、すぐもどってきた。広げると世界地図ほどの大きさで、コーヒーテーブルにのせると、紙の三分の二が床に垂れた。

そのあとの三十分は、紀元前百年ごろのローマ庭園の設計図を賞賛するうちに過ぎていった。

バーニスがのぞきこんだ。「あきれたわ、お母様、オリーブとオレンジの林？　こんなものをいったいだれが造るの?」彼女は迷路のような壁と通路を手ではらった。「ボランティアを申し出ているご主人が何人か、それに……息子さんも」彼女はテッドを見たが、彼は無視している。

「そうだわ、お母様、池も造るのよ!」キティが加わった。「あそこに空いた場所があるじゃない」彼女はさんざん爪を嚙んだ跡のあるちいさな指を突き出した。「そうしたら、魚はわたしが選んであげる。お願い、わたしに選ばせて、お母様」

「そうねえ」母親は、素性も正体もわからない相手を見るような、当惑した目つきで娘を見た。

この計画に意見を述べようとしないのは、リディアだけだった。彼女はヴィクトリア朝の椅子によりかかったまま、傍観者をきめこんでいる。彼女がすべてを超越しているのか、何度となく目にしてきた光景——観衆の面前で専門的知識をひけらかす母親——に飽き飽きしているだけなのか、フェニモアにはよくわからない。

お仕着せを着た女性が戸口にあらわれた。「お食事の用意ができました」

一同は一人ずつばらばらにダイニングルームへ入っていった。気がついてみると、フェニモアはポリーの左、リディアの右、そしてバーニスのむかいに座っていた。彼はリネンのナプキンを広げながら、だれがスウィート・グラスのことを切り出すのだろうと思った。彼がここにいる唯一の理由はそれだ。自分に託されているのだろうか? そうでないことを望みたい。グレープフルーツのコースは無言のうちに過ぎた。スープが運ばれたとき、リディアが彼に顔をむけてきいた。「あなたは、あの作家とご親戚かなにかなの？」

アメリカの草創期について多くの本を書き残したジェイムズ・フェニモア・クーパー（代表作に『モヒカン族の最後』がある）と彼とを結びつける人物は、このところ耐えて久しくなかった。最近、野生の保護やアメリカ先住民への援助に国民の関心が高まったことで、クーパーの作品もまた脚光をあびることになったのだろうか？「イエスとも、ノーともいえますね」

「イエスというのは？」彼女は完璧な漆黒の眉をあげた。

「ノーのほうから始めましょう。父は、あの偉大な作家とはまったく関係ない、といいきっていました。うちの先祖はごろつきや悪党ばっかりだ、と」

彼女は微笑んだ。「で、イエスのほうは？」

「ある日、このいつもの父のいいぐさに腹をたてた母が、調べてみようと思ったんです。母はプラハの出身で、五百年前まで先祖をたどれるので、以前から父のもたどってみたかったらしいんです」

「プラハ？」彼のディナーの同伴者の瞳が輝いた。「カフカの国じゃない！」

「いやあ……」フェニモアは咳払いした。「母はカフカのファンだったとは思えないけど」

リディアはがっかりした様子だ。

「とにかく」とフェニモアは続けた。「母は歴史協会に飛んでいって、あれこれ調べたんですね。そして何週間かたってから朝食の席で、父にきれいにタイプされた系図を出してみせたんです。疑いもなく、父はジェイムズ・フェニモア・クーパーの遠縁の従弟であることを証明する系図を」

「なんてステキなの。お父様はなんとおっしゃった？」

「何も。父は一週間、母と口をききませんでした」

リディアが笑うと、真珠のようなきれいな歯が完璧に二列に並んでいるのが見えた。

「どうしてそんなにクーパーに興味をもつんです？　最近では、クーパーを読む人間はもういない、と思ってた。学校では、文学はヘミングウェイに始まってヘミングウェイに終わる、と思ってるんじゃないかな」

「わたしの学校はそうじゃないわ」

「どこ？」

「ブリッグズ」

フェニモアは溜息をついた。なるほど。南北戦争以前に設立され、以来カリキュラムを変えていない、良家の子女むき上流学校だ。「じゃあ、あなたは実際にクーパーを読んだんだね？」

「ええ、全部」

眉をあげるのはフェニモアの番だった。彼でさえ、全部は読んでいない。「あなたは、教師?」

彼女は首を振った。

「何をしてるの? つまり、クーパーを読む以外に?」

彼女はいたずらっぽく微笑んだ。「買い物、庭いじり、睡眠、食事」そしてメイドが差し出した大皿から、みごとなキッネ色をした仔牛のカツレツを取り分けた。

フェニモアは『不思議の国のアリス』の世界に迷いこんだような気がした。彼女は彼女なりに、ヴェトナム行きを拒否した六〇年代の若者と同じくらいむこう見ずだ。隣に恐竜が座っていたとしても、これほどショックはうけなかったろう。「失礼だけれど、あなたは自分の存在意義をどこに見出してるの?」

「つまり、なぜ医者とか、弁護士とか、商人とか、泥棒とかにならないか、ってことね?」

彼はうなずいた。

「人生は劇場だわ、先生。主役がいて、脇役がいて、端役もいれば通行人もいるでしょう。劇を上演するには、全部必要よ」この反論は陳腐で言い古された感じがした。彼女は自己弁護のためにたびたびこのセリフを使ってきたにちがいない。

「演出家を忘れてるね」

彼女は鼻に皺を寄せた。「わたしの柄じゃないわ」

「舞台監督は？」

彼女は顔を輝かせた。「それなら考えられる。わたしは裏方にむいてるのかもしれないわね」

「それにもちろん、観客がいる」彼は、カクテルのときに母のパフォーマンスを傍観していた彼女の無関心な態度を、思い出した。

彼女が答える前に、ネッド・ハードウィックがさえぎって、全員に話しかけた。「フェニモア先生がなぜ今夜ここにみえたか、みんなわかっているはずだ。家族の中に死者がでた衝撃から、ようやく立ち直りかけたとき、また新たに不快なものが発見された」彼は言葉を切って、息子に目をむけた。「テッドがスウィート・グラスの日記を見つけ、彼女がわたしたち全員に抱いたある感情が記されていることを発見したのだ。その結果、テッドは婚約者が自殺した——しかもその責任はわれわれにある、という結論に飛びついた。わたしはそんなことは考えられないと思っているが、公平な第三者の立場からこのつらい出来事に意見を述べてもらいたくて、フェニモア先生をここにお呼びしたのだ。できれば、そう願いたい」彼はフェニモアに顔をむけた。

この演説のあいだじゅう、テッドは懸命に父親の視線を避けて食べつづけた。

「その日記を見せていただけたらありがたいですね」フェニモアは中立をたもっていった。

「テッドがかまわなければ、ですが」

テッドがさっと立ちあがった。

「待って」ポリーがいった。「アンドルーがあの食事を終えてからにして。食後でも、充分時間があるでしょう」

テッドは座った。ネッドは妻からの目配せにしたがって、より事務的な株式市場の話題へと話を変えた。

「診療所はお忙しいの？」バーニスがテーブル越しに話しかけた。

「まあ、ぼちぼち」

「民間療法にまた関心が高まってるけど、効果はあるのかしらって疑問だったの」

「まだよくわからないな。もちろん、ときどき鎮静剤よりハーブティーのほうがいい、なんて患者さんがいるけれども、みんながみんな木の根っこや草で治ってしまうわけでもないしね」

「わたしも自分でハーブガーデンをやろうとしてるの」バーニスがいい、ハーブの効用についての会話がデザートのあいだじゅう、続いた。

デザートのあとは、ポリーがみんなをコーヒーの運ばれるリビングルームに追いやった。フェニモアはコーヒーを飲み終えると、日記を見せてほしいとたのんだ。

17

火曜日の晩のつづき

テッドがフェニモアに日記を渡した。ポリーは、さっき二人だけで話をした小さな書斎に彼を案内した。「好きなだけ時間をかけていいわよ」そういって彼女はドアを閉めた。一瞬、彼は客というより囚人になったような気分に襲われた。

日記帳を観察した。縦七インチ横五インチほどの小型のもので、鍵も留め金もついていない。簡単な表紙のノートだ。中を開いた。罫線がひいてある。最初の記述は七月二十日。彼女の筆跡はちいさいけれどもはっきりしている。読みはじめた。

七月二十日　Tとケープ・メイまでドライブする。申し分のない海岸日和。泳いで、ビーチでお弁当を食べて、それから海洋博物館へ行く。海洋生物に人間がどんなにひどいことをしているかの標本を見た。ビニール袋の中で窒息したカレイ、など。

人間には学習能力がないのだろうか?

七月二十二日　ぱっとしない一日。毎日の雑用。食器洗い。掃除。請求書の支払い。織物には手がつけられなかった。とにかく織りはじめること、ほかのことは後まわしにすべき。

次のページには、さらに同じ日々の仕事のことが書きこまれていた。それはとばす。ようやく興味深い内容が出てきたのは八月一日だった。

八月一日　Tが、初めて両親に会わせるために、わたしを連れ出した。家の大きさに圧倒される。Tは両親の豊かさをいつも控えめにしかいわない。わたしの服装が場ちがいだったのでは、と心配——ジーンズに袖なしブラウスにサンダル。わたしはテッドを見習ったのだけれど。彼はTシャツとカットオフジーンズを着ていた。でも二人は彼の両親なのだ。わたしのじゃない。気まずかった。彼のお母さんがわたしを見ているのに気がついたが、明らかに不合格といいたげな表情だった!　ディナーは悲惨だった。みんなに丁寧に家族のことを聞かれたので、兄が一人いるけれど今はもう親しくしていないと話したが、それがまずかったらしい。フィラデルフィア郊外の特定の地域では、家族を非常に重要視する。生きている親戚ばかりでなく、先祖がどんな風にこの土地にやってきたかということまで。たとえば、〈ウェルカム号〉できたよりは、〈メイフラワー号〉でやってきたほうが価値がある、〈メイフラワー号〉は最初の船だから、というわけ。もちろん、わたしの先祖たちは一万五千年前にベーリング海峡を歩いて渡ってきたのよと、話してあげてもよかったけど！

フェニモアは声をたてて笑った。スウィート・グラスは花が開くようにページの中から立ちあがってくる。しぼんだスミレなんかじゃない。オニユリに近い。つぎの興味深い記述は、九月にあった。

九月十日　動悸が早くなる症状があった。ロビンスン先生の診察を受ける。先生は心電図をとって、心配はいらないといってくださる。強心薬ジゴキシンと一緒に、不整脈の治療薬インデラルをのみなさいと。一日二錠。症状がひどくなったら、電話をするようにともいってくださった。

フェニモアは日記を脇において薬品の名前を書きとめ、早急にロビンスンに会おうと決めた。ありきたりの記述のところをとばし、九月十五日で手をとめた。

九月十五日　今日は結婚式のドレスを選んだ。ミセス・Hがどうしても一緒にくると言い張ったため、あまり高価でないものをみつけるのに激戦が繰り広げられる。一着わたしが気に入ったのが見つかったが高すぎた。でも彼女が半分払うという。お断わりした、たぶん、あまり上手にではなく。でも、テッドとわたしは、出発の第一歩から彼の家族の世話になるなんて、イヤ。そんなことをしたら、絶対にうまくいきっこない！

「えらいぞ」フェニモアはつぶやいた。

九月二十五日　RWに会いにいく。最悪。まだ結婚式には出ないと言い張っている。憂鬱。

十月一日　初めて織物の授業をする。女性たちのとてもいいグループ。結婚式の前に、手にあまるようなことを始めたのでなければいいけれど。でも、これはずっと前からやりたかったこと。それにみんなとても熱心にきいてくれる。すごく興奮した。

十月十二日　夜、Tのお母さんがいきなり飛びこんできて、法の制定を始める――結婚式やハネムーンやわたしたちの新居の家具について。わたしはもう、ただ、唖然。不意打ちをくうとは思ってもいなかった。別れ際の彼女の言葉はこう。「あなたたち二人に、自分のしていることをわきまえてほしいだけなのよ」いったいこれは、どういう意味なのだろう？　ドリスが隣の部屋にいて、話を全部聞いていた。彼女はショックを受けたらしい。Tに話すと、ちょっと肩をすくめていった。「母はものごとを取りしきるのが好きなんだ。式が終わったら熱も冷めるさ」だといいけど。

十月十三日　また動悸が早まる。ロビンスン先生は心電図をとって、インデラルを一日三錠に増やした。結婚前で気が昂ぶっているせいと考えられますか、ときいてみた。先生は笑って「そうかもしれないわ」と答えた。

フェニモアは不満げに咳払いしてページをめくった。

十月十四日　悲劇的なニュース。ドリスが今日の定期検診で手術が必要だといわれた。子宮摘出！　信じられない。あんなに若いのに、子供を産めないなんて。なんて不公平なんだろう。ひどい。彼女はわたしの付き添い人。結婚式は延期するべきではないだろうか。

十月十五日　Tは延期には耳を貸さない。ドリスも。彼女の主治医が、十一月十五日までにはよくなって式に出席できる、とうけあってくれた。手術は十月二十五日。

十月のところを読み進むうちに、フェニモアにはだんだんわかってきた。

十月十六日　またまたTのお母さん。式のときの誓いの言葉をチェックするために電話をかけてきた。わたしたちは〝従順〟の誓いを削り、古いラナピ族の祈りを読むことで式を締めくくるつもりだと話した。彼女はまた、兄がわたしを〝手放す〟つもりがあるのか、と訊く（兄が式に出席もしないことは、まだ彼女に話していないのだ）。わたしは手荷物かなにかのように、一人の男の手から別の男へと〝手放され〟たりしたくないことを、彼女に説明した。たとえロアリング・ウィングズが来るとしても、付き添い人にはなってほしくない。わたしはお母さんにいった。

「わたしは空の小鳥のように、森の鹿のように、海の魚のように自由に、教会の通路をテッドのほうへ歩いていきたいんです」彼女は電話を切った。

フェニモアは微笑した。ついにポリーは、好敵手に出会ったようだ。だが、日記の書き手にとってもポリーが手強かったことを思い出し、眉をひそめた。

十月十七日　Tの妹から電話。黒髪のほう。リディア。式で付き添いをつとめたいような口ぶり。ああ。付き添いは一人でたくさん。どんな人かわからない女性なんて。悪い人ではなさそうだけど、もし彼女に頼めばほかの二人にも頼まなきゃならない！

ヒステリックになっているのを感じて、フェニモアは急いでページをめくった。

十月十八日　性病チェックのための血液検査を受ける。悪い冗談。調べられないのはエイズだけ。

十月十九日　いちばん下の妹キティから、困った電話。彼女は、結婚式にのけものにされてショックを受けている、という（ほらね？）。わたしは可能なかぎり冷静に、テッドとわたしはごくささやかな式にしたいし、こんなに日が迫っては付き添い人を増やせないわ、と説明する。長い間があって、すすりあげるような声が聞こえ、「きっと後悔するから」というセリフとともに電話は切れた。テッドには話せない。腹をたてるだろうから。彼女は式に参加してもらうことにしたほうがいいのかも。たいしたちがいはない。とにかく式が終わってほしい。

十月二十日　許可証をもらいに、テッドとシティ・ホールに行く。みすぼらしい小さなオフィスは幸せなカップルで一杯だった。目の前のベンチで一組の男女が抱きあっていた。その場でセックスを始めるのかと思ってしまった。結婚しようというときは、自分たちだけが特別だと思いがちだ。こんな経験をしているのは自分たちだけだと。ここへ来たおかげで、自分を少し距離をおいて見られるようになった。それでもキティのことは、頭痛の種。彼女はちょっと精神的にバランスを崩しているのでは。

十月二十一日　いちばん上のバーニスから電話。彼女のアパートメントのディナーに来てほしいという。出かけた。することが山ほどあったけど！　姉妹の中では彼女がいちばん好き。アパートメントからの河とボートハウス・ロウの眺めはすばらしかった。白い明かりに縁取られたたくさんのボートハウスは、まるでアニメーションの景色。バッグズ・バーニーやドナルド・ダックが飛び出してきて、スクールキルツや滝をボートで漕ぎのぼりそうな気がした。中に入ると、アパートメントはハーブガーデンとジャングルをたして二で割ったみたい。どこもかしこも植物だらけ——枯れたのや生きたのや。ふつうの園芸種ではない。専門家の知識と世話が必要な、珍しい、エキゾチックなものばかりだ。出窓にならんだ鉢、天井やドア枠からぶらさがったバスケット、ありとあらゆる隅や隙間にもつめこまれている。バーニスがキッチンに消えたとき、Tがささやいた。「ここへ来るといつも、首狩族に襲いかかられそうな気がするんだ」ディナーはおいしかった。ずいぶん手間をかけてくれたみたい。インディアン・カレー煮こみチキン（つまりほんとうのインド風）、ライス、サラダ、そしてデザートにはフルーツコンポート。特別なワインも。わたしの〝生まれ〟については一度口にしただけ。民族料理を作ることがあるの、と訊いたのだ。わたしはサパンを作ったと話した。

フェニモアは顔をしかめた。彼の記憶するところでは、茹でたコーンをベタベタにつぶしたようなものだ。

バーニスは顔をしかめた。でも、ハックルベリー入りのパンのことを話すと、レシピが欲しいといった。今度作ってあげると約束する。わたしたちはラナピ族が大昔に国を離れて南ジャージーに暮らしはじめたころの、食事のことを話題にした。彼女は、イチゴのラナピ語――〝心の実〟を意味する〝ウティヒム〟という言葉に夢中になった。「なんてステキなの！　もちろん、ハート型をしてるからでしょうね。でも、わたしたち冷血なアングロ-サクソンは、そんなことは完全に見過ごしたんだわ」わたしたちの祖先やその生き方に純然たる興味を示されるんだったら、わたしはちっともかまわない。

十月二十二日　またキティから電話。今度は彼女は声を変えようとしていた。「テッドから手を引きなさい、さもないと」とひそひそ声。これはTに話さないと。彼女は精神科医に診てもらうべきでは。

「まったくだ」フェニモアは読み進んだ。

十月二十三日　Tのお父さんが来た。

おい、おい、彼女をそっとしておいてやれないのか？　フェニモアは唸った。

彼が立ち寄った口実は、結婚祝いだった。Hご夫妻はわたしたちに東洋の敷物をくださるつもりで、新居のリビングルームの寸法が知りたいとのこと。Tとわたしは敷物類は放り出して、床をむきだしにしたいのだ。二人で床にサンドペーパーをかけ、ステインを塗って磨き、とても美しくなっている。でも、平和を維持するために、彼に寸法を教えた。それで帰っていただけると思ったが、彼はあまり婉曲ともいえない口調でわたしの健康のことを尋問しはじめた。わたしはファローの四徴症のこと、ジゴキシンをのんでいることを話した。でも、動悸が早まる症状までは話さなかった。彼には関係ない。彼はすべてを把握したらしく、うなずいた。息子が病人と結婚しようとしているのではないことを、彼に信じてもらえたと思いたい。彼はわたしの主治医の名前も聞いた。

今度は何だ？　馬のよしあしを見るときみたいに、彼女に歯を見せろとでもいうつもりか？　フェニモアは歯軋りしながらページをめくった。

十月二十四日　ポリーから電話。彼女はそう呼んでちょうだい、という。難しいけれど、やってみよう、Tのために。彼女はわたしたちのためにパーティを計画している。ほかの親戚や昔からの友人にわたしを紹介するためだ。

彼女を値踏みするためだろう、フェニモアはうめいた。

「堅苦しいことは何もないのよ、家族と親しい友人でささやかにバーベキューをするだけですからね」と彼女はいった。きっとディナーパーティでは心配なのだ。この前のわたしの身なりから、またタンクトップとジーンズでやってくるのではないかと。ああ、いったい、いつ終わるの？　Tと二人だけにしておいてほしい。ハネムーンのことを考えるとやっと元気が出る。Tの両親はバミューダへ行って贅沢なホテルに泊まればいいと考えている。でもじつは、わたしたちは南ジャージーの野原の真中の小屋を借りてある。原っぱと空と湾の香り以外、何にもない所。姿を見せるのはタカとサギ、それからときどきあらわれる鹿だけ。することも何もない、ただ原っぱを歩いて、火のそばに座って——そう——愛しあうだけ。ああ、それまでわたしがもっといいけど。

十月二十五日　今日、ドリスの手術があった。病院では、成功だという。たいした成功。ゆうべ、彼女は泣き崩れた。なだめるのに三時間かかった。子供を産めないということのつらさ。ある点で、彼女は正気を失っていた。「あなたなんか大嫌いよ、あなたは赤ちゃんを産めるんだから」という。彼女が本気だとは思っていない。ああ、人生は地獄にもなりうるのだ！

書斎のドアにノックの音。フェニモアは日記から体を起こした。「はい」

「どうなの？」ポリーの声がドアのむこうから虚ろに聞こえた。

「もうちょっとです」腕時計を見た。十時十分すぎ。「すぐ行きますよ」彼女が知りたいのは理解できる。この記録は絶対に彼女の手に渡してはいけない。

彼女の足音は遠のいた。

十月二十六日　ドレスの仮縫い。高いけれど、美しい。とてもシンプルだ。ポリーが説明した。「簡素さには値段があるのよ」そのとおりだと思う。わたしも昔から飾り気のないものが好きだ——シェイカー教徒の家具みたいな。あれも高価だ。有名な箱でさえとても高い。いちばん小さいのでも五十ドルはする。でも、当然じゃないかしら。一個作るのに何日もかかるのだから。織物をするからよくわかる。いちばん単純な模様がいちばん難しいことがあるのだ。

十月二十七日　一年生のセクションに簡単なテストをする。買い物。気分転換に早めに寝る。

十月二十八日　午前。テストの採点。請求書の支払い。二時間、織機の前に座る。ばんざい！　織っていると、織物の模様以外のことはすべてを忘れられる。エジプトの女性たちも、ラナピ族の先祖も――おばあちゃんも、こうだったのだろうか？　Tからの電話がなかったら、夜通し織っていたかもしれない。

十月二十九日　昨日、RWに会いにいって、ひと晩泊まった。もう一度、出席して欲しいと説得する。もちろん、彼は拒否。「結婚を認めないとしたら、なぜ式に出席する必要がある？」いつもとても論理的だ。子供のころからそうだった。だから優秀な建築技師になれたのだろうけれど、兄としてはありがたくない。でも、彼は結婚祝をくれた。祖母の杼《ひ》だった。祖母がとても軽い松材を使って作ったものだ。まるで小鳥のように飛ぶことを、わたしは知っている。これで織ってみたくてたまらない。すぐにでも試してみたいけれど、パーティという余計なものがある。ああ、家にいられたら。ＲＷが気持ちを変えてくれたら。結婚式がすめばいい。もう死にたい。

これが花嫁になる女性の考えることか。フェニモアはページの下に目をずらした。

十月三十日

日付の下は白紙のままで、次の記述を待っている。フェニモアはごくりと唾を呑んだ。テッドに会いにいく前に、彼はわざわざ椅子のかたわらの床にパイプを置いた。

18

十一月二日　水曜日

翌日、フェニモアは仕事の遅れをとりもどそうとした。まず第一は、患者のリスカのこと。自分がいないあいだ、心臓手術推進派チームを食い止めておいてくれたかどうかを、ラリーに確認した。ほかにも何人かの患者がいたし、一日でも放っておくとすぐ山になる書類があった。しかし日記のことが頭から離れなかった。病院の廊下を歩いているときも、カルテや処方箋を書いたりしているときも、日記の断片が浮かんできた。しっかりした、明晰なスウィート・グラスの声の響きが、彼の仕事を邪魔しつづけた。

ようやく仕事を終えると、七時すぎていた。残務を理由に、ジェニファーとのディナーの約束はすでに断わってある。彼女はその知らせを冷静に受け止めた（医者兼探偵とロマンティックな関係をもつ人間は、延期には慣れっこになるものだ）。彼はやらねばならない最後のつらい仕事――ドリス・ベントリーにスウィート・グラスの死を報せること――で一日を終わらせようと決心した。彼女もこのニュースを受けとめられる程度には体力を回復しているだろうし、ほかからふいに知らされるよりは、自分の口から話したかった。

フランクリン病院にむかって歩き出したが、一ブロックも行かないうちに車で来なかったことを後悔した。夜の街を歩くのは、もはや楽しいものではない。それに最近襲われたことで、神経が立たないわけがなかった。空手かなにか、護身術を習いにいったらどうだろう、という思いがわいた。犯罪を犯しそうな風貌の人物を避けるために、二度も通りを横断しなければならなかった。医学部の学生のころの、夜の散歩のことをなつかしく思い出す。十時には勉強にひと区切りつけて、大学を出て街の中心まで十五ブロックほど歩き、よく映画を見たものだ。ビデオができる前は、グレタ・ガルボやイングリッド・バーグマンに会うためには、出かけていかなければならなかった。それからマーケット・ストリートまでバスでもどり、また本を読むかベッドにはいるか。財布――あるいは命――を失う恐怖にふりむいたことなど、一度としてなかった。

なぜか、このブロックは街灯が消えていた。強盗がひそんでいるかもしれない戸口や路地を避けて、彼は縁石ぎりぎりのところを歩いた。通りは静かだが、だれかに尾けられているという感覚がつきまとってはなれない。ロト（エイブラハムの甥。彼の妻はソドムから逃げ出すときうしろをふりむいたために塩の柱にされた）のように、けっしてうしろはふりむかないようにした。そしてひたすら足を速めた。交差点で信号が青に変わったが、車が曲がってきたので後退せざるをえなかった。とたんに何者かにぶつかり、飛びあがった。

「オス、先生！」

「まったく、もう！」フェニモアはホレイショに顔をしかめた。

「ごめん。オフィスから尾けてきた。あんたのスリッパ盗んでないといいたくてさ。あんなぼろっちい――」

「もういい！　きみが盗ったなんて思ってやしない」

「マジ？」

「ああ」

「夜の一人歩きはヤバイよ、ドク」

「ありがとう。そういうきみはどうなんだ」

「おれは平気さ」

「ふーん」フェニモアはいった。「きみは金城鉄壁か？」

「は？」

「ナイフも弾丸も通さないほど皮膚が厚いのかい？」

「刺されるほどそばには寄せつけない」

「ほんとかね」

「おれは人の目には見えないんだ」

フェニモアは唸った。「じゃあ、ぼくは〝透明人間〟を雇ったわけか」

「知ってるの？」

「H・G・ウェルズ——彼の最高傑作だからね」

「去年、英語の授業で読んだんだ」

「いい選択だ」二人は今度は並んで歩きながら、病院へむかった。

「それ以来、おれは人の目には見えなくなった」

フェニモアは彼をながめた。

「まあ、ほとんどってことだけど」

「どうやるんだい？」

「まずスニーカー。黒っぽいボロ服。すばやく動く、でも急いではいけない。人の注意を引くようなことはいっさいしない」

「それは〝したたかに都会を生き抜く方法〟っていわれてることだろう」

「ああ。でも、おれはカンペキだぜ」

「ぼくだって」

「ちがうね。見ろよ。あんたの恰好はしゃれすぎてる（フェニモアがこんな悪口をいわれたのは、初めてのことだった）。ネクタイをはずす。太った財布持ってるってバラしてるみたいなもんだからね。それにその靴。そんなにドンドン音たてちゃ、街中に聞こえちまうよ。スニーカー履かなきゃ」

フェニモアは歩きながらネクタイをほどいて引きぬき、ポケットに突っこんだ。「よし。ほかには？」

「そのシャツ。暗いとこじゃ光って見える」

彼はスーツの上着のボタンを留めて襟を立て、白いシャツを隠した。「これでどうだ」

「ましだね。でも、なにしろ黒いものを着なくちゃあ。黒いTシャツ、黒いジーンズ、黒いスニーカーだ」

さぞ患者が喜ぶことだろう——街で唯一のギャングもどき医者ということで。医者の服装規定も最近ではくだけてきているが、ここまではとてもとても。「ご忠告、頭にいれておくよ」

「行き先はどこ？」

「フランクリン病院。あとひとブロックだ」

「一緒に行くよ」

「好きにしたまえ」

病院入口のむき出しの照明の下で、二人は顔を見あわせた。フェニモアの顔は灰色、ホレイショの黒っぽい肌は黄色味を帯びて見える。二人とも集中治療室に入れられかねない顔色だ。

「どのくらいかかる？」

「三十分ぐらいかな」

「おれ、待ってる」

「そんな必要はないよ」

答えるかわりに、少年はロビーに入って手近なビニールの黒いソファに寝そべった。フェニモアは肩をすくめて人気のないロビーを横切り、エレベーターにむかった。ボタンを押したとき、黒ずんだ制服のがっちりした男が近づいてきた。「面会時間は終わったよ」

「ぼくは医者なんだ」

守衛は彼にむかって目をパチパチさせた。「だったらおれはマドンナだ」

フェニモアは首に手をやった。ネクタイをしていない。上着の襟も立てたままだ。彼は襟を折り、ポケットからネクタイを引っ張り出した。「安全のためにはずしておいたんだ」そしてニヤリとした。「嘘じゃない」

エレベーターが来た。ドアは開いたが、守衛がボタンに手をかけて行く手を塞いでいる。フェニモアはポケットをさぐり名刺を出して渡した。

彼はざっと見ただけで返してよこした。「すいません、先生。夜遅くなると妙な人間がいろいろやってくるもんでね。とくに冷えこむようになると。一度なんか、上のベッドでホームレスの男が寝てたんですよ。気持ちよさそうにくるまってね。あいつ、この匂いがなかったら、毛布を持ち逃げしただろうな」

「近くに避難所はないのかな？」

「あるけど、ホームレスは使わないね」

フェニモアはエレベーターをおりるとすぐ、男子洗面所に入って鏡で自分の姿をチェックした。念入りにネクタイを結び、髪をとかし、スーツの糸くずらしきものはすっかり取り除いた。顔の左側が右側と同じ色にもどりかけているのを見て、ほっとする。洗面所を出たときは、浮浪者とまちがわれそうな様子はまったくなくなっていた。

19

水曜日の夜のつづき

フェニモアはできるかぎり穏やかにニュースを伝え、ドリスは期待できるかぎりけなげにそれを受けとめた。最初のショックから立ち直ると、彼女はいった。「スウィート・グラスが行方不明だと初めて聞いたとき、もう彼女には二度と会えない予感がしたの」彼女は涙をぬぐった。「テッドはどう？」

「ひどくまいってる。みんなを責めてるんだ。彼女の兄。自分の家族。自分自身」

「わたしも？」

「いや。きみだけは、彼も責められない。ここに入院してたんだからね」

「わたし、入院した日に彼女にひどいことをいったわ」彼女は嗚咽を押し殺した。

「きみは取り乱してたんだ。彼女はちゃんと理解してたよ」

「どうしてわかるの？」

「彼女の日記を読んだんだ」

ドリスは目をあげた。「わたしのことを怒ってなかった？」

彼は首を振った。「ちっとも」

彼女の表情がゆるんだ。「どうして彼女の日記をあなたが？」

彼女が詰問するつもりでないことはわかっていた。「テッドが見つけてね。彼から読んでくれと頼まれたんだ。彼は、彼女が自殺したと思いこんでいて、それで――」

「ありえない。彼女は絶対にそんなことしないわ。彼女には生きる目的がそろっていたのよ」

「そんなふうに見えるけどね」

「疑問があるみたいな口ぶりね。日記からほかにどんなことがわかったの」

「彼女が思慮深くて、寛容で、気持ちのしっかりした女性だったということ」

「そうよ」彼女はうなずいた。「その通りだったわ」また泣きそうになるのをこらえた。

「それから、彼女がテッドの家族から相当なストレスを受けていたことも」

彼女はまたうなずいた。「すごくむずかしい人ばっかりよ。それだけは羨ましいと思わなかった。テッドは優しいけど、家族をコントロールできない人なの。スウィート・グラスがいなかったら、彼はいまだに家族のいいなりよ」

「二人は知りあってどのくらい？」

「三年くらいね。でも一緒に暮らしはじめたのは去年になってから。彼はすぐ同棲したかったらしいけど、彼女のほうがずっと保守的でね。その点では彼のほうが強くて、とうとう彼女を説き伏せたの」

フェニモアは彼女を疲れさせているのでは、と心配になった。「もう失礼するよ、きみは休んだほうがいい」

「ここにいると休むだけはいくらでも休めるわ」彼女は微笑んだ。

准看護婦がドアから顔をのぞかせた。「ごめんなさい、面会の方がいるのを知らなくて」

「今帰るところだよ」フェニモアはいった。ドアの外に出たとたんに、准看護婦がドリスに話しかける声が聞こえた。彼は立ちどまって耳を傾けた。

「お友達、よくなったかしら？」

「友達？」

「ほら、先週の土曜日、ここで気分が悪くなった人よ」

フェニモアはさっと部屋にもどった。「その人が気分が悪いことを、どうしてきみは知ってたんだい？」

准看護婦はびっくりしている。

「この人は、先生なの」ドリスが説明した。「そして……わたしのお友達」

「彼女、ここを出たとき、救急治療室《ER》への行き方をわたしに訊いたの。そっちでちょっとした騒ぎになったのよ」

　廊下で、汚れた食器をいっぱい積んだキャスターがガチャガチャと音をたてている。

　フェニモアは一語も聞きもらすまいと身を乗り出した。

「どんな騒ぎ？」

「ええと、彼女の心電図を取ったら、結果がかなり悪くてね。入院させようとしたんだけれど、書類に彼女のサインをもらいにいったときには、もういなくなってたんですって！」

　キャスターがゴトゴトと廊下を通っていった。

「そのことをきみはどうして知ってるの？」フェニモアはきいた。

「ERの看護士とつきあってるから」

　フェニモアは彼の名前をきいた。

「ジョージ・ジョンスン。でも今夜は非番よ」

「なぜもっと早く、そのことを話してくれなかったの」ドリスがいった。

「二、三日、休みをとってたのよ。でも、べつに寂しくなかったでしょ」むっとしたような口調でいった。

「鎮静剤でほとんどうとうとしてたから」ドリスは取り繕おうとした。

機嫌をなおした准看護婦は仕事にもどり、枕をふくらませベッドの角度を調節した。フェニモアはこの新しい情報に脳細胞をしぼりながら、病室を後にした。

考えに気をとられていたフェニモアは、ナースステーションの前を素通りした。だが、二〇八号室まで来たとき、何の気なしに中をのぞいた。

「先生!」あの華奢な年配の女性はもう吹雪に埋まったようにシーツと枕に沈みこんではいなかった。レースの縁取りをした薄紫の上着を羽織り、白髪をきれいにとかしつけて、ベッドに座ってグラスの水をちびちびのんでいた。「入って、掛けてくださいな」彼女は手招きした。「このあいだの夜は、ほんとうにありがとう。看護婦さんたち、あれ以来わたしを女王扱いなのよ」彼女は微笑んだ。

若いころはこの微笑みに数えきれないほどの若者が群がってきたことだろうな。ベッドに近づきながらフェニモアはそう思った。「ずいぶんお元気そうですね」

「ええ、明日、退院させてもらえるの。それでこうして祝ってるのよ。ご一緒にいかが?」彼女が水入りのグラスを彼の鼻の下で揺すると、強烈なジンの匂いが彼をもてなした。「あなたはマティーニってタイプみたいだから」彼女はカバーの下を探り、レモンの皮を幾片も浮かべた大きな密閉ガラス瓶を取り出した。

「驚いたな! どうやってそんなものを調達したんです」

「甥が一人いるんだけれど、これが底抜けのバカってわけでもなくてね。わたしがたのめば何でもやってくれるのよ。今夜こっそり差し入れてくれたの。まだ冷えてると思うわ。そこの流しの上にもうひとつグラスがあるでしょ。それ、持ってらっしゃいよ」彼女は瓶のキャップをはずしはじめた。「今はマティーニなんて流行らないわよね。みんな飲み方まで忘れてる。なんだか気の抜けたようなものばっかり飲んじゃって――ワインクーラーだ、フルーツポンチだって。水にまでお金を払うっていうじゃないの、まったく！　でも、ジンはまた流行りだすわよ、何でもそうでしょ。ショート・ヘア、ロング・スカート、ロング・ヘア、ショート・スカート。長生きしたおかげで、流行り廃りを何度も見てきたの。ところで、わたしはマイラ。マイラ・ヘンダースン。あなたは？」彼女は彼のグラスになみなみと注いだ。

「フェニモアです。アンドルー。あの、ミズ・ヘンダースン、だれかが入ってきたら困りませんか？」彼は肩越しにちらりと目をやった。

「大丈夫よ。だれも来やしないわ――ベルを鳴らさなければね。鳴らせば飛んでくるけど――あなたのおかげで。それから、そのミズなんとかっていうのはやめて。ミセスよ。夫は立派な男だったから、彼の名前を名乗るのは全然嫌じゃないの。判事だったの。死んで二十年になるわ。でも、あなたには、ただのマイラ」

フェニモアは自分のグラスを口に運んだ。「ちょっとうかがいたいんですが。あの晩、あなたはぼくを〝先生〟と呼びましたね。どうしてわかるのかとぼくがきいたら、あなたはそう見える、とおっしゃった。あれはどういうことなんです？」ついさっき浮浪者と間違えられたばかりで、自分のアイデンティティに危機感を抱いていることは、黙っていた。

「だって、そう見えたのよ。今もそう見えるわ。昔は医者というものは、親切で頼もしそうな感じで、すぐそれとわかったの。今は変わったわね。みんなせかせかしてる。あなたはだれのお見舞いにきたの？」彼女はきいた。

「ベントリーという女性です、二一四号室の」

彼女の表情が変わった。「かわいそうにね。このあいだ、日光浴の部屋で会ったわ。元気づけてあげようとしたけれど。むごいことね、子供が産めないなんて。わたしは産んだことがないけど。ジェラルドもわたしも忙しすぎてね。年中仕事仕事で。わたしたちはそれが好きだったの。でも子供が欲しければ、持つべきだわ」

「うーん、どうもぼくはあなたの努力をぶち壊してしまったようです。彼女の友達が亡くなったことを知らせなきゃならなくて」そのことを口に出せるのがありがたかった、事件とは何の関係もない人物に。

「まあ、なんてこと」彼女はグラスを置いた。

「彼女のルームメイトが何日か行方不明だったんですがね。遺体で発見されて、一昨日身元が確認されました。今月結婚する予定だったのに」ヘンダースン夫人の顔に映し出された表情を見ていると、いまさらのようにこの悲劇のすさまじさが感じられた。「ベントリーさんが少し回復してからでないと、話せないと思って」

「もちろんよ」年配の女性は首を振った。「何で……その娘さんは何で亡くなったの？」

「心臓発作です。少なくとも公式見解では」

彼女は鋭い視線を彼にむけた。「何か疑問でも？」

いったい何だってこんなことをいってしまったんだろう。彼はマティーニに目をやった。半分空になっている。彼はグラスを置いた。

「いいじゃないの。さあ、飲み干して。病気のおばあさんを満足させて。ぞっとするような話があるなら、すっかり聞かせてよ」

「あなたは病気にもおばあさんにも見えませんよ」ほんとうに、彼がここに入ってから彼女は十も若返ったようにみえる。

「お口がお上手ね。まあ、とにかく、話してちょうだい」

われながら呆れたことに、彼はいつのまにかすべてを打ち明けていた。〈PSPS〉のハーブガーデンでネッド・ハードウィックに会った件《くだり》へくると、彼女は彼を制した。

「ネディ？」

「彼をご存知ですか」

「よちよち歩きのころからね。あの人のお母さんとは、共犯者みたいにいっつも一緒だったの。わたしたちの意見が合わなかったのは、あの子の育て方についてだけね。彼女、ネディをすっかり甘やかしてしまって。でも、もちろん子育てについてわたしの意見に耳を傾ける人はいないわ、わたしには子供がいないから。ほしがれば何でも与える。それじゃあ、だれのためにもならないわよね。彼はいまでもわたしを、マイラおばさんと呼ぶのよ……ちょっと待って」彼女は口に手を押し当てた。「その亡くなったという娘さん。ひょっとして……？」

二人は互いに見つめあった。

ふたたびヘンダースン夫人が口を開いたときには、いままでのふざけた調子はまったく影をひそめていた。「スウィート・グラス」その名前をいとおしげに呼んだ。「ステキな名前。ステキな娘さん。一週間ほど前に会ったばかりよ。ポリーが若い二人のためにパーティを開いて、わたしも招かれたの」

「あなたもそのバーベキューにいらした、というんですか」

「もちろん、そうよ。家族の古い友人として呼ばれたの、紹介されるためにね、テッドの」――彼女は口籠もった――「花嫁になる人に」

フェニモアは興奮を抑えようと努力した。ここでほんとうに、あの不評のバーベキューの話をじかに聞けるのだろうか？　無作法にならないようにちょっと間をおいてから尋ねた。「ちょっとそのお話をうかがえませんか。パーティの、ですが？」

「ひどいパーティだったわ。妙な虚栄心と緊張で塗り固められたような。昔から、ハードウィックのパーティは我慢できなかったけれどね。あそこで嘘のない人物はスウィート・グラスだけだったわ。しばらく彼女と話をしたのよ」

こんな幸運があるなんて信じられない。フェニモアはさらに身を乗り出して、ひと言ひと言に神経をはりつめた。

「テッドにはもちろん、親たちが決めていたべつの人がいたの」

「ほう？」

「そうなのよ。エレン・ポッツ。両家は結婚を意識して子供たちを一緒に育てたの。でも、うまくいかなかったわけね。家柄的にはね……エレンの両親はすべての条件を備えてるわ。母親はヴァサール出身。父親は市の名士でユニオン・リーグのメンバー」

「エレンはどうなんです」

「彼女もヴァサール出身よ」

「で、今は？」

「修士号学位をとるためにいくつか大学の講義を受けてると思うわ、まだ希望を捨てずに。テッドの家族は一度もスウィート・グラスのことを本気で信じたことがないからね。

あの人たちは、いやな傷や痛みかなにかみたいに、彼女がそのうち消えてくれればと思っていたのよ。ポリーは彼女にとてもそっけなかった。たとえば、このバーベキュー。こんな大事な場合に、どうしてバーベキューなの？　わたしはすごく妙な気がしてたの。そうしたら、偶然、キッチンでテッドが同じことを母親に詰問してるのが耳に入った。〝どうしてバーベキューなんだ、お母さん。しかも十月に〟って。〝焚き火のそばのほうが、スウィート・グラスがくつろげるとでも思った？　それとも、彼女がナイフやフォークも満足に使えないと思った？〟」

彼女はすばらしく話上手だった。フェニモアには、怒りに顔を赤くして母を責めるテッドの姿が目に見えるようだった。

「ポリーが途方に暮れているのを見たのは、あれが初めて」年配の女性は巧みに話を続けた。「ちょっと黙りこんでから、彼女はもぞもぞいったわ。〝そんなことは考えてませんよ。ただ、堅苦しくなくていいと思っただけ、とても暖かくていいお天気だし……〟　〝それにバーベキューだったら〟ってテッドは怒鳴ったの。〝スウィート・グラスが場違いなものを着てあらわれても、だれも気がつかないからね。ところがディナーパーティじゃあ、お母さんの友達がどんなに口やかましく騒ぐことやら〟

〝バカなこといわないでちょうだい〟と彼女はいった。〝スウィート・グラスだって上等なドレスの一着くらいはもっているはずよ〟

〝ちくしょう！〟テッドは叫ぶと、わたしを突き飛ばしそうな剣幕でキッチンから出ていったわ」

「それから？」

「そこで、わたしはそのままキッチンに入っていって、何かできることはないかしら、ときいたの——もちろん、お料理のことをね。でもポリーはべつの意味にとって、完全に取り乱したわ。〝ああ、マイラおばさま、わたしもうだめ〟って。〝テッドはわたしたちが結婚に反対していると思ってる、彼女がインデ……アメリカ先住民だから。でも、そんなことは嘘よ。彼女の生まれはなんとかなる。わたしたちが心配してるのは、彼女の健康なの。生まれつき心臓に障害があってね。ネッドから聞いたところによると、たとえ子供が産めたとしても、大人になるまで見守ってやるほど長生きはできない——〟」

「そんな根拠はありませんよ」フェニモアはさえぎった。

「そのへんのことはわたしにはよくわからない。でも、わたしはポリーを安心させようとしたの。彼女はキッチンのものを壊してまわってたからねえ、ポットだのお鍋だのを叩き落としたりして。怪我するんじゃないかと心配したわ。それからようやく彼女をなだめて、外のみんなのところへ連れていった」彼女は間をおいた。「そのときだったわ、真中の娘のリディアが間の悪い発言をしたのは」

これ以上ヘンダースン夫人に近寄ろうと思ったら、フェニモアは彼女のベッドに入らなければならなかったろう。

「みんなのいるパティオに近づいていったら、リディアが十月の気持ちのいいお天気のことをしゃべっていたの。〝こんな長いインディアン・サマーは初めて〟といってから、彼女は口をつぐんで、ばつが悪そうにスウィート・グラスを見たわ。ひっぱたいてやりたかった。でもスウィート・グラスはただ無視しただけ」

「よくわかりませんね」

「あら、〝インディアン・サマー〟というのはアメリカ先住民を軽蔑した言葉よ。もちろん、秋の思いがけなく暖かい天気のことをいうけれど、〝予想外〟というところが問題なの。天候はインディアンと同じで信頼できない、ってこと」

「その言葉は始終使ってますけどね。そんな含みがあったなんて、思いもしなかったなあ」

「スウィート・グラスにはわかったはずよ。もうひとつ、似たような軽蔑語は〝インディアン・ギヴァー〟」

「それは知ってます。何かをあげて、すぐまたそれを取り戻す子供のことでしょう。でも、語源のことは考えたことがなかった。告げ口屋とか意気地なしとかいうべつの呼び名と同じと思ってた」――それに〝座りカエル〟とかね、とフェニモアは思った。「それから、どうなったんです」ヘンダースン夫人をパーティの話題に引き戻した。

「その午後もいつものバカげたおしゃべりで過ぎていった。ネッドはもう、そりゃあ偉そうに人を見下して、メイフラワーでやってきた先祖のことをしゃべりまくった。あるとき彼は子供っぽいニヤニヤ笑いをうかべて（あの子が子供のころでさえ、とくにかわいいとはいえなかったけど）こういったの。〝もちろん、きみの先祖はすでにいて、うちの先祖を出迎えたわけだが〟スウィート・グラスは答えなかった。彼女は丁寧だけど卑屈にはならなかったわ。ようやくポリーがシシカバブーの材料を運んできて、わたしたちは先を尖らせた木の枝の焼き串を渡されたわ。自分で材料を串に刺して焼く、という寸法なのね。古臭いのかもしれないけれど、わたしはふつう、そういうセルフサービスのパーティには行かないことにしてるの。招待されて出かけたら、お給仕してもらうほうが好きですもの」

フェニモアはうなずいた。

「そこで、わたしたちはみんな、お肉だのトマトだのマッシュルームだのを串に刺して——」

「その材料は、みなさん同じボウルから取ったんですか」

「いいえ、じつはね、材料は一人一人べつのボウルに入ってたわ。自分のボウルのを刺したわけ」彼女はいたずらっぽく彼を見た。

「どうぞ先を」

「さて、それからみんなが炉のまわりに集まった——炉は三つあったわ。風むきが変わるたびに咳きこんだりむせたりって騒ぎ。野蛮な調理法よね。石器時代にもどりたいといい張るんだったら、物を発明する意味がどこにあるの？　とにかく、気がついたら隣にスウィート・グラスが立っていて、わたしたちは一緒に焼きながらおしゃべりしたの。わたしたちウマがあったみたい。こんなに年がちがうのに、何か共通するところがあったんでしょうね」

たぶん、ほかの出席者が嫌い、という点だろう、とフェニモアは思った。

「彼女は織物への情熱を話してくれたわ。七つのときにお祖母さんからラナピ族の技法を教わったんですって。今はクラスをもって教えているって。この地域ではあちこちで彼女の織物が展示されているそうで、何度も受賞したことも聞き出したわ。わたしが彼女の作品を見たいといったら、今度展覧会があるときは必ず招待状を送ると約束してくれたの……」もう展覧会は開かれないことに気づいて、彼女は声を落とした。

「で、それから……」フェニモアはやさしく先をうながした。

「ああ、それからね、ネッドがみんなの串を見まわりにきて、お肉が焼けているかどうかたしかめたわ。豚肉がまじっているから、といってね。彼はそういう、つまらないことに大騒ぎする人なの。そのあとで、ほかの食べ物が出してある木の下のテーブルに、ポリーがみんなを連れていったわ。大きなボウルに入ったポテトサラダと、パスタと、それからガーリックバターのしみこんだフランスパンが並んでたわね。それからワイン。ワインはたくさんあったわよ」

「デザートは？」

「アイスクリーム。バニラにチョコレートソースがかかったの。ポリーの食事は、いつもデザートがちぐはぐなの。彼女は甘いものに興味ないらしいわ。もう一杯いかが？」

彼女はガラス瓶を差し出した。

「いや、もうけっこう。ほんとうにもう行かないと。あとひとつだけ聞かせてください。スウィート・グラスが帰る前に、もう一度見かけましたか」

「通りすぎるのをね。言葉は交わさなかった。彼女は早めに帰ったのよ。病気の友達を見舞わなきゃならないといって。そのとき下手な言い訳だと思ったのを憶えてるわ。いまにして思うと、あれは本当だったのね」彼女は悲しげに首を振った。「この先の病室のあのかわいそうな子が、彼女の友達だったんだ」年配の女性は枕に上体を沈めた。年齢相応の姿にもどっていた。

フェニモアは彼女の手を軽く叩いた。

彼女は微笑んだ。「長生きしすぎると見ないでいいものまで見ることになるわ、ねえ、先生？」

「そんなこと、ジンがいわせてるだけですよ。明日はすばらしい日があなたを待ってるじゃありませんか。家に帰るんでしょう。さあもう明かりを消して、少しおやすみなさい」彼は密閉ガラス瓶を流し台にもっていき、中身を空けた。排水口にレモンの皮の切れっぱしがひっかかった。それをつまみあげると屑籠に捨てた。ガラス瓶と二つのグラスを洗って拭き、おやすみをいおうとふりむいた。返事はなかった。ヘンダースン夫人は眠っていた。

明かりを落とした薄暗い廊下を通りすぎると、見覚えのある姿がソファに伸びているのが目に入った。しまった、ホレイショじゃないか。

フェニモアが詫びをいい終えると、ホレイショが鼻をひくつかせた。「飲んでたな」どうやら彼にはボディガードがついたばかりでなく、口やかましい女房までできてしまったらしい。

20

その後、同じ水曜日の夜

一時間も眠らないうちに、フェニモアはしつこく鳴るベルの音で目が覚めた。目覚まし時計？　電話？　いや、ドアのベルだ。彼はベッドをよろめき出て、素足でつまずきながら階段をおりた。いったいだれだ？　玄関のガラスのパネル越しにそっとのぞいて見た。都会生活者の第一原則——たしかめないうちにみだりにドアを開けてはいけない。パネルはヴィクトリア朝風のうずまき模様で埋めつくされた曇りガラスになっている。フェニモアに見えたのは、大男の黒っぽい影だけだった。大声で訊いた。「だれです？」

「ブラウン巡査です。ラファティ刑事からの緊急連絡でして」

ラファティはときどき、部下にメッセージを持たせてよこすことがある。電話で話したくない用件の場合だ。フェニモアはドアを開けた。

次に起こったことはあまりにもすばやくて、あとになって思い出そうとしても細かい点は記憶にないほどだった。フェニモアがチェーンをはずしてノブをまわしたとたん、戸口階段に立っていた男が彼を押しのけて入ってきた。うしろにもう一人、背の低い男を従えていた。どちらも制服も着ていないし、口もきかない。二人はかわるがわるフェニモアを引っ張ったりこづいたりしながら廊下を進み、オフィスに入った。

最初の男がフェニモアの手首を痛いほどつかんでうしろにねじあげた。もう一人が彼の顔に平手打ちを加えはじめた——思いっきり。

平手打ちの合い間に、フェニモアの目がサールの姿をとらえた。彼女はベルが鳴った時点で逃げこんでいたデスクの下から、そろそろ這い出しつつあった。平手打ちの男も彼女に目をとめた。手をちょっと休めて、彼女を蹴飛ばした。

「おい」フェニモアをつかまえていた男がはじめて口をきいた。「やめろ。おれは猫は好きなんだ」

平手打ちの男は不満の声をあげてまたフェニモアを殴った。今度は平手ではなく、拳で。猫好きの男はフェニモアの腕を放し、椅子に押しつけた。

意識を失うまいと頑張ったが、甘ったるいシロップのような優しい闇がフェニモアを引きずりこもうとする。彼は懸命に目を開けた。

平手打ち男は乱暴に引出しを開け、キャビネットや戸棚をひらき、中のものを掻きまわしたり床に放り出したりしている。

麻薬だな、とフェニモアはぼんやり思った。それなら、探しても見つからない。もう十年以上、ここには強い薬は置いていない。だが、これではオフィスがめちゃくちゃになってしまう。

猫好き男はたいして仲間を手伝っていない。サールを抱きあげて撫でている。「いい猫ちゃんだね」猫撫で声でささやいた。「かわいいニャンニャンね」彼はサールの耳もとに顔をくっつけた。彼女はその瞬間を待っていたのだ。男の腕の中で体をよじると、すさまじい唸り声をあげて相手の顔を引っかいた。

「わぁっ！」男は両手で顔を覆った。サールは跳んで逃げた。

もう一人の男は破壊活動の手を止めて、大笑いしている。

「あいつ、殺してやる」引っかかれた男は叫んだ。

「おいおい。ここをぶっ壊すのを、手伝えよ」

元猫好き男は顔を押さえたまま、流し台の上の鏡を見にいった。「おれの目が」彼は大声をあげた。「あいつ、目をやりやがった」

「いいかげんにしろ。おまえも、あのくそ猫も！」だが男は相棒の目を見るために、一時作業を中断した。

「医者に見せなきゃ」引っかかれた男は泣きをいれた。

平手打ち男はまた笑って、椅子にぐったりしたままのフェニモアに目をむけた。「おい、先生」脅しのきいた声だった。「新しい患者ができたらしいぜ」

フェニモアはどろっとした暗闇から自分を引きあげ、注意をむけようとした。だが目が腫れあがって開かない。かすかに光のすじが見えるだけだ。耳もがんがんしている。目も耳もほとんど役にたたないが、嗅覚だけは異常がなかった。臭いがする。強烈でイヤな臭いが、すぐ近くで。ニンニクだ。無理に片目を少し開いた。目の前に顔があった。その顔についた二つの目のうちのひとつから、血が流れ出している。「おまえのシラミたかりの猫がやりやがった。どうしてくれるんだ？」

で、ぼくがきみを助けなかったら、きみはどうするつもりだ、とフェニモアは思った。ぼくを訴えるか？　手探りで椅子の肘掛をつかみ、立ちあがろうとした。ひっかかれなかったほうの男が手を貸した。フェニモアはなんとか薬戸棚まで歩いたが、戸棚はなぜか荒らされていない。たぶん、彼らは薬が目的ではないのだろう。洗眼コップが見つかった。彼はそれに洗眼用の消毒薬を入れ、目を痛めた男に渡した。いまや二倍にも腫れあがった唇から、彼は新しい患者に目の洗い方を教えた。その指示は不明瞭に響いた。

男は流し台にいって、いわれたようにやろうとした。

相手が医者だと人は面白い反応をする、とフェニモアはぼんやり考えた。医者を非難したり、侮辱したり、どうかすると殴ることだってある。ところがいざ医者が必要となると、百八十度方向転換して自分の健康を――いや生命をさえ――疑問ももたずに彼らの手にゆだねようとする。復讐されるなどと思いもせずに。そして、その信頼はまず裏切られることはない。それはあの、額に入れて壁にかけてある誓いのせいなのだ。彼らの乱暴狼藉のおかげで今は斜めになっているが。

流しの男はぶきっちょだった。溶液のほとんどが目に入らずに流れ出てしまった。フェニモアは患者のそばへいった。ようやく目がきれいになったところで、フェニモアは検眼鏡を使って自分の腫れあがった目で調べられるかぎり調べてみた。サールはしっかりと爪痕を残していた。角膜すれすれのところを引き裂いていた。

フェニモアは膨れた唇のあいだからいった。「ひどい引っかき傷だが、深くはないし角膜もやられていない」多少意識がはっきりしてきて、耳鳴りも薄れはじめていた。彼は医者カバンからチューブ入りの薬を一個取り出した。このカバンも二人が手を触れなかったもののひとつだ。「軟膏を目に塗ってあげよう」彼はそういってチューブから薬を目にしぼり出した。暴漢は顔をしかめた。「しかしこれはあくまでも一時的な措置だよ」フェニモアは相棒のほうにふりむいた。「きみは彼をただちにガンカイのところへ連れていくべきだ」

「外国語をつかうなよ、先生」

フェニモアは男たちにメチャメチャにされたデスクをかきまわし、やっとのことで処方箋用紙を見つけた。さらにペンも探さなければならなかった。彼は最寄りの病院の眼科医の名前、住所、電話番号を書いた。「彼をここへ連れていって、この医者に診せなさい」その紙片を剝ぎとって、暴漢に渡した。

「病院へ行けとさ」男は、彼が耳の不自由な人か、フェニモアが指示を与えているあいだ、同じ部屋にいなかった人のように、相棒にいった。

患者は拳をにぎりしめた。「あの猫をとっつかまえてからだ」押し殺した声でいって、いいほうの目で部屋を見まわした。

フェニモアは息をとめた。

「そんな暇はねえよ」もう一人の男が彼の腕をつかんでオフィスの外に連れ出そうとした。

フェニモアはまた、呼吸をしはじめた。

男は立ちどまると、フェニモアをふりむいた。「忘れるとこだったぜ。伝言がある」

男は目を細めた。「ラナピから手を引け」

フェニモアは戸惑った。「ラファティからじゃないいな」

「ちがう、伝言の主は……」暴漢の顔がニヤリと崩れた。「当ててみな、先生」彼は相棒を押し出すようにして、玄関から出ていった。

フェニモアがチェーンを掛けなおすやいなや、脚にサールが体をこすりつけるのを感じた。彼女を抱きあげると、オフィスに運んだ。そこで彼女が生涯味わったことのないような愛撫を与えた。

21

十一月三日　木曜日、明け方

フェニモアの寝室のブラインドの隙間からバラ色の指をした黎明がそっと忍びこむころ、六錠のアスピリンと数杯のスコッチ（何杯か数えなかった）がようやく効き目をあらわした。ホメロスに詫びをいいながら、彼は眠りに落ちた。七時、彼は目覚まし時計に引きずり起こされた。セットしなおすのを忘れていたのだ。一瞬、幸せにも前夜のできごとは意識になかった。だが、時計のボタンを押そうと手をのばしたとたんに、痛みの衝撃が腕から肩、首、そして最終的には目の奥へと走った。そしてそこで留まった。歯を食いしばり、もう一度手をのばして時計を黙らせることに成功し、ぐったりとベッドに倒れこんだ。

今日は顔のどっち側が虹色になるのだろうと思いながら横たわっていると、サールが胸の上に乗ってきた。顔のすぐそばに自分の顔をくっつけて、大声で鳴くのではなく、短く歯切れよくニャニャッという。朝食の時間であること、あるいは少なくとも、愛撫の時間であることに注意を喚起しているのだ。フェニモアはやさしく彼女を胸から押しのけ、上体を起こした。回復するまでのあいだ、スコッチをちびちびやったりテレビを見たりしながら、彼女とごろごろしていたいのは山々だ。だが今日はそんな贅沢はゆるされない。今日は日曜日じゃない。働く日だし仕事は山積している。せめて、昨夜の一方的無礼講にたいしてだれに感謝するべきかくらいは、つきとめたい。用心深く彼は電話に手をのばした。

ドイル夫人のアパートメントの電話が鳴ったのは、七時五分だった。彼女はテレビのニュースを見ながら、キッチンカウンターでランチを詰めていた。ホールホイートのパンにエッグ・サラダ（もちろん無脂肪のマヨネーズを使ったもの）を塗るナイフを置いて、玄関ホールに受話器を取りにいった。コードが長いので、受話器を持ったままキッチンにもどり、相手とおしゃべりしながら好きな番組を見ることができる。だが、今電話してきた相手には、そうしなかった。相手は彼女の全集中力を要求した。彼女は電話を切ると、記録的なスピードでランチを詰めた。テレビと頭上の電気を消し、部屋中を小走りに歩いて必要と思われるものを集めた——ビューローのてっぺんと、薬戸棚と、クローゼットの奥に押しこんであったダッフルバッグの中から。それらの品々を紺色のハンドバッグ（ほとんどの人は一泊旅行用バッグと思うだろう）にいれ、椅子から淡い水色のカーディガン、小さなテーブルからキーを取りあげた。玄関から一歩踏み出したとき、詰めかけたランチのことを思い出した。

フィラデルフィアのいいところは、公共の交通機関が発達していること。バスが停まらない街角はないといってよく、ほとんどどこへでも連れていってくれる。今日のドイル夫人は、出勤前に街はずれまで行く用ができたので、とくにありがたかった。三十二番のバスが一ブロック後方の丘の上に姿を見せると、バス停にいた五人が見えない糸に引っ張られるように縁石に集まってきた。ドイル夫人は列の先頭で、トークンも用意してあった。

「いい天気だね」運転手がいった。初めて見る顔だ。八時以降の運転手とはみんな顔なじみだが、今日は早いせいだろう。席についたが、最新のハーレクインロマンスを取り出すかわりに、ドクターのことを考えた。彼はもちろん、話を内輪にしているにちがいない。荒っぽいのが二人、薬を探しにきて彼を少々手荒にあつかったので、できれば少し早めにきてほしい、ということだった。彼が彼女にきてくれと頼む以上、そいつらにどんなめに合わされたのか、想像はつく。彼女は席にじっとしていられず、隣の女性の苦情を誘った。いいわ、治してあげる。前にもやったことはある。それに今度はとくべつな治療法が頭にあった。バスを三台乗り継ぎ、四十五分後に、ドイル夫人は頭上の紐を引いて次の角でおりる合図をした。バスをおりると、崩れかけたような店が並んだいちばん奥に、〈オットー薬局〉という看板が見えた。汚れた窓ガラスの中に、色とりどりの液体の入ったガラスの薬瓶が陳列してある——赤、青、茶、グリーン、一九二〇年代の標準的薬局のショーウィンドウである。どの瓶にもどっしりと埃が積もっている。ガラスのドアの上のパネルには小さな手書きのカードが貼りつけてある。〈営業中〉彼女はドアを押した。ぴくりとも動かない。ベルはないかと探して見つけ、押してみた。怒ったスズメバチのようなビーッという音とともに、オットーその人がドアに出てきた。

22

木曜日の午前中

フェニモアは藤色のタオルを首にかけて、ドイル夫人のデスクの隣の、背もたれの真っ直ぐな椅子に座っていた。ドイルがハンドバッグから最後の品を取り出してデスクに並べているとき、ドアのベルが鳴った。

フェニモアはおびえた。「出ないほうがいい」

「そんなバカな」ドイル夫人は廊下を歩きかけていた。「ドアを開けないじゃ、生きていかれませんよ」

「試してみるよ」彼はうしろから叫んだ。

ドイル夫人は曇りガラスをすかしてみた。「ホレイショだわ」大声でいった。

「そんなはずはない。三時までは学校だ。だれかがホレイショに変装してるんだろう」

「オス、おれだ。入れてくれよ」ホレイショの聞き覚えのある声が廊下に響きわたった。

ドイル夫人はドアを開けた。「ここで何してるの」

「聖人記念日だろ。休みなんだ」彼は体を斜めにして入ってきた。「ちょっと寄ってみようと思ってさ。母さんに朝のミサに行けといわれたんだけど、今帰ったら一日床磨きや窓洗いをやらされる。ファイルするほうが楽だからな。それに給料もらえるし。聖クリストファーばんざい！」彼は医者に目を留めた。

「きみの不埒な言動は、この聖域を訪れたことによって帳消しとなっていよう」フェニモアはいった。

ホレイショは翻訳を求めて、ドイル夫人に目をむけた。だが何も出てこないのでいった。

「何にやられたんだ？」

「何に、じゃない。だれに、だ。ヤクを探しにきた暴漢二人さ」話をすっかり打ち明ける準備はまだできていない。

「じっとして」ドイル夫人は、彼の切れて腫れあがった唇に軟膏をつけようとしている。

「五日に二度もやられたのかよ」ホレイショは首を振った。「外に出ないほうがいいな」

「昨夜は家に、い、い、いたんだ」

ドイル夫人がしみる液体でフェニモアの額を軽く押さえた。彼は顔をしかめた。

「じゃあ、出たほうがいい」

「最初のときは外にいたんだよ、忘れたのかい」

「この街からって意味さ」

玄関のベル。

「ここは何？　グランド・セントラル・ステーション？」ドイル夫人が軟膏の瓶を置いたが、すでにホレイショがドアまで行っていた。

「まず何者かたしかめろよ、ラット」フェニモアが注意した。

「ご婦人だよ」

「女、だろう、まったく。九〇年代なんだぞ。どんな様子をしてる？」

「小柄で、髪が黒くて……イケてる」

「そりゃ、まずい。追い返して。こんなところを見られたくない」彼は椅子から立ちあがりかけた。

ドイル夫人が彼を椅子に押しつけた。「じっとしてといったでしょ」パンケーキ状のものを、刷毛で彼の顎に塗った。

「先生はいないよ」ホレイショがいうのが聞こえる。

「あなたはだれ？」女性の、かすかだがお馴染みの声だ。

「先生の新しい雇い人さ」

「そう、わたしは彼のふるーいガールフレンドよ」彼女の声はそれほどかすかではなくなった。

チェーンが引っ張られるガリガリという音。ホレイショはドアを少し開けて外をのぞいた。「予約のみ、ってことなんで」そういって窓の中の看板をさした。

「あれは大昔の看板。彼が今朝はずっとここにいるって、たまたま知ってるの」

イケてる女も、目を細めて両手を腰にあてると、かわいいどころじゃないな、とホレイショは判断した。「どうする、先生?」彼は奥にむかって叫んだ。

「入れなさい」彼は溜息をついた。

ホレイショがジェニファーにともなわれて入ってきた。

最初、ジェニファーは彼を見なかった。糊のきいた白衣を着た、どっしりしたドイル夫人の背中が、彼女の視界を塞いでいたからだ。

「ラナピ族についての本を一冊持ってきた……」妙ににぎやかなデスクが目に入った。さまざまな色と形の瓶やチューブ、ティッシュにパウダーパフ。イメージチェンジのためのメイキャップ実演中の、〈サックス〉の化粧品売り場のようだ。「これ、何なの?」

ドイル夫人がバッグから何かを取り出すために脇へ寄ったとたん、ジェニファーはまさにテレビの連続コメディの登場人物よろしく、アッと息をのんだ。

「だからきみに入ってほしくなかったんだ」フェニモアは傷ついたようにいった。

ジェニファーは破壊された顔を見つめて顔色を失っている。

「ロン・チェイニー（グロテスクなメイキャップを得意とした俳優）の当たり役も、ぼくには顔負けだろう」ニヤリとするつもりだったが、顔がゆがんだだけだった。

「何があったの」彼女はつぶやきながら、メチャメチャになったオフィスをながめわたした。

「暴漢二人から夜の訪問を受けてね」

「あなたの捜査は〝つねに高度な知的領空で行なわれる〟んじゃなかったの」彼女の声はヒステリーすれすれだった。

「そうなんだけど、昨夜は何段階か落下した」

ドアのベルが鳴った。

「音楽をかけて酒を出そう」フェニモアはいった。「パーティの時間だ」

「とんでもない」ドイル夫人が厳しくいった。「まだ手当てが終わってませんよ」

ホレイショがまたドアに出ていた。廊下で男の声がしている。フェニモアは震えあがった。「いった通りだろう」とささやいた。「また客だ」おそるおそるドアを見守っていると、ラファティのたのもしい姿があらわれた。

「これはこれは」と警官は大混乱の現場を見まわした。「ぶっ壊しパーティか？」ふざけた口調に似合わない表情をしている。「始まったばかりか——それとも終わるところか？」彼は腕時計に目をやった。「それに、なんでおれが招待されなかったんだ」

「手抜かりだよ」フェニモアはいった。「いたっ」ドイル夫人が彼の顎をまっすぐ前にむけたのだった。

ラファティのうしろに制服の警官が一人、そのうしろにホレイショが続いていた。ホレイショはそっとファイルキャビネットにもどった。法の番人のいるところでは、どうしても緊張がぬけないのである。

「みなさん」ドイル夫人が片手にパフを、片手に霧吹きをもって彼らをふりむいた。「用件を述べたら、お引き取り願いたいのよ。ごらんのように、患者の手当てで忙しいんですからね」

「了解」ラファティは彼女を素通りして患者に目をやった。「こちらはマリオ・サンティーノ巡査だ」と制服の男を指した。「おまえがあの路地で襲われて以来、ボディガードが必要だと思っていた。店を見張らせようと彼を連れてきたんだが、馬はすでに盗まれたあとらしいな」

「ここは店じゃない。ぼくも馬じゃない。どだいきみの比喩はめちゃくちゃだ」

「これからは、おまえがどこへ行くときも、彼がついていく」ラファティがいった。

「おまえがいるところに、彼もいる。できるかぎり、人目につかないようにやってくれるはずだ」この巡査の制服はいうにおよばず、かさばった体格、太い首、出っ張った耳を考慮すれば、人目につかないわけがない。

ドイル夫人はジリジリした顔になっている。ジェニファーは心配げ。ホレイショは不安げ。フェニモアは不機嫌。

「ドイルさんがおまえをクラーク・ゲイブルにするのをあきらめた時点で」と、ラファティは言葉を続けた。「電話してくれ。ぜひとも、一部始終を聞きたい──馬の口からな」彼はむきを変えて出ていった。

みんなが黙りこんだところで、サンティーノ巡査は申し訳なさそうに笑みをうかべ、部屋のすみに腰をおろした。ホレイショはファイルを続ける。ジェニファーは抱えていた本をデスクの端に置く。フェニモアはそれを取りあげてパラパラめくってみる。ドイル夫人はバッグからべつの包みを取り出した。茶色の紙に包まれ紐で縛られた小さな物体。それをデスクに置いた。フェニモアは目をあげた。「ああ」包みからすぐにわかったらしい。

「オットー薬局へ行ったんだね」

ドイル夫人は包みをほどいた。ジェニファーには、最初空の瓶にしか見えなかった。だが近づいてよく見ると、黒いものが底に丸まっている。じっと見ているうちに、ひとつがもうひとつから離れて瓶の縁を這いあがりはじめた。足はない。よくフロントガラスにくっついているおもちゃの動物のように、それはガラスに吸いついていた。

「うぇ」認識が浸透すると、ジェニファーは身震いした。

「まあ、まあ」ドイル夫人がなだめた。「ヒルは悪者扱いされすぎてるのよ。コウモリと同じ。両方とも、悪評をこうむってるけれどね」彼女は鉛筆を取りあげて瓶のなかにさしこんだ。見ているうちにヒルは鉛筆にからまってくる。しっかりくっついたのをたしかめるとすぐ、彼女はヒルを取ってすばやくフェニモアの左の目尻に貼りつけた。

「痛くないの」ジェニファーは怖がっている。

「全然」フェニモアはいった。

「どんな感じ？」

「軽くつねられる感じかな」彼は肩をすくめた。

ジェニファーは興味津々で、ドイルがもう一匹をフェニモアの右目の縁に貼りつけるのを見つめた。

「さあ、見ててごらんなさい。たちまちこの鮮やかな紫が薄いラヴェンダー色になって、そのうち完全に消えてしまうから」看護婦は患者の腕を軽くたたいた。

待つあいだにジェニファーは聞いた。「コウモリは何の役にたつの、ドイルさん？」

「虫退治よ。コウモリがいなかったら、人間は昆虫にやられちゃってるわ——ブヨだの、ハエだの、カだのにね。コウモリは人間が眠ってる夜に活動するから、わたしたちはあまり感謝しないけど。そうでしょ、先生？」

彼はうなずいた。あの暴漢と同じだよ、とフェニモアは苦々しく思った。

二人の女性は心配そうに彼をながめた。しわくちゃのパジャマのまま、両目にヒルをくっつけて椅子に丸まっている姿は、いかにも頼りなく、まるでフェニモアらしくない。

ホレイショが部屋の隅の巡査に警戒の視線を投げながら、ファイルキャビネットを離れてやってきた。ドイル夫人の手際を観察するためだ。「ヒュー」彼は口笛を吹いた。「こんな吸血鬼、どこで手に入れたんだよ？」ヒルがそこらの木にいるものではないことにはじめて気がついたのは、彼だった。ふつうのスーパーマーケットでも売っていない。

「街の反対側に小さな薬屋があってね」ドイル夫人は謎めかしていった。買いつけの秘密を明かすつもりはなかった。ヒルがどんどん売れるようになったら、今度彼女が必要なときに手に入らないかもしれない。

サンティーノ巡査が、隅っこで遠慮がちに咳払いした。

「あ、おまわりさん、お茶かコーヒーでも淹れましょうか？」美容師としての仕事を終えると、ドイル夫人はやさしい女主人となった。

「ありがたいですね。お茶を、お願いします」

「ひとつのカップでまわし飲みでいいかしら」彼女はいった。「ジェニファー？　先生？」

「手伝うわ」ジェニファーもキッチンにむかった。

「おれはジャワティー」ホレイショが肩越しにいった。

女性差別の典型的構図ではあるが、キッチンで二人の女性が甲斐甲斐しくお茶の用意をしているいっぽう、フェニモアはサンティーノ巡査とお喋りをしていた。「ぼくの失敗だったんだ、ドアを開けたのは」

「なぜ開けたんです？」

「ラファティからの伝言だ、というものだから」

「ほう」サンティーノは椅子で身じろぎした。「ヤク泥棒ですか」

「いや。強盗にみせかけるためにここを荒らしただけで、何も盗んでいかなかった」

「警告ですかね」

フェニモアは間をおいた。どのみちラファティに話さなければならないだろう。彼はうなずいた。

こうして会話を続けるうちに、女性たちが飲み物をもってもどってきた。「ほとんど消えてる！」ジェニファーがフェニモアにお茶を渡そうとして、途中で足をとめた。

「何が？」

「紫色。見て、見て、ドイルさん」

ドイル夫人は平然として鼻を鳴らした。フェニモアに手鏡を差し出した。

「ブラボー、ドイル。またやってくれたね」彼は歓声をあげた。「きみが劇場で燃えつきなかったのが、おおいに役だってる」

「劇場?」この飛躍にジェニファーはついていけなかった。

「ドイルさんはかつて、〈演劇と演者《プレイズ・アンド・プレーヤーズ》〉のメンバーだったんだ」

ホレイショが見にきた。「悪くない」彼はドイル夫人にしぶしぶながら賞賛のまなざしを送った。「リングで使ってもらえるかもな」

「リング?」

「ボクシングのさ、ドイル」フェニモアが説明した。「ぼくのとこを辞めて、試合が終わったボクサーたちの手当てをする気、ない? たぶん、給料ははるかにいいよ」

ドイル夫人はまた鼻を鳴らした。

「その吸血鬼、どうやって取るんだ?」ホレイショがヒルを見つめていった。

答えるかわりに、ドイルは最後のしかけ——塩の容器——をバッグから取り出した。そしてその中身を少しずつヒルに振りかけた。ヒルは離れて彼女の手のひらに落ち、彼女はそれをガラス瓶にもどした。

「見た目はどうだっていいのよ」ジェニファーが力をこめていった。「気分はどうなの?」

「いいよ。上々だよ。ぴんぴんしてる」

彼女は首を振った。「あれはどうなるの」と、ヒルのほうに顔をむけた。

「ああ、冷蔵庫に入れておく」とフェニモア。

マスタードとケチャップのあいだに挟まったヒルのことを想像して、ジェニファーは身震いをこらえた。

「それから店に返す」とフェニモアが付け加えた。

「リサイクルするわけ？」

「まあ、ぼくはもう使わないし」彼は声をひそめた。「ああいうヘラクレスがいてくれるから、今後は必要なさそうだ」

ジェニファーはまた首を振った。「わたしにもしてあげられることが、何かあるんじゃない」

「何もないよ。きみがもってきてくれたこの本に、何時間か没頭できる」彼はハーバート・C・クラフト著『ラナピ族』の表紙をたたいた。「これはラナピ族に関する最高の著書なんだ」

「そう……」彼女はためらった。彼にキスしたかったが観衆の前では気後れする。看護婦、警官、ファイル係、それに猫。サールは尻尾に埃の塊をくっつけて、ラジエーターの下から急に姿をあらわしていたのだ。ジェニファーは投げキスで我慢した。

彼女が出ていくとすぐ、フェニモアは椅子から立ちあがった。「さあ仕事に行かなきゃ」

「仕事？」ドイル夫人は唖然とした。「ベッドにもどらなきゃ駄目じゃありませんか！」

「まさかきみは思ってないだろう、ぼくがのうのうとベッドに寝ていながら」――と、彼は荒らされたデスクに手を振った――「こんな大変な仕事を全部きみにまかせるなんて」すでに階段を半分のぼりかけていた。「ぼくのファンが待っているんだ」四人の観客に深々と一礼すると、彼は足早に残りの階段をあがっていった。

23

その後、同じ木曜日の午前中

美容整形に手間取ったにもかかわらず、フェニモアがフランクリン病院の救急治療室《ER》に着いたのは午前十時だった。だが、一人でではない。サンティーノ巡査が廊下に立って、ERのガラスのドア越しに彼を見張っている。デスクの若い女性が湯気のたつコーヒーカップをゆすりながら、顔をあげた。彼の顔を見ても、なんの反応も示さない。ドイル夫人に盛大な拍手を。

「ジョアン・フィールドさんの記録を見たいんだが」（じつは彼女の英語名前は忘れかけていた）「十月二十九日の土曜日にここへ来た患者さんだ——午後遅く、四時半ころかな。ところが彼女は入院手続きの前に帰ってしまったそうだね」彼は身分証明書を見せた。

看護婦は瞬きした。「わたしも勤務していたと思います、先生。先住民のかたじゃありません？」

「そうなんだ」また目撃証人？　自分の幸運が信じられなかった。

「ファイルを出しましょう」彼女は二枚のガラスの引き戸の中に入っていった。

彼は彼女がデスクに近づきコンピューターを起動させるのを見守った。彼女がおいていったコーヒーの匂いが漂ってくる。半病人気分のときは紅茶がよかった。回復気分では、コーヒーがほしい。ポットはどこかと見まわした。部屋の隅に、砂糖、ミルク、発砲スチロールのカップまでそろっているのが目に入った。ERのスタッフたちは、高コレステロールやリサイクルの警告にもひるまないらしい。一杯注いで受付デスクにもどった。舌が焼けそうな熱いのを二口飲んだところで、看護婦がもどってきてプリントアウトをわたしてくれた。

「あの日は静かだったんですよ、先生。それで彼女のことを憶えてるんです。そのあとはもう、てんやわんや。アパートの火事に三台の玉突き事故、その上刺された人までいて。でも先生の患者さんが来たときは、まるで教会みたいにしんとしてたわ」

「憶えていることを話してくれないか」

「彼女のことで憶えてることといえば、ちょっとここにいただけですぐ出ていったことですねえ。まもなく、シーハブ先生と看護婦二人と看護士が、彼女を探して駆けこんできました」

「彼らは何かいってた?」

「先生が〝今帰った女性はMVA患者だ。連れ戻す方法はないか?〟わたしはいいました、〝自宅の電話番号がカルテにあるはずです〟すると先生が——これははっきり憶えていますけど——〝彼女は家まで帰りつけないかもしれない〟と」

MVAとは悪性の心室性不整脈のことで、一般に医者仲間では、天国の入口まで行っているという意味で、〝天国の門症候群〟といわれている。そんな状態のまま治療を受けずにいれば、天国へ一直線、というわけだ。

フェニモアはファイルに目をやった。「ほかに何か?」

「いいえ。ただ、彼女はひどい様子でしたね。わたしが引きとめようかと思ったくらいです。でも彼女はすごく急いでいたし、決心が固そうで……」彼女は肩をすくめた。

フェニモアは彼女に礼をいって、ファイルを見ながら空いた椅子のほうへ歩いた。心電図が出てきたとき、思わず低く口笛を吹いた。彼らが彼女の後を追いかけたのも無理はない。自動分析機による彼女の血液検査のプリントアウトに目を通すと、彼はファイルを脇において考えこんだ。

この報告書は次のような重要な事実を明らかにしている。心電図におけるはっきりした異常——心ブロック、心頻脈、そして悪性の心室性不整脈。こうした異常は、ファロー四徴症が完全に治癒して何年もたってから起きる場合もなくはない。しかしその可能性が考えられるのは、ほかの要素がまったく見つからない場合だ。彼女の血液検査では、レベル7のカリウムが検出されている。非常に高い価だ。正常の最大値は5である。この二つの結果を合わせると、べつの診断が導き出される。ジギタリス中毒。これを立証するには、彼女のジゴキシン・レベルの血液検査結果が必要だ。彼はファイルをめくった。それはどこだ？　当然、検査してあるはず。彼はデスクにもどった。

「もちろん、しましたよ、先生。血清の一部は必ずべつの試験管に取り分け、ラベルには研究所で必要なジゴキシン・レベルを書き入れることになってるんですから」

「じゃあ、なぜここにないんだ？」

彼女は眉を寄せた。「わかりません」

お粗末きわまる。フェニモアの病院の職員もいいかげんだとは思っていたが、血液検査表をなくしたという話は一度も聞いたためしがない。不機嫌な顔で彼は椅子にもどった。読んでいくうちに、シーハブ医師も同じ疑惑をもっていたことを発見した。ファイルの最後に、彼はこう走り書きしていたのである。〝検査結果はジギタリス中毒の可能性を示唆している。スタッフは彼女にFAB投与の準備をしたが、入院を強くすすめたにもかかわらず彼女は自分の意志で立ち去った〟訴訟の場合を考えて、彼は自己弁護も怠っていない。

「FABか」フェニモアはつぶやいた。フ《F》ラグメンツ・オブ・ア《A》ンティゲン・バ《B》インディング——つまり免疫グロブリン製剤の一部。この療法は彼も熟知している。羊から取ったこの抗体をはやい時機に投与すれば、ジゴキシンの働きを停止させることができるのである。もしスウィート・グラスが自ら入院を断わらずにいたら——もしもう少しここに残ってこの治療を受けていたら——彼女は今も生きていたかもしれない。彼は目をこすってコーヒーに手をのばした。

スウィート・グラスがジギタリス中毒にかかっていたとしたら、疑問が三つある——（1）いつ、毒をもられたのか？（2）いかにして？（3）だれによって？

発作を起こす少し前、つまりバーベキュー・パーティでかもしれない。出席者の一人が、彼女のポテトサラダに砕いたジゴキシンの錠剤を混入したのか？ だが、ヘンダースン夫人は、サラダはみんなが同じ大皿から各自とりわけた、といっていた。だれかがジギタリスの薬味を加えたのなら、ほかにも同じ症状の客が出るだろう。

フェニモアは発砲スチロールのカップをちかくのゴミ箱に放りこんだ。もちろん、スウィート・グラスはもっと早く、ロアリング・ウィングズを訪ねているあいだに、薬をのまされたのかもしれない。濃いハーブティーのカップの中では、小さなジゴキシンの錠剤はほとんど気づかれずにすむだろう。この薬がどのくらいで効きはじめるかを知るのは難しい。さまざまな要素に左右されるからだ。年齢、体重、そのときの疲労度、最後に食事をしてから何時間たっていたか……それからまた、パーティのあとで気持ちが落ちこんでいたスウィート・グラスが、自分でジゴキシンの量を増やした可能性もないとはいえない。彼はファイルを看護婦に返した。

「この患者の血清サンプルがまだ研究室のどこかにおいてあるという見こみはないだろうねえ」

彼女は首を振った。「ただちに破棄されます。とくに患者さんが入院手続きの前に出ていかれた場合は」

彼はうなずいた。これは彼の病院でも同じだった。だが、ジギタリス中毒を証明するためには、どうしてもその血清のサンプルを手にいれなくてはならない。彼女に礼をいって立ち去ろうとしたとき、彼はあることを思い出した。「あ、もうひとつだけ。ジョージ・ジョンスンをここに呼んでもらえないかな」

「看護士の?」

彼はうなずいた。

彼女はインターフォンで彼を呼び出した。すぐにジョンスンはあらわれた。親しみやすい笑みをうかべた手足のひょろ長い黒人で、喜んで協力してくれた。だが残念ながらジョンスンは、フェニモアが彼のガールフレンドからすでに収集している以上の情報を与えることはできなかった。

「わかりませんね、先生。ほんとうにあっというまのことで。ぼくらが瞬きする暇もないうちに、彼女は入ってきて出ていったんです。〝天国の門〟の患者が出ていくなんて、めったにあることじゃありません。だからみんな、ちょっとショックでしたよ。ここの医師までがね。でも、彼女を止めようがなかった。決心が固そうでしたから」看護婦が使ったのと同じ言葉だ。

フェニモアはうなずいた。「いや、とにかく、ありがとう」

身の引き締まるような清々しい朝だった。秋がついにインディアン・サマーを撃退したのだ。フェニモアは襟を立て、両手をポケットに突っこんだ。それほど寒かった。考えに夢中になって、自分の影法師つまりサンティーノ巡査がすぐうしろからついてきていることを忘れていた。昼休みの勤め人のために、パイナップルの果肉やメロンや苺をプラスティック容器に投げ入れている果物屋の前を通りすぎた。一羽の鳩がフェニモアを避けようとして、もらったプレッツェルの切れ端を落として飛びたち、ホームレスの男が行く手をふさいで小銭をねだった。ポケットを探ったらコインが見つかった。頭の表面では、こういった細々した事実を受けとめていたが、それはたちまちべつの問題にかき消された。

スウィート・グラスはファローの四徴症という病気をもって生まれてきた。この欠陥は彼女が子供のときに外科手術で取り除かれたが、それでも毎日ジゴキシンをのまなければならない状態だった。間近に迫った結婚式のストレスで、動悸が速まる症状が今までに二度あった。彼女の日記によれば、主治医はいつものジゴキシンのほかに少量のインデラルを処方しているが、ジゴキシンの量は増やしていない。夕方にでもロビンスン医師を訪ねること、と彼は頭に刻みこんだ。

　角を曲がるとき、彼はソーダの缶を一個、溝に蹴りこんだ。彼が何かに没頭している証拠だ。ふだんならうまくゴミ容器に入るのに（サンティーノは成功した）。スウィート・グラスはドリスに吐き気と頭痛とめまいを訴えていた——みんな単純な食中毒の症状だ。だが、彼女は救急治療室《ER》を探すほど切羽詰まっていた。ＥＲで心電図を取り、その結果が危機的状況だったので、病院では入院するよう強く彼女にすすめた。ところが彼女は出ていった。もちろん、自分の病気を拒絶したい気持ちは、結婚式が迫っていたことで説明はつく。病気のために延期されるかもしれないと思うと、耐えられなかったのだ（結婚の瀬戸際まで一度も行ったことがないフェニモアが、こんな結論を導き出すとはたいしたものだ）。

　赤信号。体がくっつきあうほどそばにいる両側の歩行者にも気づかず、彼は縁石の所で待った。死因が確定できれば、ずっと気が楽になるのだが。だが血清のサンプルなしでは、どうにもならない。死因をつきとめることができれば、事故なのか故意なのかを調べることができる。そして後者の場合は、だれがやったのか、を。

青信号。道路を渡った。目の前がさっきの病院だった。気づかずに、ぐるりとブロックをひとまわりしたらしい。彼は戻って、あの看護婦の手をわずらわせてもう一度ファイルを見せてもらうことにした。何か見落としていることがあるかもしれない。

看護婦は彼にファイルを渡しながらいった。「わたし、ちょっと思いついたことがあるんですけど」

彼は目をあげた。

「先生がきいてらした血清のことで……」

「えっ？」心臓がぴくりとした。

「もしかしたら、まだあるかもしれない。この病院にMVAの研究をしている先生がいるんです。そこにメモがあるでしょう」彼女はデスクの上のコルクボードに貼りつけてあるメモを指した。「MVAの場合は血清をすべて彼の研究室に送ることになっているんです。探してらっしゃるものは、そこに保存されてるかもしれませんね」

心臓が飛びあがった。「彼の名前は？」

「アップルソーン」

心臓は沈みこんだ。彼なら知っている。どんな研究分野をさがしても、この男ほど猜疑心の強い研究医はいない。アップルソーンに血液サンプルを貸してほしいと頼んだりすれば、彼は即座にフェニモアが彼の研究結果を盗もうとしている、と疑うだろう。アップルソーンは情報記録部《IRS》から追われている医者以上に、始終背後に目をくばりながら病院の廊下を忍び足で歩いているのだ。とはいえ、フェニモアとしては当たってみるしかない。「ありがとう。調べてみるよ」たしかに彼女は役にたってくれたのだ。アップルソーンが偏執狂だなんて、彼女にはわかるはずがない。

24

木曜日の午後

電話よりも直接訪ねたほうがいい結果が得られるだろうと判断したフェニモアは、エレベーターの横のボードに列記された名前を調べた。アップルソーンと彼の研究室は五階にあった。

フェニモアがエレベーターに乗ると、すばやくサンティーノ巡査が続いた。「ぼくには影法師がいるんだった……」フェニモアは心につぶやいた。

アップルソーンのオフィスは、分厚いガラスのドアで病院のほかの部分から遮断されていた。フェニモアがそのドアを引き開けると、よく神聖なる教会が保っているような静寂が彼を迎えた。神経質な受付の女性が、教会の案内人のような口調で先生はすぐ会うと告げた。彼女は電話を受けるあいだにも、肩越しにうしろのドアにしきりに目を配っている。まるでいまにも復讐の女神たちに襲いかかられそうな様子だ。この仕事の報酬は相当高いんだろうな、と彼は思った。

彼がアップルソーン医師と最後に出会ったのは、ボストンの心臓学会でのことだった。自分の専門分野の最新情報を知っておくために、フェニモアは毎年十月にボストンに出かける。その年の議題はとりわけ学究的かつ非実際的なもので、その主要論文のひとつを発表したのがアップルソーンだった。アップルソーンの研究はすべてひとつの前提に基づいて行なわれていたが、質疑応答の時間にフェニモアは、その前提そのものに疑問を呈するような質問をしたのだった。会議が終わったあとのカクテルパーティで、アップルソーンが悪意があるとしかいいようのない視線を何度か自分にむけるのに、フェニモアは気がついた。だがあれは四年以上前のことだ。あの件は彼ももう忘れているだろう。

フェニモアの回想は、ふつうは王族か法王を紹介するときしか使わないような受付係の声にさえぎられた。

「アップルソーン先生がお会いになります」彼女はサンティーノ巡査にちらと目をやった。

「ああ、彼はここで待ちますから」フェニモアはいった。

サンティーノが雑誌から顔をあげてにっこりした。

彼女はほっとして、フェニモアを急いで中の部屋へと案内した。

部屋の中央に、整然とかたづいたチーク材の巨大なデスクがでんと置かれている。装飾といえばスタンドと電話と、胆汁のようなグリーンの染みひとつない吸取り紙だけ。アップルソーンのペーパーワークはすべて、もっとむさ苦しい一角で手下どもがやっているのであろう、とフェニモアは結論をくだした。この男のエネルギーはもっと重要なこと――たとえば彼をとりまく高価な家具を選ぶこと――のためにとってあるのだ。デスクのむこうの人物が黒縁のメガネの奥から彼をじっと見つめ、最近行った動物園のある齧歯《げっし》動物をフェニモアに思い出させた。今、ちょっとその名前を思い出せないが……

「ああ、フェニモア君」アップルソーンの左の鼻腔あたりがピクピク痙攣をはじめ、彼が四年前の出会いを忘れてはいないことを、フェニモアは悟らされた。

とにかく、頼んでみないことには道は拓けない。彼がジョアン・フィールドの血清が必要なわけをざっと説明しているとき、電話が鳴った。アップルソーンはぱっと受話器を取った。

「二ミリリットル、だな？」失礼のひと言もなく、彼は受話器を乱暴に置くなり研究室に続いているらしいドアから駆け出していった。

一人残されたフェニモアは、訴えのさわりの部分を練習した。もどってきたとき、研究者は顔を紅潮させていたが満足げにみえた。

「勘違いだった。新入りがデータを読み違えてね」彼はたびたびその目的に使われているらしいハンカチで、額の汗をぬぐった。「どこまで聞いたかな？」

フェニモアは、これは研究にはまったく関係がないことを念入りに強調しつつ、話を終えた。

ちょっと間をおいてから、アップルソーンはいった。「最近は何か研究をやってるのかね、フェニモア君」

「いいえ、まったく」彼ははげしく首を振った。「ぼくの柄じゃないですから。医学のその分野は、もっと頭のいい人たちにまかせます、あなたのような」

「おい、おい、フェニモア君、始めるのに遅すぎるということはないよ。わたしの仲間たちも、長いキャリアのうち一度は研究にもどるケースが多い」

「ぼくはダメですね」フェニモアは力をこめた。「患者だけで手一杯ですから」トビネズミ。それだ、アップルソーンが似ているのは。

「まだ、開業してるんだったね」

フェニモアはうなずいた。

「検査室はあるのかね」

「ええ、まあ、でもごく小さくて、簡単な血液と尿検査だけしかできません」

アップルソーンはスウェーデン製の高価な回転椅子をまわして、窓の外をながめた。

レンガ塀しか見えないフェニモアの窓とちがって、ここには街のすばらしいパノラマが広がっている。一瞬考えて、彼はむきなおった。「手を貸したいのは山々だが、フェニモア君……」

貸してたまるか、とフェニモアは翻訳した。

「……しかし、わたしの研究は非常にデリケートなものであり……」

……そしてあなたは大事な自分が傷つくのを怖がるあまり、ぼくがあなたの研究を盗んで先に発表するものと決めてかかっている、そうフェニモアは内心で文章を完結した。

「……ほぼ完成に近いので、わずかな乱れも許されない。理解してもらえるはずだが」

痙攣はおさまり、黒縁のメガネの奥の目が勝利に輝いた。

フェニモアは立ちあがった。この小柄な医師は相手がひれ伏すと思っていたのに、時間をさいてくれたことを感謝してさっさと立ち去ったので、がっかりしているに違いなかった。フェニモアが部屋から出ると、受付係はそれを横目で見て、次の命令を受けにあわてて中に入っていった。

夕方遅く、フェニモアが一日の終わりのデスクの片づけをしていると、ピンク色のメッセージ用紙が目に入った。ドイル夫人がいうのを忘れていたのだ。ポリー・ハードウィックからで、こうあった。〈あなたのパイプが見つかったわ。今夜わたしたちはバレエなの。取りにお寄りになるのなら、メイドに入れてもらってちょうだい〉表面上は、緊急でもなんでもない。これこそ彼が待っていたメッセージだなんて、ドイル夫人にはわかるはずもなかった。

フェニモアがベルを鳴らすと、メイドがドアを開けた。小柄で華奢な体格、褐色の肌をしている。「みなさん、バレエにお出かけです」ほんの少しスペイン訛りが聞きとれた。

「知ってるよ。ぼくはパイプを取りにきたんだ」

「ああ、わかりました」彼女の笑みはすばやくて明るかった。「もってきます」

彼は彼女に続いてホールに入り、待った。彼女がパイプをもってあらわれると、傷がついていないか調べたくなるのを我慢した。もじもじしてためらいがちにいった。「トイレをお借りできないかな。一日中往診してまわっていたので……」

「どうぞどうぞ、先生。廊下をまっすぐいって左に曲がったところです」彼女は化粧室への道を指さした。「お帰りはご自由に」またちらっと笑みを見せて、家の奥へと姿を消した。

彼はパイプを手に、彼女の足音が消えるまで立っていた。それからすばやく、音をたてずに、中央の広い階段をのぼった。

探偵業でフェニモアが大嫌いな点が三つある。覗き見と、嘘と、立ち聞きである。目的は手段を正当化する、とどんなに自分に言い聞かせても、この手の行為にふけるときはうしろめたい。だが幸いなことに、最初の一杯への欲望がつねに前回の二日酔いの記憶に打ち勝ってしまうアルコール中毒と同じで、真実を知りたいというフェニモアの欲望はつねに、前回の覗き見のばつの悪い結果の記憶を凌駕するのだった。

階段のいちばん上で立ちどまり、両側に部屋のドアが並んだつやのある長い廊下を見わたした。それから左手の手前の部屋に飛びこんだ。自分でも何を探しているかよくわからないが、風変わりな三人姉妹とその母親（マクベス夫人？）について何か知ることができれば、スウィート・グラスがいかなる方法で――そしてなぜ――死に至ったのかを発見する手がかりがえられるはずだ、と彼は確信していた。

むろん、これは正規の捜査ではない。彼には令状はないし、引出しやクローゼットをかきまわす権利はまったくない。ただちょっと勝手に見てまわるだけ。それも短時間ですませなければならない。すべてをさっと目に焼き付け、あとでその詳細を検討することにしよう。

最初の部屋はあきらかに主寝室だった。年配のハードウィック夫妻が使うにあまりあるサイズの、巨大な四柱式寝台が部屋の中央を占めている。すべての家具は大きなマホガニー製で、アンティーク臭が強い。部屋の主の形跡はない。香水の残り香も、アフターシェイブの気配も。最近ここを使ったらしい証拠はまったく発見できない。家具はすべて、今日の午後デパートから配達されたかのように、非個人的。ここの持ち主は何も隠すことがないのか――あるいはすべてを隠しているのか。次の部屋はさらになんの印象も与えなかった。ツインのベッド、ビューロー、化粧台。一冊の本も、一枚の絵も、この部屋の主《あるじ》を暗示するようなものは何ひとつない。間違いなくゲストルームだが、今のところゲストはいないらしい。おそらくここは、バーニスが繁華街のアパートメントに移るまで使っていたのだろう。三つ目の部屋で、彼は報われた。ここには最近まで使われていたが急に放置された、という形跡があった。つまり散らかっている――ベッドカバーはくちゃくちゃ、鏡台のスタンドはつけっぱなし、そこら中に本が置いてある。しかも三つの本棚からあふれた本が、床にひと山、窓辺の安楽椅子のまわりにも乱雑な二山をつくっている。リディアの読書好きは誇張ではなかったらしい。この読書聖域を乱してはならない、とメイドは厳しく命じられているのだろう。フェニモアは椅子に近寄って、肘掛のうえに広げて伏せてあった本を手に取った。ハーマン・メルヴィル著の『詐欺師』だった。なんとなく思い出した――暗い、皮肉な話だ。ページをめくってみた。読者は余白に〝神と悪魔はひとつなのか?〟と走り書きしている。彼はそっと元にもどした。もうひとつ、彼の目を引いたのはビューローの上にかかった一枚の写真だった――一重の銀の額縁に入れられた一人の男の写真。リディアはどういうタイプの男に魅かれるのか、好奇心をそそられてそばへ寄った。兄のテッドだった。

次の部屋のドアは閉まっていたが、鍵はかかっていなかった。そっと開けてみた。心臓が止まった。小柄な、怪訝そうな男が、じっと彼を見つめていたのだ。それが長い鏡に映った自分の姿と気づくまでに一秒とはかからなかった。いくつかのダンボール、ミシン、アイロン台がこの部屋の調度品のすべてで、ここが納戸であることは明らかだった。

フェニモアはドアを閉め、廊下のつきあたりの最後の部屋へ急いだ。子供部屋らしい。どの子供だろう？　壁に、ガーフィールド（新聞マンガの主人公、意地悪なデブのトラ猫）と、くまのプーさんのカラーポスターがはってある。窓ぎわの椅子は各種のテディベアや人形でいっぱいだ。ベッドの柱からは空気のぬけた風船がいくつかぶらさがっている。ベッドの下から、ウサギの顔と耳がついたピンクの部屋履きスリッパがのぞいている。出窓には水槽がある。階下のよりはちいさいが、様々な色彩の熱帯魚がたくさんいる。キティのだ。彼女の外見からフェニモアは彼女を二十歳くらいと思っていたが、この部屋はどう見ても十歳の子供の部屋だ。魚が彼を見返した。彼は窓辺の椅子に行き、ひとつだけほかのとちがう人形を取りあげた。ほかのはプラスティックに色を塗ったものだが、それだけは布製で綿がつめてある。「痛っ！」親指に血がぷっと吹き出ている。血を吸いとってから人形をもう一度よく見た。体のあちこちに十本以上のピンが突き刺さっていた。頭には幅の広いゴムバンドが巻いてあり、その内側に三本の鳩の羽がさしこんである——インディアンの髪飾りを雑に真似たものだ。彼はその人形を丁寧にほかの中にもどした。

最初にラブラドール犬が吠えるのを聞いたとき、なにか外のものに吠えているのだろう、とフェニモアは思った。すぐに、磨きぬかれた木の階段を犬があがってくるカチャカチャいう爪音が聞こえた。それに続いてすばやい女性の足音が。彼が部屋から出ると、彼らは廊下をこっちへやってくるところだった。

「ええと、バスルームが見つからなくて……」

小柄にもかかわらず、彼女はフェニモアに跳びかかりそうにするラブラドールの首輪をなんとかつかんでいた。彼女はひと言もいわず、彼のうしろから犬を連れて廊下から階段、そして玄関ドアへとついてきた。彼がふりむくと、彼女はまだしっかり大きなラブラドールを捕まえている。明るい笑顔は見られなかった（それに犬はけっして微笑まない。歯を剝きだすだけだ）。彼はドアを閉め、彼女は奥様になんと報告するだろう、と思った。

車で帰る途中、彼は心に繰り返しつづけた、「目的は手段を正当化する、目的は……」役にはたたなかった。よきコミュニストにはなれそうもない。

25

十一月四日　金曜日

「おはようございます、リスカさん」

　ベッドの中のやつれた男性がフェニモアに顔をむけた。

「ご気分はいかがです」フェニモアはベッドぎわに椅子を引き寄せ、患者の脈を取りはじめた。脈は速く、顔色は悪い。「どこか具合が悪いですか？」

「カテーテルを入れられるんだ」男は声をひそめた。

「何ですって？」

「今朝ここへやってきてね。医者が四人——全員白衣でね。それしか方法がないというんだ。月曜日の朝十時にやるそうだ」

　フェニモアはベッドの端へ行って予定表を見た。たしかに、〝カテーテル挿入。十一月七日、午前十時〟とある。

「わたしはやりたくないんだよ、先生」彼の声は不機嫌で甲高かった。「わたしは八十六だ。今まで好きなように生きてきた。なぜ、このままそうさせてくれないのかね」

「心配いりませんよ」フェニモアはベッド脇にもどって、彼の手を軽くたたいた。「ぼくが何とかします」リスカの診察を終えると、急いで部屋を出た。

「ラリー？」ロビーの公衆電話を使った。病院の電話は、この手の内密な会話をするには人目が多すぎる。「リスカさんが月曜日にカテーテルの予定だ……うん……今朝、彼らが四人で彼の寝こみを襲ったらしい。圧力をかけて同意させたんだ。急いで手を打たないと。医師専用ラウンジで会おう。いや、角のコーヒーショップにするか――そのほうが怪しまれずにすむ――じゃ、十分後」病院を出るとき、フェニモアの口元はニッと広がっていた。ありがたいことに、ここはまだ自由の国だ。もし静かな死を望む者がいるならば……しかも、カテーテルなしのほうが、リスカが長生きできるチャンスはあるのだ。


ラリーは自分のコーヒーにミルクを入れてかき混ぜた。「全部決着がつきましたよ。彼は明日退院します。姪が迎えにくることになってます」

「要するに、何も決着がつかない、ってことだな」フェニモアはいった。

「二人は最後の賭けにでたわけです」ラリーは一気にカップの半分を飲み干した。

「姪、といったね」

彼はうなずいた。

「きみは会ったことあるの」

「ええ。ときどき出入りしてましたから。彼女はあのご老人が好きみたいで――いや、ほんとうに好きなんでしょう、きっと。何しろ文無しの叔父さんを引き取りにくるんですから」

「彼女の名前は？」

ラリーは懸命に思い出そうとした。「マーティネリ……フローレンス」

フェニモアは指を鳴らして跳びあがった。

「いったいどうしたんです」ラリーはまじまじと彼を見つめた。

「彼女の電話番号わかるか？」

「だれの？」

「フローレンスのさ」

「彼女は六十すぎですよ、いやだなあ」

「あとで会おう」

「まったく、結局はぼくの貴重なサービスなんか必要ないってわけですか」ラリーはがっくりしている。

「ごめん。命にかかわるような仕事の最中だったのかい?」

「そうですよ。命は助かったけどぼくの処方箋のおかげで消化不良になったといって、患者からこっぴどく叱られてたんですから」

「じゃあ、ひとつきみに貸しができたな」フェニモアはいった。

「あなたの友達らしいけど、あれはだれなんです?」ラリーは、サンティーノ巡査が近くのテーブルから立ちあがってこっちへ来るのを見て、ささやいた。

フェニモアは顔を赤らめた。「あれはね、仕事をほしがってる気の毒な親戚なんだ」

その姪に連絡をとるのに、しばらくかかった。二時間ほど電話のおっかけっこをしたあげく、やっと彼女をつかまえて事情を説明した。ラリーは正しかった。彼女は心底叔父さんが好きで、喜んで協力を申し出た。

「お願いしたいのは……」フェニモアは計画を説明した。

彼女は彼の指示に従った。

数分後、攻撃的心臓医株式会社のトマス、ギルバート、モリス、ラザルスの各オフィスの電話が鳴った。医師たちの名前を復唱したあとで、受付嬢はそのうちのだれに話をしたいかと尋ねた。フローレンスはリストの最初の名前をいった。

「トマス先生は、ただいま血管形成手術中です」

「ではギルバート先生は?」

「先生は休暇中です」

「モリスは?」

「今日はゴルフの日でして」

「ラザルスはどうなの?」

「おつなぎします」

ラザルスを呼び出すまでに長い間があった。電話口に出た彼の声はきびきびして事務的だった。「どういうご用件でしょう?」

フローレンスが話を始めるか始めないうちに、ラザルスは熱いものか汚ないもののように、パッと受話器を耳から離した。それからいきなり送話口にむかってこういった。

「むろんです。そのようにいたします。すぐにその処置はキャンセルしますから」

このニュースをフェニモアから知らされると、ラリーは聞いた。「彼女は彼に何といったんです?」

「〝叔父を即刻退院させないと、裁判所で会うことになりますよ〟」

「でも、それはこけおどしでしょう。彼女には根拠がない」

「ああ、いうのを忘れていたが、その発言の前に彼女は自分の職場がどこであるかをあきらかにしたんだ」

「というと?」

「地方検事オフィス」フェニモアはにやりとした。「フローレンス・マーティネリは地方検事補の一人なんだ」

「どうしてそんなことを知ってるんですか」

「ぼくは新聞を読むんだよ、ぼうや、テレビを見るかわりに。政治にうとくならずにすむからね。病院の中のだけでなく外の政治にも！」


フェニモアがやっと自分のオフィスに帰ったのは、正午だった。彼はまっすぐにキッチンへ行き、サンドイッチを持って出てきた。二枚のライ麦パンのあいだにボローニャソーセージの薄切りをはさみ、たっぷりマスタードを塗ったもの。それをコークで流しこみはじめた。

「そんなものを丸呑みして、どうして自分を医者だなんていえるんですかね？」ドイル夫人が首を振りながら、自分のバランスのとれた食事をはじめた。パスタサラダ、ヨーグルト、それに桃が一個。後で紅茶を一杯淹れるつもりでいる。

「好きずきさ、ドイル」

彼女はぴくりと耳をたてた。〝ドイルですって？〟彼の寵愛がもどったのだろうか。彼の新しい使用人とスリッパのことで口論したのを、ゆるしてくれたのだろうか。彼女が彼に美顔術をほどこしたのがよかったのかもしれない。今度の事件について尋ねるという危険を冒していいものだろうか？　虎穴に入らずんば虎子を得ず。ドイルは諺が大好きな性質《たち》だった。「あのインディアンの娘さんについて、何かわかりました？」

　今朝のリスカの件の成功にまだ舞いあがっていたフェニモアは、いきなり地上にひきもどされた。スウィート・グラス事件は行き詰まっていた。

「他殺をお疑い？」ドイルは頑固にロマンス小説と昼メロ（お気に入りの連続ドラマはビデオにとり、夜帰って見ることにしている）を常食としている結果、ものごとをドラマティックにする癖がついている。

「たぶんね」フェニモアは午後の一服のためにパイプを用意していた。

　彼女の顔が輝いた。

　ぷかぷか煙を吐き出す合い間に、彼は救急治療室《ER》の報告書と、アップルソーンとの会見の模様を話して聞かせた。そして彼女がこの情報を消化するのを見守った。経験から、彼女がなにか有益な提案をしてくれることは期待できる。今すぐでなくても、いずれ近いうちに。話が終わると、彼女はタイプライターにもどり、フェニモアは『心臓医学教本』を開いた。このおそるべき一巻（重量は十ポンド近くある）の目次をめくっていると、〝ジギタリス中毒―一〇二四頁〟という一行が見つかった。そのページを開いた。

　〝ジギタリスは心臓病治療の基礎となる薬品のひとつだが、これは両刃の剣であり……

……〟彼は最後まで読み進んだ。要は、患者の体内のジギタリスは非常にバランスを崩しやすいということだ。一、二ミリグラム余分に投与しただけで、心拍に乱れを生じ——不整脈、線維性攣縮、昏睡、そして最終的に死をもたらすのである。こうしたことはすでに知ってはいたが、彼が医学誌を読みそこなっていたここ数年のあいだに、新しい知識が加えられていないかどうかたしかめたかった。彼は電話に手をのばしてダイヤルをまわした。「ラフ?」

「このところいやに静かだと思ってたよ」

彼はERの報告書から発見したこと——スウィート・グラスの死はおそらくジギタリス中毒によるものであること——と、その後アップルソーンを訪ねたことを話した。

「彼女がうっかり薬の量をまちがえてのんだってことはないか?」ラファティはきいた。

「まずないだろう。彼女は長年ジギタリスを服用しているんだ」

「じゃあ、故意に?」

「もちろん。そのあとで、ラナピ族の風習にしたがって遺体を埋めた」

「彼女は自殺して、埋葬の指示を兄に残したともいえる」

「じゃあ、なんだって彼女は治療を受けにERに行ったんだ?」

「多量の薬をのんだ後で、思いなおしたのかもしれない。どうだね……?」ラファティは、相手がフェニモアだととくに、反論して喜ぶくせがある。

フェニモアは考えこんだ。「可能性がなくはない。しかし、彼女の日記を読んだけれども、自殺するような人物には全然みえないよ。彼女は問題に真正面からむきあうタイプだ。真っ直ぐぶつかっていってる。結婚してもテッドの家族の壁は乗り越えられないと思ったら、彼女は破棄して先へ進んだだろう。自分を滅ぼすようなことはしないよ」

「それは心の問題に関するおまえの豊かな経験に基づいた意見かい？」

フェニモアは顔をしかめた。

「あまり認めたくはないんだが」と、ラファティは認めた。「じつは、おまえの考えを裏打ちするような証拠があがってね。スウィート・グラスのアパートメントを捜査したら、最近処方されたジゴキシンの錠剤の瓶が見つかった」

「それで？」

「錠剤はいっぱい残っていた。処方以上には服用していなかった、ということになる」

「じゃあ、可能性はひとつしかないよ」フェニモアはいった。

「そのとおり。容疑者をあげてみるか？」殺人課の刑事は、殺人となると熱心になった。

フェニモアはしたがった。「彼女の兄は結婚に強く反対していたし、伝統的ラナピ族の風習にならって彼女を埋めたとしても筋はとおる。彼はまた、彼女の死によって経済的利益を得る唯一の人間だ——生命保険でね。しかしながら、ロアリング・ウィングズに疑いがかかるように、わざと何者かが埋葬したとも考えられる」フェニモアは考えながら、言葉を切った。「それからハードウィック一家。この結婚を心から支持する家族は一人もいない。彼らはみんな、なんらかの理由で反対だった。ルームメイトのドリス・ベントリーでさえ、熱狂的に喜んでいたわけではない」

「結婚を阻止したきゃ、未来の夫婦のかたわれを殺すよりもっと簡単な方法があるがね」ラファティが口をはさんだ。

「たしかに」フェニモアはいった。「でも、それはみんなやってみて――失敗したんだと思うよ」

「おまえ好みの容疑者はだれだ？」ラファティはうながした。

「ちょっといえないな」

「もったいぶるなよ」

「正直なところ、ただの直感なんだ」

「兄貴か？　花婿の母親か、それとも父親、妹たち？　ルームメイトか？　選べよ。なんなら一人に限らんぜ。ただそうなると、あっちの一味を減らす手伝いをすることになるがね」

「悪いな、ラフ」

蒸気機関を思わせる溜息が、電話線を伝って届いた。「まあいいさ。おまえは手を貸してくれたんだ――死因の発見でな。だが、われわれはそのERの報告書を見る必要がある。こっちでやるよりも、おまえのほうが早く手に入れられるだろう」

ラファティは、医学界はひとつの大きな仲良し家族のようなもので、すべての情報は喜んで分かちあう、と誤解している。法的措置なしに患者の記録が手にはいった時代は終わったのだ。「やってみよう」フェニモアはいったものの考えてしまう。こっちがほんとうに手に入れたいのはスウィート・グラスの血清だが、ラファティはそれを手に入れるための裁判所命令はとってくれそうにない。

「ところで」とラファティは唐突にいった。「おまえ、このあいだの夜の押しこみの報告書を出してないな」

「正式な被害届は出したくないんだ」

「じゃあ、ここだけの話。やつら、何が狙いだったんだ?」

「二人の暴漢は警告を与えるために、ぼくに乱暴をはたらいたのさ。別れ際の言葉は〝ラナピから手を引け〟だった」

「ふん」

午後になってやってきたホレイショは、上機嫌だった。フェニモア診療所のスタッフのあいだに休戦協定が結ばれたらしい。少年と看護婦は互いに仲良く言葉を交わし、仕事を始めた。これはフェニモアにとってかくべつにありがたいことだった。ドイル夫人が一夜にして頑固な化け物になったり、ホレイショが悪意から彼のお気に入りのスリッパを片方とったりするなんて、彼には信じがたいことだった。二人の妙な言動の本当の理由が、少しずつ彼の目にみえてきた。たんなる嫉妬。二人のスタッフは彼の注意がほかにむくことにやきもちを妬いていたようだ。だったらこっちの機嫌をとりにきてもよさそうなものなのに。が、たとえ二人が彼によそよそしくしても、オフィスが和やかになればそれにこしたことはない。今日は少なくとも休戦状態で、それが彼はうれしかった。つばぜりあいを再開させたくなかったので、ドイル夫人が手洗いに消えるのを待ってから、彼はホレイショに近づき相談をもちかけた。

「今夜、あいてないか？」

少年はファイルの引出しから顔をあげた。

「暗くなってから、フランクリン病院の裏の駐車場へ来てくれないかな」

彼は目を丸くしたが、うなずいた。

「きみは鍵のことにくわしい？」

彼はおもむろにニヤッとした。

「よし。必要な道具を持ってきてくれ」

「わかったよ、ドク」彼は元気よくいった。彼の目が雇い主の上をすべった。「そんな恰好でおれと一緒はまずいよ」

フェニモアは自分のシャツ、ネクタイ、ズボン、オクスフォードシューズを見おろした。

「まず、二人で買い物に行こうぜ」ホレイショがいった。

「二人で何してるの？」ドイル夫人がもどっていた。

フェニモアはホレイショのファイルの山からホルダーをひとつつかんだ。「ファイルのチェックだよ」彼はそれをデスクに運び、その中に鼻をつっこんだ。彼女が名前に気づかないことを祈った。十五年前に死亡した患者のファイルだったのだ。

夕方近くなって、フェニモアはロビンスン医師に電話をかけた。彼女は電話口ではそっけなく事務的だったが、ほんの数ブロックしか離れていない彼女のオフィスに訪ねていくと、彼女は彼に会えたことを喜び、患者の死にとても心を痛めている様子だった。

「どう考えても不思議でしかたがないんです、フェニモア先生。心臓がどきどきするというので、二週間前に彼女を診察したけれど、とくに心配なことはありませんでした。彼女は前にも同じ症状を訴えたことがあって、ファローの四徴症の既往症があった患者さんは、結婚式の前といったストレスにさらされると、こういう症状が出がちなんです。彼女の場合はとくにストレスが強かったみたいですからね」

「ええ、彼女の未来の義理の家族は、なんというか、難しい人たちだから。どういう処方をなさったか、教えていただけませんか」もしロビンスン医師がべつの形でジギタリスを処方したのだとしたら――ジゴキシン錠のほかに、という意味だが――スウィート・グラスがそれをのんで容器を捨てたことも考えられ、自殺の可能性もいぜんとして残る。

「二十ミリグラムのインデラルを一日二回、その後は三回処方しました。いつものジゴキシンはいままで通り続けるようにといって」

フェニモアは自殺説を永久に葬り去った。「ぼくもまったく同じ処方をしますね。どうも彼女の死因には、既往症とは関係のない要素がいくつかあるようです」

「そう？」彼女はフェニモアの副業のことはまったく知らなかった。

「それを注意深く調べているんです」

「わかったら教えていただけるとありがたいけれど」

「もちろん」

彼女のやや固い職業的態度がほぐれた。「十年以上患者さんを診ているのに、若い人たちの死は今でも受けいれるのがつらくて」

「それは変わると思わないほうがいいですね。ぼくはその二倍も医者をやってるのに、こういうケースにはまだ動揺するから」彼は打ち明けた。「彼女のカルテのコピーをいただくわけにいかないかなあ」

「彼女の近親者の許可がないと無理ですわ」職業意識が戻っていた。「近親者、ご存知ですか？」

「知ってます。今の話は忘れてください」

「よかった」彼女は彼を戸口まで送った。

「ご協力、ありがとう」

「何かわたしにできることがあれば、お電話くださいね」彼女は温かく彼の手をにぎった。

不幸にして、それ以上彼女にできることはなかった。彼女は捜査のドアをひとつ閉じた。もうひとつを開くのは彼次第だ。

オフィスにもどると、フェニモアはラファティを電話に呼び出した。サンティーノ巡査は外の部屋でまだ紅茶をすすっている。低い声で、フェニモアは友達に話しかけた。

「今夜、きみの見張りを解いてくれないかな？　濃厚なデートがあるんだ」

「ジェニファーか？」

「ほかにだれがいる？」

永遠のロマンティスト、ラファティは承諾した。「だが、明日一番で彼は持ち場にもどすぞ」

「わかった」わくわくしながら、フェニモアは見張りをその任務から解き放ちにいった。

26

金曜日の晩

古着屋にはなじみ深いフェニモアだった。同僚たちの大半は〈ブルックス・ブラザーズ〉へ行って衣類をそろえるが、フェニモアはもっと気楽な雰囲気の古着屋のほうが好きだった。上等な服も買えないことはないが、これは主義の問題である。ほとんど新品同様のものが二十ドルで買えるのに、なぜジャケット一枚に二百ドルも払うのか？　車も同じこと。ＢＭＷの新車やレクサスを買うよりは、'89年のぽんこつシェヴィを生き長らえさせるほうがはるかに楽しい（ジェニファーはこれを〝俗物根性の裏返し〟と呼ぶが）。フェニモアが大好きな古着屋のひとつはマーケット・ストリートの救世軍の店だ。何年ここの世話になってきたことだろう。ほとんど袖を通していないツイードのジャケットだの、レインコートだのオーバーだの、立派な衣類をいろいろ手に入れてきた。猫までここで手に入れたのである。買い物にきて廃棄処分衣類用のバケツのそばを通りかかったとき、中からニャーニャーいう声が聞こえたのだった。のぞきこむと、二つのコハク色の瞳がこっちを見返していた。古着と一緒に捨てられたのだろうと思い、その猫を抱きあげてつれ帰り、最屓の紳士用品店——つまり救世軍《サルベーション・アーミー》——にちなんでサールと名づけたのだ。

古着愛好者であるとはいえ、フェニモアの趣味はホレイショのよりもはるかに保守的だ。ホレイショはツイードよりは黒い革ジャン、紐靴よりはスニーカーが好みである。

古着店の二人のボランティア店員は、新しい客を不審の目でながめた。年配のほうの男が等身大の鏡の前で自分の姿をじろじろ見ている。服をすっかり脱ぎ捨てて、下着だけという恰好だ。試着室がわりに使われている掃除用具置き場の床は衣類の山。若いほうの連れが、次から次へと服をハンガーからはずして年配の男に放り投げている。ようやくダークブルーのタートルネック、ジーンズ、黒の革ジャケットを着た男は、満足そうな顔になった。だが若いほうは満足していない。首を振りつづけて、ラックをかきまわし棚を物色した。

ある棚で彼は眉庇《まびさし》つきの帽子をとってフェニモアに渡した。フェニモアは庇を前にしてかぶった。ホレイショがそれをさっとうしろむきにした。驚くべき変わりようだった。ヘンダースン夫人でも、もう彼を〝先生《ドクター》〟とは呼ばないだろう、先生が必要なときでも。それどころか、彼を避けるために道路の反対側に渡るにちがいない。

ホレイショはフェニモアの茶色の紐靴に目をとめた。「靴のサイズは?」

「9Bだ」

彼はさまざまな靴が壁際にずらりと並んでいる店の奥へ姿を消し、すぐにスニーカーを三足抱えてもどってきた。一足は黒、二足は茶色。フェニモアは床に腰をおろし(椅子はなかった)、それぞれを履いてみた。

若いボランティアが笑いをかみ殺している。やや古株のほうが彼女にむかって眉をひそめた。

黒いのがぴったりだった。彼は立ちあがった。

「カッコいいぜ」ホレイショがその服装を最大限に奨励した。

我にもなくうれしくなったフェニモアは、入ってきたとき着ていた服をまとめ、レジへ持っていった。「着て帰るんですか?」経験をつんだボランティアでさえ、驚きを隠しきれなかった。

彼はうなずいた。若いボランティアが「それを入れる袋をもってきます」とつぶやいて、急いで離れていった。

古株のボランティアはカウンターのうしろから出てきて、彼が買おうとしているものの値札を調べた。スニーカーの値段については、彼に足をあげるよう頼んだ。一ドル五十セント、と靴底にマジックで走り書きがしてあった。

ホレイショはカウンターの上の皿のアクセサリーをいじくっている。気に入ったのをひとつ見つけ――鎖つきの重い金属の十字架――それに一ドル払った。ヤケに高いじゃないか、とフェニモアは思った。おもしろいことに、古着屋ではあっというまに価値観が変わってしまう。デパートのセール品のシャツが二十ドル、それが、二ドル五十のシャツのラックを物色した後ではべらぼうな値段に思えてしまう。

フェニモアが買い物の代金を払い終えると、若いボランティアが大きな買い物袋を渡してくれた。中には、靴をいちばん下にして、もともと着ていた衣類がきれいにたたんであった。フェニモアはいった。「どうもありがとう。ご親切に――」

いい終わらぬうちにホレイショが急いで彼を外に連れ出した。歩道に出ると厳重に注意を与えた。「そういうぼろっちいものを着てるときは、あんな口をきくんじゃないよ」

「ありがとうといっちゃいけないのかい？」

「そのとおり」

「どういえばいいんだ」

「唸るだけ。フン」彼は唸った。

「フン。こう？」

「それでいい。それから歩き方――最低だね。それじゃあまるでサマになんないよ。いいかい。おれのうしろについて真似してみな」

フェニモアはホレイショを観察しながら、後に続いた。少年は肩をそびやかし、やや腰を振りながら、同じ間をとって左右に目を配る。半ブロックごとにちらっと肩越しにうしろを見る。フェニモアはそれを真似た。

ホレイショが立ちどまってふりむいた。「今度はおれの前でやってみな」

フェニモアは従った。

ホレイショは彼を観察した。「よくなったよ。でも、まだ足りねえなあ。芝居すんだよ。映画でさ、ワルの役をやってるような気になってみなよ」

うまくいった。突如として、フェニモアは楽な気分になった。肩をそびやかした。易易と体を揺すれた。「フン」と不興げな声を出した。

仕事場から家へ急ぐ銀行員らしき男が、神経質な視線を投げて足を速めた。ホレイショがよしよしというふうにフェニモアをながめていった。「上出来」

病院へ行くには早すぎる。夕闇が迫りつつあるが、空にはまだオレンジ色のすじが残っている。フェニモアは空腹だった。「ハンバーガー食わないか?」

ホレイショはうなずいた。二人はマーケット・ストリートに曲がって、最初のファーストフードの店に入った。フェニモアが奥のほうのテーブルを選び、注文はホレイショにまかせた。人中での自分の新しい外的人格にまだちょっと自信がない。食べながら、ホレイショに仕事の内容を話して聞かせた。

「研究室は五階だ。そのすぐ外に非常階段がある。ハシゴみたいな鉄のやつだ。きみがそれをのぼって窓を試すあいだ、ぼくは下で見張ってる。だれか来るのが見えたら、フクロウの鳴き真似をするよ」

ホレイショは彼の顔を見た。「ここは街なかだぜ、ドク、鳩のほうがいいよ」

「たしかに。ホーホー鳴くのはやめよう」

「もし人が来たらあんたは逃げな、おれは自分でなんとかするから」ホレイショがいった。

フェニモアは疑わしそうな顔をした。

「でもさあ、その血清がなんでそんなに大事なんだよ?」とパンの上にケチャップをぎゅっとしぼり出した。

「あの女性がジゴキシンをのみすぎたせいで死んだのかどうかを、たしかめたいんだ」

「ヤク中かよ?」

「そうじゃない。事故かもしれないが、だれかがわざと大量にのませたのかもしれない」

ホレイショは噛むのをやめて目をあげた。

「彼女が病院に残って、FABを受けてさえいればよかったんだが」

「ファブってなんか〝すごい《ファビュラス》〟こと？」

フェニモアは首を振った。「薬だよ、フラグメンツ・オブ・アンティゲン・バインディング」

この時点でふつうの人間なら目がどんよりしてきそうなものだが、ホレイショは興味津々だった。フェニモアは説明する義務を感じた。「FABというのは、体の中の抗原あるいは毒物――それが、この場合ジゴキシンなんだが――と結びついてその作用を止める、つまり無害にする抗体なんだ。医者はしょっちゅう、この抗体ってやつを使ってる。たとえば破傷風。もしきみが錆びた釘を踏んだとしたら、医者はすぐに破傷風の注射をする。この注射には、破傷風菌の活動を止めてきみが破傷風にかからないようにする抗体が、ぎっしり詰まってるんだ。狂犬病についても同じさ」これで相手は満足するはずだ。フェニモアはハンバーガーに顔を寄せた。

「その抗体ってやつはどこからくるんだ？」

フェニモアは深く息を吸った。「抗体は動物や人間の体の中で作られるんだよ、病原菌や毒と戦うためにね」気をつけながらフェニモアは説明した。ジゴキシンが羊に注射されると、その羊はそれと戦うために抗体を作るのだということを。「この抗体が羊の血液から取り出され、精製されるんだ。そしてそれを、何らかの理由で体内にジゴキシンを取りすぎてしまった人に与えるわけさ」

「羊はどうやって抗体ってやつを作るんだ？」

「ひゅー！」フェニモアは降参の印に両手をあげた。「その答えを知るには、免疫学のコースに一年通わないとね」

ホレイショはしぶしぶハンバーガーにもどり、フェニモアは奇妙な感慨にとらわれた。ひょっとして、むかいあって座っているのは未来の医学生？

「行こうか」ホレイショが最後のソーダを飲み干した。フェニモアのゴミと自分のゴミをつかんで、あふれそうな容器に押しこんだ。

出掛けに、庇をうしろむきにして帽子をかぶった手強そうなやつが、壁にはりめぐらした鏡の中からこっちを見ているのが目に入った。フェニモアは緊張して戦おうとみがまえたが、ホレイショに腕をつかまれた。

「自分に見惚れるのはやめろよ」といって、急いでドアの外に連れ出した。

黄昏どきは過ぎていた。通りは暗く、明るいのは街灯と虹色のネオンのところだけ。

二人は病院へむかった。駐車場は半分空いている。フェニモアは時計を見た。面会時間は過ぎた。残っているのは、夜勤のスタッフと警備係の車だろう。建物の裏の壁を見わたした。明るい窓は数えるほどで、その部屋の患者はテレビ中毒か、痛みや不眠に苦しんでいるかどちらかだ。だが、五階の研究室の四つ並んだ窓は暗かった。彼はそれをホレイショに指さした。

少年はうなずいて非常ハシゴに目をやった。たしかに金属製で、建物の外側にぶらさがっている。「あのハシゴをどうやっておろすんだ？」ホレイショがきいた。

「ちぇっ！」フェニモアは今風の外見に似合わない古典的悪態をついた。

ホレイショの目が買い物袋にとまった。駐車場から二人を遮断する役割をはたしているゴミ箱のそばに、フェニモアが置いたのだ。すばやく彼は中をかきまわした。シャツとネクタイを取りだし、片袖の端とネクタイの端を結んだ。つぎにズボンを引っ張り出した。片足の先を、シャツのもう一方の袖に結ぶ。それが終わるとそれぞれの結び目をぐっと引っ張ってたしかめる。それから少しさがって即席のロープの端をにぎり、もう一方の端をハシゴめがけて放りあげた。端はハシゴのいちばん下の段をかすって地面に落ちた。もう一度やったが、同じだった。

フェニモアはそわそわとまわりを見まわした。だれもいない。彼は袋に手をつっこむと靴を片方取りだした。ロープをつかみ、その端に靴紐で靴をゆわえつけ、非常ハシゴめがけて投げあげた。靴が引っかかって、ロープはハシゴの下の段からぶらさがった。

「やったね、ドク」

「なに、重りが必要だっただけさ」

ホレイショには、物理の法則を云々する暇はなかった。靴のついたロープの先をおろし、自分が持っているもう一方の端と一緒ににぎって輪にし、そろそろとハシゴを引きさげる。ハシゴが地面につくやいなや、手足をつかってよじ登る。見あげるフェニモアの胃の中で、さっき食べたフレンチフライが石のように凍りついた。少年は五階に達するとふりむいて手を振った。

〝気をつけろ〟フェニモアは大声を出しそうになったが、思いとどまった。ホレイショが手近な窓を調べているのを、無言で見守る。窓はびくりともしない。少年は尻ポケットからペンナイフを出し、隙間にさしこんで掛け金をいじくっている。何秒かすると、窓があいて彼は中に這いあがった。

次の数分は永遠のように思われた。フェニモアは肩越しにうしろを見ては窓を見あげる動作を繰り返した。医師の免許を失うかもしれない、未成年者の一生を破滅させることになるかもしれない、そう考えると、いてもたってもいられない気持ちだった。ホレイショがふたたび窓に姿を見せたときには、フェニモアの頭の中にグレイターフォード州立刑務所の独房が二人分できあがっていた。ホレイショが合図した。幸い、フェニモアはハシゴのいちばん下の段にしっかり足を掛けておくのを忘れてはいなかった。そうでなければ、もう一度投げ縄過程を繰り返さなければならなかったろう。彼は段をのぼった。中ほどで下を見ると、泥縄式のロープと買い物袋が目についた。警備員が通りかかってあれを見たらどうなる？　用心深く段をおり、ロープを丸めた。ハシゴから足を離さぬよう気をつけながら買い物袋に手をのばし、不恰好な〝突き〟の姿勢でなんとか袋とロープをゴミ箱のうしろに投げこむことができた。

「なんでこんなに手間取ったんだよ」ホレイショが窓敷居をこえるのに手をかしてくれた。

フェニモアは説明した。

「でも、あの服をどうすんだ？」ホレイショは、もったいないことをする、といわんばかりに目を丸くした。

「帰りに拾うさ」

中に入ると室内は真っ暗で、聞こえるのはカサコソと走りまわる音、キーキーという声だけだった。動物の排泄物の臭いと、医学実験室につきものの薬品の臭いとが入り混じっている。暗闇に目の慣れたホレイショが迷路のようなカウンターのあいだを通りぬけ、装置と檻のならんだテーブルにフェニモアを案内した。いきなり、背の高い大きな物体にゆくてを阻まれた。盲人のようにフェニモアはそれを手でなぞった。表面はすべすべしていて冷たく、ところどころに太い金属製の鎖の輪のようなものがある。さらに手を動かすと、鎖はひとつだけではなさそうだ。徐々に目が慣れるにつれて、これが幾重かにきちんと鎖を巻かれ、懐中時計から大きな目覚まし時計までの大きさのいくつもの南京錠をかけられた、巨大な冷蔵庫であることが判明した。

少なくとも、ここが目当ての研究室であることはまちがいない。ただ、アップルソーンがかくも前時代的警備体制に凝っているとは。彼の特異なパラノイアからすると、目に見えないエレクトロニクスの警備では満足できないのかもしれない。彼にはもっと実体のある、触れたり見たりできるものが必要なのだ。ホレイショは気難しい電子防犯設備よりは、南京錠のほうに経験豊かだった。

ホレイショはすでにもっとも手強そうな錠に取りかかっていた。心温まるカチッという音がして、ひとつが開いた。次のにとりかかる。ホレイショが状況を把握していると信じて、フェニモアは研究室をうろうろしながら時間をつぶした。装置を調べ檻をのぞいてみる。最初の二つの檻にはマウスが入っていて、どれにも体の脇に電極がつけられている。次の檻では一匹の白いネズミがプラスティックの迷路をやすやすと行き来している。残りの二つの檻には——大きなキーキー声の発信源はこれだった——数匹の小型のサルが入っている。サルたちの妙な行動にすっかり気を取られていたので、ホレイショに大声でシッといわれてびっくりする。サルたちも驚いたらしく、奇声をあげたり何か言い交わしたりしながら狂ったように檻を駆けまわりはじめた。

「どうした?」

少年は開いた窓のそばに立って下を見おろしている。

フェニモアもそばへ行った。安心できる光景ではなかった。警備員の制服を着た二人の男が、この窓を見あげている。フェニモアの目は冷蔵庫へ走った。まだ鎖が一本残っている。ホレイショは仕事にもどった。鎖が音をたてて床に落ちると、フェニモアは扉を開けた。内部灯にてらされた中には、チューブの容器が整然と並んでいる。いちばん上の容器を取り出した。冷蔵庫の明かりでラベルの日付を調べる。上段はもっとも最近のサンプルのようだ。名前に目を走らせた。

ホレイショは窓際の持ち場にもどった。見られないよう気を配りながら下の様子をうかがっている。今は一人しかいない。もう一人はここへあがってくるところなのだろうか？

「急げよ、ドク」彼がささやいた。

ファーマー。フェダー。フィールド……フェニモアはその試験管をつかんだ。ポケットから空の試験管を取り出すと、プラスティックのキャップをはずす。アップルソーンの試験管のキャップもはずし、空のほうに中身を少し移し変えようと、口と口を合わせた。何も動かない。試験管をのぞくと、凍って固まっている。冷蔵庫と思っていたのは冷凍庫だったのである。さて、どうする？　試験管ごと盗む気はなかった。アップルソーンにしろ彼のアシスタントにしろ、必ずなくなっているのに気づいて翌朝騒ぎになるにきまっている。

「どうしたんだ？」

フェニモアは話した。

「楽勝だよ」彼は近づいてタバコのライターを差し出した。

「吸うのかい？」

「いやぁ。持ってるとカッコいいだろ」

「残念だが、これじゃあ役にたたない。試験管はプラスティックだからね。熔けるか、焦げるかしてしまう。でもいいことを思いついたよ」彼はステンレスの流しのひとつに行って、湯を出した。冷水もまぜてぬるま湯にする。熱すぎれば、血清の微妙な成分のバランスが崩れることもありうる。試験管にそろそろと湯をかける。これだと時間はかかるかもしれないが、そのうちに解けるだろう。一秒一秒が刻まれていく。聞こえるのは湯の流れる音と動物たちの歩きまわる音だけ。心配したホレイショが窓際にもどった。

警備員の動きがせわしなくなっているようだ。この窓をひっきりなしに見あげている。非常ハシゴを登ってくるのではないかという気がする。「早くして、ドク！」

少しずつ、じれったいほどゆっくりと、血清はようやく解けた。フェニモアは少量を自分の試験管に入れ、両方にキャップをはめ、アップルソーンのはもとの容器にもどし、自分のはポケットに滑りこませた。冷凍庫の扉を閉める。ホレイショは見張るのをあきらめて冷凍庫を鎖で縛るのを手伝った。最後の南京錠を掛けおわったとき、足音が聞こえた。二人は部屋を見まわした。ドアが三つある。フェニモアは手近なのを試してみた。鍵がかかっている。たぶんアップルソーンのオフィスに続くドアだ。二つ目のは開いた。

ホレイショのライターの明かりで、年代物の科学装置やすりきれた科学の教科書がつまった棚、それから骸骨が一体見えた。単なる授業用の骨の図だったが、ちらちらする炎の明かりに照らされた様子ときたら……そのドアを閉めて三つ目を開ける。開いた先は廊下だった。足音はどんどん大きくなってくる。今まですぐそばについてきていたにちがいないホレイショが、檻のひとつに駆け寄り扉をいじくった。何をしようとしているのかフェニモアが気づくより早く、そこら中がサルだらけになった——よじ登るもの、飛び跳ねるもの、揺れるもの、走るもの、しゃべるもの。ホレイショはフェニモアをドアから押し出して廊下を進み、足音から逃れた。

二人は非常ドアまで走った。フェニモアがそれを力いっぱい押し開けた。その前をつっ走るホレイショは、一気に一階まで駆けおりる気らしい。フェニモアの厳しい号令でホレイショは止まった。「一階には警備員がいるかもしれない。べつの階に出てしばらく様子を見よう」

ホレイショは階段をもどり、大きな黒い字で3と書いてあるドアからそっと中に入った。病棟の廊下には人気がない。角を曲がったとき、フェニモアは初めてナースステーションのパーティに感謝した。二人が通ってもだれひとり顔をあげようともしない。フェニモアとホレイショはものほしそうにエレベーターの列に目をやったが、そのまま歩きつづけた。非常ハシゴのいちばん下に警備員が待機しているとすれば、一階のエレベーターのところにも待機しているだろう。フェニモアは病室をのぞいた。一人の患者は眠っている。もう一人はテレビに釘づけだった。隣の部屋をのぞいた。空き部屋だ。彼はホレイショを引っ張りこんだ。ベッドはひとつだけ、きちんと整えられて新しい患者を待っている。この時間に患者が入ってくる可能性は少ないはずだ。彼はベッドの端に腰をおろした。ホレイショは椅子に体を投げ出した。聞こえるのは二人の喘ぎだけ。フェニモアは呼吸がおさまるまでのあいだに、ホレイショの果敢な行動について考えた。自分だったら、サルを逃がすなんて到底思いつかなかったろう。科学的な訓練が染みこんでしまっている。だから学究的な実験にはどうしても敬意をはらいすぎてしまう。アップルソーンが何らかの医学的成果をあげるかどうかははなはだ疑わしいが、あのサルたちは彼が何カ月も、いや何年も、苦労して準備したものかもしれないのだ。彼が予定していた実験のためにまたサルを用意するには、何年もかかることだろう。もちろん、ホレイショはこんなことを知るよしもない。そしてその彼の行動が二人を逃がしてくれたのである。これ以上アップルソーンに――あるいはサルたちに――同情するのはよそう、と彼は決断した。

「あれ、聞こえた?」ホレイショがぱっと背をのばした。

フェニモアは耳をすました。ごく小さな、引っかくような音。「ネズミだろう」

「病院は清潔な所じゃないのか」

フェニモアはこの点を解き明かすのはやめた。

またひっかく音。

音に導かれてフェニモアは隣のバスルームに行った。中に足を踏み入れた。明かりはつけたくなかったので、じっと立って耳を傾けた。バスタブから聞こえるようだ。中をのぞきこんだ。

「チーッチーッチーッチーッチーッ！」甲高い叫びに彼はのけぞり、ホレイショにぶつかった。見られたり捕まったりする心配もそっちのけで、二人は逃げ出した。その叫びには何か原始的なところがあった、ジャングルに引き戻されるような、文明以前の太古の昔に引き戻されるようなところが。非常ドアにたどりついても、フェニモアはまだ震えていた。ホレイショはすぐうしろにくっついていた。ドアをさっと開けたとき、何かが二人の足のあいだをかすめていった。そのサルは、階段を駆けおりる前にふりむき、二人に歯をむき出して笑った。

帰途に、フェニモアはつくづく考えた。いったいあのサルはどうやって二人より早く、五階から三階までこられたのだろう。答えは一つしかなかった。エレベーターを使ったにちがいない。

27

十一月五日　土曜日（ガイ・フォークスの日）

フェニモアは数分遅刻して診療所に着いた。リスカ氏を見送るために、早朝、病院へ顔を出してきたのだ。リスカ氏の姪は退院の時間より前にちゃんと来ていた。彼女と政治的ジョークをいいあって過ごした三十分はとても楽しかった。その結果フェニモアは、この地方検事補はじつにステキな女性であり、リスカ氏をまかせるには絶好の人物であるとの印象をもつにいたったのである。

彼が診療所に入ると、ドイル夫人が待合室のほうへ目配せした。救世軍で買った古いすりきれた安楽椅子に光彩を与えているのは、ロアリング・ウィングズだった。彼は立ちあがって口上をのべた。「妹を引き取りにきました」

「どうぞ中へ」フェニモアは手を振って、彼を中のオフィスに招き入れた。

射貫くような目をした男は、フェニモアのむかいの背もたれの真っ直ぐな椅子に座ると、口を開いた。「警察より先に、あなたのところへ来た。あなたのほうが礼儀正しいから」

「警察はきみに荒っぽいことでも？」フェニモアは憤慨した。

ロアリング・ウィングズは片手をあげてさしとめた。「それには慣れている。子供のころ、何の理由もなく警官に道で止められたころから、彼らをどう扱えばいいかわかっている。火には火で戦ってはいけない。つねに、火には水で戦う」

「水で？」

「礼節です。丁寧に接すれば、警官はばつが悪くなる。バケツ一杯の冷水と同じだ。そう思ったことは？」

「なかったな」フェニモアはいった。「でも興味深い考え方だ。今度赤信号を無視したときに、試してみるよ」これを早くラファティにやってみたくてたまらなかった。

ロアリング・ウィングズはじっとフェニモアを見つめたまま、黙っている。

フェニモアはデスクのものをあちこちと整頓しなおした。二本のペン、ペーパークリップで一杯の皿、メモ帳が移動した。

「四日、じっと待っていた」ロアリング・ウィングズがやっと口を開いた。「警察の捜査には充分な時間だ。だから、ここへ来た」

「じゃあラファティに電話してそういおう」彼は電話に手をのばし、ダイヤルする前に聞いた。「えー、手続きはすんでいるのかい、遺体の……？」

「まだだ。後でする」

フェニモアはダイヤルした。「ラフ？　ここにロアリング・ウィングズが来てるんだ。ミズ・フィールドの兄さんだよ。妹の遺体を回収したいんだ」フェニモアはすべてうまくいっていることを知らせようと、ロアリング・ウィングズにうなずいた。「すぐに彼をそっちへ行かせる」受話器を置いた。「いつでも遺体を回収できるよ」

「回収？」ロアリング・ウィングズはオウム返しにいって、首を振った。「英語ってやつは」打ち消すように手を振った。「愛する者を最終的な安らぎの場所へ移すときには、ラナピはこういう、〝ラップ・ア・ギシェラムカオン〟」

フェニモアは説明を待った。

「〝もう一度、造り主のもとへ〟」

「そのほうがずっといいね」フェニモアはうなずいた。「愛する者の埋葬のときには、英語にももっとふさわしい言葉があるんだよ。〝父の家には住処《マンション》がある〟」と聖書を引用した。

「マンション？」嘲るようなロアリング・ウィングズの口調だった。

「まあ、新訳では〝マンション〟は〝部屋《ルーム》〟となっているけどね」

「そのほうがいい」彼はうなずいた。

フェニモアは不賛成だった。新訳では、天国がみすぼらしい下宿屋みたいになってしまう。だがそれをいうのは差し控えた。

電話が鳴った。ドイル夫人に出てもらった。彼女は送話口を手でふさいで、声をかけた。

「若いほうのハードウィックですよ」

フェニモアは受話器を取った。「ああ、テッド?」聞きながら、彼は用心深くロアリング・ウィングズを盗み見た。「それがね、そう簡単にはいかないかもしれないな。きみの婚約者の兄さんの、ロアリング・ウィングズが今、ここに来てるんだよ。彼もスウィート・グラスを引き取りたいということで」

ロアリング・ウィングズは落ち着きはらって座っている。

ややあって、フェニモアはいった。「わかった。彼にそう話そう」そして、受話器をおいた。

「どういうことだ?」

「テッド・ハードウィックが、埋葬のことできみと話したがっている。きみにここで待っていて欲しいと。今すぐに、大学からこっちへむかうそうだ」

ロアリング・ウィングズの目がもう一度室内をながめわたしてから、フェニモアの上に止まった。「彼女はおれの妹だ。おれが近親者だ。おれには、好きなように彼女を埋葬する権利がある」彼の目がフェニモアの目の中で燃えあがった。「彼にもチャンスはあった――それをしくじったんだ」

「そんな証拠はないんだよ」彼はためらった。「それにテッドはきみの妹を愛していた。彼に言葉をかけるのが礼節というものじゃないか。きみたちがそれぞれに葬儀を行なうことだってできる」

ラナピ族の男は、喉の奥で笑いとも唸りともつかぬ不快な音をたてた。

そのとき初めて、フェニモアはこの男に嫌悪を感じた。「待ってくれるね？」

彼は肩をすくめた。

フェニモアは、二人の議論は終わったこと、彼には待合室にもどってもらいたいことを示すように、立ちあがった。彼はもどっていった。フェニモアはせわしなくデスクワークや電話に専念した。

テッドが到着すると、二人の話しあいに自分の部屋を提供した。そして急に外の空気が吸いたくなった。ドイル夫人に、ちょっと散歩に行ってくる、と声をかけた。ガイ・フォークスの日（十一月五日。晩にガイ人形を燃やし、そのかがり火と花火を楽しむ）だとはいえ、どんな花火の目撃者になるのもごめんこうむりたい。部屋の隅からサンティーノ巡査が護衛のために立ちあがったときには、フェニモアは大声で叫びたくなった。ここ数日、脅迫もなければ暴力沙汰もない。今夜にでもラファティにいって、サンティーノを任務から解除してもらわなければ。こういう有能な警官にはもっと重要な任務があるにちがいないのだから。散歩から帰ってみると、ロアリング・ウィングズはすでに立ち去っていたが、テッドは残っていた。そのがっくりした表情を見れば、どっちが戦いに勝ったかは歴然としている。

「どうなった？」

彼は顔をあげた。「彼に好きにしてもらうことにしました」

「というと？」

「彼がすべてをとりしきる。ただ、ぼくとぼくの家族と数人の友人は、その葬儀に出席していいということで」

「いやに寛大だね」フェニモアは鼻を鳴らした。「で、いつ？」

「明日の十時」

驚きが顔に出てしまった。

「まあ、もう七日もたっていることだし、それに……」

「もちろんだ」フェニモアはあわてていった。

テッドは立ちあがった。「オフィスを使わせていただいてありがとう」彼の顔には、いましがたの会見の緊張があらわれていた。「じゃあ、明日会えますよね？」

「かならず」

彼はドアにむかって歩き出した。

「それから、テッド……」

彼がふりむいた。

フェニモアは、何とかしてスウィート・グラスを彼のもとに返してやれるものなら、と思った。生きてぴんぴんしているスウィート・グラスを。「きみは正しいことをしたんだ」とってつけたようにそういった。

それから腰をおろして郵便物に目を通した。研究所からの封筒があった。頼んでおいたとおり、メッセンジャーが届けてくれたのだ。スウィート・グラスの血清の分析結果。ひと目見ただけで、知りたいことはわかった。彼女の血液からは、馬二頭殺せるほどのジゴキシンが検出されていた。

28

十一月六日　日曜日、午前十時

フェニモアはお供を連れずに、キャンプ・ラナピのゲイトに到着した。長ったらしい議論の末に、今のところ彼の生命にも肉体にも差し迫った危険がないことを、なんとかラファティに納得させたのである。サンティーノは新たな任務を与えられ、フェニモアは子供のときに初めてすぐ近くの友達の家まで母親の付き添いなしに一人で行くことを許されてこのかた、味わったことのない身軽さを感じていた。

今朝は、堂々たる鋳鉄のゲイトが開け放たれ、車寄せにそってすでに何台もの車が停まっている。その一台はオニキス色に光り輝くリムジン。えび茶色の運転手のお仕着せをきた男が、フェンダーに寄りかかってタバコをふかしている。フェニモアも駐車して、運転手に会釈した。車寄せを歩いていくと、先を行く小柄な女性の姿が目にはいった。動きはゆっくりだが、毅然としている。追いついてみると、アルミの歩行器を操っているその女性はマイラ・ヘンダースンだった。

「おはようございます」彼が声をかけた。

彼女が顔をあげた。「あら、先生。この厄介なものときたら！」彼女はピカピカの道具を振った。「はやくまた杖だけで歩きたいわ」

「歩いてくるなんて、勇敢ですね。運転手が手を貸してくれてもいいのに。少なくとももうすこしそばまで車を寄せるとか」

「チャールズのこと？　わたしが来ないでといったの。だれかにつきまとわれるのは我慢ならないわ。それにあの仰々しい車で乗りつけたくなかったしね。あんなもの使ってるのは、チャールズが好きだから。チャールズを雇っておくのは、いまいましい関節炎のせいでわたしが運転できないから。それだけなのよ」彼女はまた歩行器を振った、まるでそれがすべての元凶であるかのように。もしフェニモアが捕まえなかったら、彼女はよろけたにちがいない。

このカタツムリ的歩行では、車寄せは果てしなく続くように思われた。二人なしで葬儀が始まってしまうのではないかと、フェニモアは気をもんだ。心の内を読んだように、ヘンダースン夫人は無愛想にいった。「先生は先にいらして。二人で遅れたって意味がありませんからね」彼女がいい終わらぬうちに、角を曲がると納屋が見えてきた。

「もうそこですよ」彼はなだめた。「それにまだ何も始まってませんね。あの人達をごらんなさい」

大勢の人々が、あちこちにかたまって所在無げに見つめあっている。互いの共通項は故人だけ、という葬儀によくある図だ。ハードウィック一家がいちばん大きなかたまりを作っている。ポリーがすぐに二人に気づき、急いで近づいてきた。

「まあ、おばさま」ポリーは年配の女性の腕をとり、歩行器の面倒はフェニモアにまかせた。「すごいでしょ、この方？」彼女は肩越しに彼に話しかけた。「人工股関節で、しかも退院してまもないのに、わざわざここまで来てくださるなんて」

フェニモアは同意を示しながら、どこかに歩行器を置く場所はないかときょろきょろした。だが結局は片腕にかけて運ぶことにした。近づくにつれて、ほかの参列者のこともわかってきた。少し年上の参列者グループは専門職タイプ、たぶん大学のスウィート・グラスとテッドの同僚たちだろう。もっと若いのは学生らしい。弱々しく悲しそうな顔のドリスも来ていた。

「どうした、フェニモア」ネッドがひそひそ声で彼を迎えた。「また事故かね？」と歩行器に目をむけた。

フェニモアは顔を赤らめ、前に階段から落ちたと嘘をついたことを思い出した。「いや。ヘンダースンさんのをお預かりしてるんです」

「マイラおばさんを知ってるのか」

社会的地位の高い人たちは、自分たちの社交仲間のメンバーを部外者が知っていると、かならずびっくりする。フェニモアが答える手間を省き、バンガローのドアの脇に歩行器を立てかけていると、ちょうどそこへ儀式の盛装に身をかためたロアリング・ウィングズがあらわれた。目を見張るような姿だ。参列者は臆することなく彼を見つめた。房のついた上着、レギンス、モカシン、どれも鹿革でできている。だが目を奪ったのは彼の髪飾りだった――鹿革のバンドに鮮やかなオレンジ色に染めた鹿の鬣《たてがみ》が飾りつけられている。バンドにはこみいった幾何学模様が様々な色彩を使って描かれていて、ロアリング・ウィングズがだれかに挨拶するためにうしろをむいたとき、上着にはラナピ族の印である亀が描かれているのが見えた。後になってフェニモアは、この複雑な模様が、嚙んで平たくしたハリネズミの針を様々な色に染めたものによって、ひと針ひと針刺された手のこんだものであることを知ることになる。

ロアリング・ウィングズが参列者に重々しく挨拶すると、家の隅からラナピ族の集団があらわれた。そのうちの四人は、少し飾りがすくないがほぼロアリング・ウィングズと同じ服装をしている。五人目は皺くちゃの老人で、髪飾りはつけず七面鳥の羽の色鮮やかなケープをつけている。首からは太鼓をさげている。ロアリング・ウィングズの合図で、彼はとても静かに太鼓をたたきはじめた。たむ、たむ、たむ、たむ。ほかの四人のラナピたちは家のうしろに姿を消し、すぐにまた、頭上高く担架をかかげてあらわれた。たむ、たむ、たむ、たむ。

担架に膝を曲げて横たわるほっそりした姿が、垣間見えた。行進はしずしずとバンガローを通り、納屋のそばを通って野原へと進んだ。参列者は顔を見あわせ、ためらいがちに後に続いた。

野原は朝霜でまだパリパリしていた。聞こえるのは足が霜を踏み砕く音と、太鼓の音だけだ。フェニモアは参列者をもっとよく観察できるように、列の後方にいた。ヘンダースン夫人は片側をポリーに、もう片側をネッドに支えられて進んでいく。彼女は一度、彼に絶望的な視線を投げたが、彼にはいかんともしがたかった。ハードウィックの三人姉妹、バーニス、リディア、キティは適当に悲しげな表情で一緒に歩いている。そのうしろを、呆然とした様子でテッドが歩いていた。最後がロアリング・ウィングズで、布の袋を抱えている。

フェニモアは広大な野原と空をながめ、なぜ自分がここにいるのかを忘れようと努めた。

たむ、たむ、たむ、たむ。

野原の端までやってきたとき、太鼓がやんだ。信じられぬほどの静寂。行列は自然に止まった。野原の端に深い穴があり、中に樹皮が敷きつめられ、まわりには土がもりあげてある。四人の男は静かに、丁寧に担架をおろし、墓穴のそばの地面に置いた。

葬儀をうまく切りぬけるには、故人と遺族以外のことを考えるしかない、とフェニモアは昔から決めていた。彼は無理矢理スウィート・グラスから気持ちを引き離した。テッドからも。かわりにべつの墓のことを考えた——あの街なかの墓地のことを——そして今日の参列者のうちのだれだったらこんな大きな穴を掘って遺体を中に入れられるか、を判定することにした。ネッドとポリーなら問題はないだろう、肩幅は広いし背中も強い。バーニスは両親より背は低いが、脂肪よりは筋肉のついたがっしりした体格をしている。もう少し華奢ではあるが、リディアも状況によっては、そして必要なアドレナリンの助けがあれば、やってのけられるだろう。しかしキティはあまりにも細すぎる——体格だけでなく神経も。彼女の子供じみた頭では、実行はもとより複雑な殺人計画を立てること自体、とても無理だといわなければなるまい。もちろん、だれかの手を借りることはありうる。つぎにドリス。墓のむこう側でハンカチを顔に当てている彼女は、体格的にはリディアとほぼ同じ。だが、当日彼女は入院していた——完璧なアリバイがある。しかし、スウィート・グラスが彼女を見舞ったのは、死んだ日の午後だ。生きている彼女に最後に会ったのがドリスである。彼女が救急治療室《ER》に行く直前に。彼女が自分のベッドのそばにいるあいだに、何か致命的なものを彼女にのませることも可能だったのでは？　ルームメイトだから、ドリスは彼女の病歴も薬のこともよく知っていた。死体は共犯者が埋めたのかもしれない。だが、動機は？　自分には子供が産めないのにスウィート・グラスには産める。それで一時的な狂気に陥ったのか？　とんだ空想家だな、フェニモア。だったら、マイラ・ヘンダースンだって疑える。彼女も入院していた。だが、退院したのはスウィート・グラスが死亡したあとだ。彼女はパーティに参加していたし、それにチャールズもいる。運転手の制服の下で筋肉が盛りあがっているのに、フェニモアは気づいていた。彼にとって、あの埋葬を実行するのは子供の遊びのようなものだろう。しかし、何のために？　古いフィラデルフィア社交界のメンバーが、どんな水面下の愛憎に突き動かされているのかは予測がつかない。そのメンバー自身以外には。しかも、排他的な友愛会やクラブの例にもれず、彼らの口は固い。

彼らのだれにしても、ラナピ族の埋葬法を真似することはできただろう。大勢いる歴史協会会員には簡単に入手できる情報だ。

探偵術の第一原則はすべての人間、とくにもっとも疑わしくない者を疑ってかかることだ、とフェニモアは信じている。この方針は、事件の九十九パーセントは第一容疑者が真犯人である、と信じている友人ラファティとは正反対といわなければならない。フェニモアがひっかかるのは、残りの一パーセントなのである。

ラナピ族の担ぎ手の一人が墓におろすために担架の位置を整えた。初めてフェニモアのところからスウィート・グラスの姿がはっきり見えた。小柄で繊細な体つきをしていた。肌はある種の秋の木の葉色、かすかにサンゴ色のひそむ淡い茶色だった（チアノーぜの形跡は見られない)。両頬には深紅色の点がひとつずつ、描かれていた。横むきで膝を曲げ、まるで眠っている子供のようだ。黒い髪は一本に編まれて片方の肩の上に垂れている。両手は白いロングドレスの襞に隠れている。ドレスにはクリーム色の楕円形の貝殻が一面に縫いつけられていて、ロアリング・ウィングズの上着の縫いとりでさえ粗末にみえるほどだ。足には子供のと同じくらいの大きさのモカシンを履いていた。

フェニモアはグループの中にテッドを探した。彼は少し離れたところに立って、じっとスウィート・グラスに目を注いでいた。彼女の顔の上をひとつの影がよぎった。フェニモアは見あげた。一羽の鷹だ。それがただ風に乗って野原のかなたへとすべっていくのを、彼は見守った。

たむ、たむ、たむ、たむ。

ロアリング・ウィングズが片手をあげると、太鼓がやんだ。彼は墓の頭の方に立って話しはじめた――というより、レニ-ラナピ族の言語であるアルゴンキン語で詠唱しはじめた。フェニモアにはまったく意味をなさない言葉だったが、そこには詩のような軽快なリズムがあり、耳に心地よかった。朗誦はほんの二、三分で終わり、最高にこらえ性のない参列者ですらもぞもぞする暇はなかった。彼は唱え終えると四人の担ぎ手に短い命令をくだし、彼らは担架の四隅に位置をとった。そしてさっきと同じようにしずしずと担架を墓穴におろした。

ロアリング・ウィングズは身を屈めて丁寧にスウィート・グラスの身じまいを正した。背中は墓穴の壁にもたせかけ、膝を立てて前屈の姿勢に。首をうつむけて顎が膝にのるように。もちろん、顔は東むきだ。それから持ってきた布の袋を開いた。そこから、ビーズと貝殻を飾ったショールと、丸いパンと、彼女の最初の墓で発見された杼《ひ》とを取り出した。直接土が彼女に触れないように、そのショールでそっと彼女の体を覆った。足元にパンを置き、右手に杼をにぎらせた。

そのとき初めて、墓穴のわきに盛りあげてある土のとなりに二つの小山があることに、フェニモアは気がついた——ひとつは石ころの、もうひとつは灰の。となりのラナピ族の女性にひそひそ声でなんなのか尋ねた。彼女は、石ころは狼を追い払うためにウィサメク河からラナピ族が集めてきたものだと教えてくれた(南ジャージーで最後に狼が目撃されたのはいつのことだったろう)。灰は、故人がくつろげるようにラナピ族の家々の炉から持ち寄られたものだという。彼女の説明が終わったとき、ロアリング・ウィングズと四人の担ぎ手は石を墓の内側に並べはじめた。それが終わると、灰をひと握りずつ中に撒いた。灰があとひと握りしかなくなったとき、ロアリング・ウィングズはそれをテッドの手にのせた。テッドはものに憑かれたように前に出た。ほかの男たちはわきへ寄って彼に場所を空けた。彼はやみくもに灰を撒いた。灰は墓を通り越してむこう側に立っていた女のスカートを汚した。井戸の底から響くような嗚咽とともに、テッドはくるりとうしろをむいて野原を駆け出していった。

フェニモアはハードウィック一家の面々を注意深く観察した。ポリーは苦悶の表情を浮かべて息子の後を追おうとした。ネッドはぎゅっと妻の腕をにぎったまま、平然としている。三人姉妹の表情は心配（バーニス）から当惑（リディア）、驚愕（キティ）まで、さまざまだ。フェニモアは視線をロアリング・ウィングズに戻した。彼の顔は、儀式が始まったとき以来ずっと保たれている抑制のきいた重々しさに満ちていた。

たむ、たむ、たむ、たむ。

ロアリング・ウィングズの合図で、奇妙な取りあわせの人々が野原を渡って戻りはじめた。先頭は鼓手、すぐその後に担架の担ぎ手が続く。今度は担架を運ぶのは一人だけで、すでに霜のとけた地面はなんの物音もたてない。

フェニモアはロトの妻のように、うしろをふりむきたい衝動にかられた。墓を埋めるために担ぎ手の一人が残っているのだ。フェニモアは野原とその先の森をみはるかした。テッドの姿はどこにもない。生き物といえば、空しくチャンスを待って墓の上高く滑空する二羽の鷹だけだった。

29

その後、日曜日の午前中

参列者たちは式の始まる間際に、あとでお茶が出されることをロアリング・ウィングズから知らされていた。バンガローの中は、フェニモアの記憶どおり、魅力的で清潔そのものだった。ただ少し狭く感じるのは、今日は余分なテーブルや椅子が持ちこまれ、花がたくさん飾られているせいだろう。長いピクニック用のテーブルにカードテーブルを組みあわせてつくった大テーブルがいくつか。椅子は不ぞろいな寄せ集めで、たぶん今朝早くあちこちの友人の台所やポーチからピックアップトラックで運ばれてきたのだろう。花は、なんらかの理由で出席できないテッドとスウィート・グラス二人の友人からのものとわかる。花を葬儀に贈ったり墓に供えたり——どんな形にせよ墓に目印をつけるようなことはわたしたちの習慣にはありません、とラナピの女性がフェニモアにそっと教えてくれた。墓の上に草を植え、いつもきれいに刈りこんでおくだけだ。

部屋の中央にすえられたピクニックテーブルには、色鮮やかな布が敷いてあった。その上に電気ポットが二つ、ひとつにはお茶のための熱湯、もうひとつにはコーヒーが入っている。そのまわりには、カップとソーサー、砂糖とクリームの容器、プラスティックのスプーンの山。紙皿にのったクッキーは標準的なスーパーマーケット商品である。

部屋は人がいっぱいになるにつれて、ますます狭くなった。だれにとっても会話ははずまなかったが、ハードウィック一家はべつだった。彼らは上手にカップのバランスをとりながら、オリンピックチャンピオンのように楽々としゃべっている（当然だろう。そういう運動選手と同じように、彼らは生まれたときから社交技術を磨いてきたのだから）。いまだに姿がみえないテッドを除いて。

葬儀の陰鬱な気分が薄まりはじめたころ、参列者はやや活気をとりもどした。壁に掛かった織物や、植物や、陶器などに賛辞をのべた。フェニモアは、窓辺でドリス・ベントリーとヘンダースン夫人が言葉を交わしているのを見つけて、歩み寄った。ドリスの顔には涙の跡があった。ヘンダースン夫人の陽気な言葉をかけようという試みは失敗し、情けない表情になっただけだった。フェニモアは二人の注意を、窓枠の上にぶらさげてある乾燥ハーブの紐にむけた。ドリスは味にうるさい料理人で、ほとんどのハーブの名前を知っていることがわかった。

「ローズマリー、オレガノ、タイム、パセリ、でも……あれはちょっと自信がないわ」

フェニモアにはその葉はすぐにわかった。〈PSPS〉のハーブガーデンに出かけるたびにいつも見ていたものだ。「キツネノテブクロだよ」

クッキーの皿をもって、ロアリング・ウィングズが三人の真中に入ってきた。

「おいしいお茶だわ」ヘンダースン夫人がいった。「どこのお茶？」

「ハーブをブレンドしたものです。自分で育てたハーブを」

フェニモアは考えこみながら、クッキーをかじった。「きみがスウィート・グラスに淹れたのもこのお茶だろうか？」

こんなに唐突に彼女の名前を出したことにびっくりして、三人ともフェニモアの顔を見つめた。社交儀礼よりももっと重大なことで頭がいっぱいのフェニモアは、ただ相手の答えを待った。

「そう。妹がいちばん好きなお茶だった」

彼がほかの客にクッキーをすすめに歩み去るのを、フェニモアはじっと見送った。

「先生？」ヘンダースン夫人が彼の注意を呼び戻した。「もう一杯お茶をもってきていただけないかしら」

「いいですとも」彼は彼女のカップを取ってテーブルにむかった。

「お砂糖とレモンもね」彼女がうしろから声をかけた。

まわりで飲まれているお茶の量を見ながら、フェニモアはサンティーノ巡査に悪いことをしたという思いに駆られた。彼だったら、この接待をどんなに喜んだかしれない。ハードウィック一家が帰るところだった。ロアリング・ウィングズが一人一人とぎこちない握手をしている。フェニモアに目をとめたポリーが、脇へ呼んで小声でいった。

「テッドのことが心配。まだ戻ってこないし、ネッドは病院へ帰らなきゃならないの。こんなことお願いしたくないんだけれど、あの子がもどるまでここにいて、車でうちまで送っていただけない？」

「もちろん。どうせもう少しここにいるつもりでしたしね。ご心配なく」

彼女は感謝の微笑をうかべてちょっと身を屈め（ほんとうに大女なのである）、彼の頬にすばやくキスした。

お茶をもって帰ると、ヘンダースン夫人がこういっているところだった。「じゃあ、アパートメントにはそのままあなたが住む予定なの？」

「ええ、もちろん。もともとわたしの部屋だから。スウィート・グラスは一時的にわたしと暮らしてただけなのよ、結……」彼女は口籠もった。

「そうでしょうねえ」年配の女性はフェニモアからお茶を受けとって礼をいった。

すぐにフェニモアはいとまを告げた。「じゃあ、ぼくはテッドを探しにいきますから」

立ち去る彼に、二人は気の毒そうにうなずいた。

人いきれでむっとする部屋を出ると、ひんやりした空気と果てしなく広がった空がうれしかった。ロアリング・ウィングズのバンガローは、大勢人が集まるようには作られていない。どこに行けばテッドが見つかるか、彼にははっきりわかっていた。大股に野原を横切った。煙の臭いがすると思うまもなく、焚き火が見えた。墓の上で小さな炎があがっている。おそらく、死者を野獣（あの狼ども）から守らなければならなかった時代からひきつがれている習慣なのだろう。きっとこの焚き火は、墓を埋めるために残った担架の担い手が燃やしたのだ。テッドはこっちに背中をむけてひざまずいていた。フェニモアは足音を立てない努力はいっさいしなかった。むしろ早く気づいてほしかった。青年はふりむいた。だれかわかると、ほっとした表情を見せた。「もういいんです」彼はいった。

立ちあがったときには、気を取りなおしたようにみえた。

「よかった。ご両親は用があって帰られたから、ぼくがきみを送っていくよ」

「すみません」

バンガローまで、二人は口をきかなかった。フェニモアは自分のキーをテッドに渡した。「車で待っててくれ。きみも失礼すると伝えてくる」

感謝のまなざしでテッドはキーを受け取り、歩み去った。

ほとんど人のいなくなった部屋は、ほぼもとの大きさにもどっていた。ドリスとヘンダースン夫人がドアのところでロアリング・ウィングズに別れの挨拶をしている。そのうしろで、たぶんスウィート・グラスの学生であろうと思われる若い女性が二人、順番を待っている。ほかの客はみんな帰っていた。フェニモアはその学生たちの次に並んだ。自分の番がきたとき、彼は心からこういった。「美しい儀式だったね」

ロアリング・ウィングズはいった。「千年以上前から続いてる儀式だ」

「変える必要のないものもある」フェニモアは自分の教会の埋葬式のことを考え、知らぬあいだにどれだけ変化してきたんだろう、と思った。

ラナピ族の男はあらたな尊敬のまなざしでフェニモアをながめた。「そのとおり。もちろん、宴と踊りは省略したが。ハードウィック一家にはどうかと思い……」彼は両手を広げた。「それは賢明だった」

「それはまたべつのときにするつもりだ、われわれだけのために」

フェニモアは立ち去りかけてふりかえった。「ところで、あのお茶にはどんなハーブがつかわれているんだろう?」

彼は眉をあげた。「レシピをあげようか?」

「ぜひ」

彼はデスクに行った。紙とペンを探して引出しをかきまわしているあいだに、フェニモアは手をのばし、窓の上のハーブの紐からキツネノテブクロの葉を二、三枚むしりとった。それを胸ポケットに入れたところへ、ロアリング・ウィングズがきてレシピを書いた紙切れを渡してくれた。

フェニモアはそれを丁寧にたたんで、胸ポケットの葉っぱのとなりに滑りこませた。「車までお送りしよう」ロアリング・ウィングズはフェニモアからお茶に興味を示されて、急に愛想のいいホストに変身した。

「いや」フェニモアは、婚約者と兄がまた顔をつきあわせる事態は避けたかった。「きみはかたづけもので大変だよ」汚れたカップや皿や丸めた紙ナプキンの山に手を振った。ラナピの男は残骸を見て顔をしかめた。フェニモアが初めて見るとても人間らしい反応だった。

フェニモアは車まで歩きながら、ポケットからレシピを取り出した。予期したとおり、キツネノテブクロも材料のひとつだった。

30

十一月七日　月曜日

フェニモアは憂鬱な気分で目を覚ました。スウィート・グラスの遺体が発見されてから、一週間以上たっている。遺体は二度も埋められたというのに、さっぱり解決のめどがたたない。いつもの〝流しこみ〟をやってから、彼は最初の埋葬場所にもどってみようと決心した。なにかが語りかけてくるかもしれない。ときたま十一月に訪れる妙に暖かい一日で、霧が出ていた。通りはぼんやりとかすんでいる。目に見える車といえば、家のすぐ前に駐車してあるのが数台だけ。ときおり走りすぎる車はヘッドライトを煌々とつけ、ちょっと姿を見せてはすぐまた霧に呑みこまれてしまう。ウォルナット・ストリートを河にむかって東に歩きながら、彼は核戦争後の地上最後の人間になった気がした。

信号は赤ではなく、くもったピンクに光っている。それがくもったグリーンに変わったので、道を横断した。ワッツ・ストリートで路地に入る。敷石はすべりやすく、進んでいっても霧ばかりだ。狭い空間の中で実体が感じられるものといえば、足元の固い地面だけ。彼が立ちつくしていると、そばの地面に何かがパタパタとおりてきた。かろうじてその見慣れた形を確認できた。彼はそちらへ一歩踏み出した。それは翼をひと振りして飛び立った。ふいにべつの鳩の記憶が呼び覚まされた。あの日。そして〈SAL123〉という珍しい番号をつけた灰色のヴァン。

彼は敷石の上で足をすべらせながら急いだ。信号が変わる前にブロード・ストリートを渡る。玄関の階段でガチャガチャとキーをまわす。中へ入るやいなや、ラファティに電話した。

「ちょっと早いんじゃないか、いくらおまえが——」

フェニモアはいつもの軽口をたたく気分ではなかった。

イエス、ハリスバーグから情報を取り寄せられる。このまま待つか、折り返しかけるか？

待つ。ほどなく、フェニモアは走り書きしていた。〝〈バジェット・レンタカー〉ブロード・ストリート北614番地。電話番号——555‐6667。店長ヘンリー・ウェンドコス〟「ありがとう」彼はぱっと受話器を置いた。とっさに、最近仕入れた古着屋のひとそろいを着用することにきめた。

　ウェンドコス氏は針金のような細い男で、ピカピカした青いスーツにピンクのシャツ、それに大胆きわまるネクタイ（茶色の池にピンクのスイレンが浮いているというもの）をしていた。フェニモアが入っていくと、彼は〈イーグルス〉のラインバッカー三人を眠らせないでおけるほど大きな紙コップのコーヒーを、ちびちび飲んでいるところだった。

「ああ、それならうちのヴァンだね」

「十月の二十九日に借りた人の記録はあるだろうか？」

「かもな」彼の目がフェニモアの上で瞬いた。「フン、わたしは殺人課のラファティ警部の秘密捜査官なんだ」

　しまった。衣裳ちがいだった。

　男は白いカップを口に傾けた。喉仏があがったりさがったりするのを、フェニモアは見守った。「警部の番号は？」

　いつものスーツとネクタイだったら、こんな面倒なことにはならなかったろう。内心でホレイショを罵りながら、男にラファティの番号を教えた。

　彼が電話をかけているあいだ、フェニモアは部屋を見まわした。黄色いビニール張りの椅子が二つ、あちこちガムテープで修理してある。染みのついたプラスティックコートのコーヒーテーブルがひとつ。ページの隅を折った《ポピュラー・メカニックス》の山。底にヌードの女性がついたフリスビー程度の大きな灰皿がひとつ。見る角度によって、この女性は腰を振りウィンクするしかけになっている。ラファティの不機嫌な早朝のがなり声に、彼の注意は電話に引き戻された。ウェンドコス氏は送話口を手で覆って、フェニモアに目をむけた。「名前は？」

教えてやった。

「フェニモアだ」男は電話口にそういった。

さらなるがなり声。だが二人はなんらかの同意をみたにちがいない。というのは、男が電話を切ってファイルキャビネットのほうへ行ったからだ。「ふつうは、こういうことはうちの女の子がやるんだが」と彼は肩越しにいった。「しょっちゅう遅刻するんでね」

怠慢な従業員をかかえるすべての経営者への同情をあらわすのに、フェニモアはホレイショの唸り技を試してみた。「フン」どうやらうまくいったらしい。

「あったよ」彼は、白と黄色とピンクの三枚がひと綴りになった用紙をホルダーから出し、名前の部分に目を凝らした。おやじの医療器具同様に、この手のカーボンコピーはまもなく時代遅れになるだろう、とフェニモアは思った。「この男なら憶えている」ウェンドコスがいった。「道路のむこうにいるあのホームレスだよ」彼はブロード・ストリートを隔てたみすぼらしい小さな公園にむかってうなずいた。「本来なら彼に車は貸さない。だが現金で払うというし、いまどきあんまりうるさいこともいってられなくてね」彼は陰気に経済状態をほのめかした。

用紙のいちばん下に〝現金払い〟と殴り書きしてあるのが見えたが、ほかは何も読めなかった。「その男の名前は？」

「ジョー・スミスとなってる」彼は肩をすくめた。

「容姿は？」

「背が高く、痩せてる。長髪。汚ない髭。汚ない茶色のスウェットシャツ。黒のジーンズ。スニーカー」フェニモアの表情に気がついて、彼は笑い出した。「心配いらないよ、やつらは着替えの服をもってないから」そしてがぶりとコーヒーを飲んだ。「そいつはすぐ見つかる。いつでも公園の入口のそばの右手のベンチに陣どってるから」

フェニモアは十ドル札を彼のデスクに置いた。「めんどうかけて悪かったな」

「なんでもないさ」彼はすばやく札をポケットに入れた。

フェニモアは信号のところでブロード・ストリートを渡り、公園に入った。右側の最初のベンチは空いていた。だが左の二番目のベンチには人がいる。セーターやら毛布やらスカーフやらを何枚も重ねた中にくるまれて、その人物の正味のサイズや形や性別を判断するのは不可能だ。靴を見て、女性だろうと当たりをつける。近くのベンチに座って、つぶれたビールの空き缶やファーストフードの空き箱、からのタバコの袋などでいっぱいになったツタの植えこみを見つめた。それからもう一度、隣のベンチの人物に目をやった。足元には、ぱんぱんの買い物袋が二個。もう一個がむかいのベンチにのっている。彼が四個目を見ていると、彼女はショールがわりのぼろぼろの黄色い毛布の下に手を入れ、小さな紙袋を取り出した。その中身を地面に撒きはじめる。ポップコーンだ。どこからともなく鳩が集まってきて、彼女の足をとりかこんだ。

「失礼ですが」数ヤードの距離があるのに、すえたビールと尿の臭いが鼻をついた。「いつもあそこに座ってる人はどこですか?」彼は右側のベンチを指さした。

女は彼に目をむけたが、焦点は自分の頭の中の何かに合わされているようだ。

「どこへ行ったか、知りませんか?」ポップコーンは全部なくなった。二羽の鳩がまだ物欲しげに彼女の足のまわりをつついている。片方の靴の穴から、彼女の裸足の指先がのぞいているのが見えた。

彼は再度、試みた。「あそこのやつ、見ないかね、最近?」

彼女は空っぽのベンチを見て首を振った。

「どこへ行ったんだ?」

彼女は肩をすくめた。

肩すくめを発明したのはだれなんだ？　横穴住居男？　それとも横穴住居女？　〝最近おれが描いた洞窟の壁画をどう思う？〟と夫に聞かれた妻が、肩をすくめたのだろうか？　こうしてコミュニケーション不在の時代の幕が切って落とされたのだろうか？

「あいつ、いつからいない？」

また、肩すくめ。

「一日、一月、一年？」もしまた肩をすくめたら、彼女をゆさぶってやっただろう。彼女は毛布の下からもっとポップコーンを出して撒いた。もっと鳩がきた（それともさっきと同じ鳩だろうか）。

うちのめされた彼は、立ちあがって歩きかけた。

「一週間くらい」

彼はさっとふりむいた。

「具合が悪くなってね」彼女は空のベンチの前の踏み石を指した。見おろすと汚れがついている。吐瀉物かもしれない。「あたしはおまわりをさがしたんだ。でも必要なときにかぎって、いやしない」

「で、どうなったんだ？」

「気を失っちまったよ」

「どのくらいのあいだ？」

彼女の注意は鳩に吸い取られている。

「彼はどのくらい気を失ってた？」お願いだ、フェニモアは祈った。

「おまわりが来るまで」

「それはいつごろ？」

「さあね。時計もってないから」彼女は踏み石に唾を吐き、鳩は散らばった。

「警察が彼を連れていったんだね？」

彼女は小さな紙袋の中をのぞきこみながら、うなずいた。空だとわかると、袋を丸めてベンチの下に放り投げた。

「あいつが車を借りたこと、知ってるか？」

彼女は目を丸くした。「車なんかもってなかったよ」

「ごめん。ヴァンだ。灰色のヴァン」

「もってたことは一度もないね」

「たった一日も？」

彼女は首を振った。

彼はちがう聞き方を試みた。「彼、あそこに行ったことあるかな？」道路のむこうのピンクのネオンサインを指さした。〈バジェット・レンタカー〉という大きなブロック字体がまたたいている。

「あるさ」

「ほんとうに？」

「店長がいつもあいつにコーヒーをおごってた」恨みがましい口調だった。「ときどきあいつ、あたしにもわけてくれたけど」彼女はショッピングバッグをかきまわして、薄汚ないプラスティックのコップを取り出した。

フェニモアはヒントを察した。警察に行く前に、最寄りのファーストフードの店に寄り、ソーセージバーガーと砂糖ミルク入りのラージ・サイズのコーヒーとポップコーンの大袋を注文した。それをベンチの女性に届けると、彼女は当然の報酬として受け取った。

第九分署の巡査部長の協力を得るために、フェニモアはもう一度ラファティの手をわずらわせなければならなかった。今度は警部の怒りは心頭に達したが、にもかかわらず、フェニモアは次のような報告書を手に入れることができた。

十月二十九日　土曜日の夕方、ランドルフ・パークでホームレスの男が昏睡状態に陥っているのを発見、フランクリン病院へ運ぶ。激しい食中毒および悪性の心室性不整脈と診断される。二時間ほどのちに死亡。身元は確認されず、問いあわせもなかった。こういった場合にボランティアで遺体を引きうけている地元の神父ファーザー・オヘアが、宗教的な儀式をとどこおりなくすませ、彼は無縁墓地に埋葬された。

フェニモアはこのレポートをじっくり考えてから、公衆電話でラファティを呼び出した。

彼を迎えた声はたのもしいとはいいがたかった。彼はねばりにねばって、ジョー・スミスの遺体発掘、ジョー・スミスの遺体解剖、それからジョー・スミスに関する報告書のコピーをできるだけ早く彼に送ってほしいと要求した。

「おまえには知っておいてもらいたいことがある、フェニモア。おまえが要求している仕事にはえらくカネがかかるんだ」（彼の部署は経費節減月間にあたっていた）

「この事件の解決に絶対不可欠な捜査であることは厳然たる事実だ」彼は最大級の格式ばった口調でいった。

「今までおまえに自由にやらせてきたのは、ハードウィック一家があああいう名門だからだ」ラファティはいった。「しかしこの事件には、すでに通常以上の時間とカネを使っている」

「へえ？　で、きみはどういう線を追求するつもりなんだ？」

「明らかな容疑者さ、われわれ無神経な警官がいつも〝犬も歩けば〟式にぶつかって、それで九十九パーセントは事件解決に導かれる、そういう容疑者だ」

「今回、きみの明らかな容疑者というのはだれなんだ」

「もちろん、兄貴だよ。彼は信託受益者だし、あの墓地を知っていた唯一の人間だ」

「ぼくも知ってた」

「おまえも容疑者にしてほしいのか」

「ぼくに二十四時間だけくれないか、ラフ、そうしたらこの事件が最後の一パーセントに属することを証明してやるよ」

ラファティはぶつぶついいながらも承知した。

帰宅の途中で、尊大な医者仲間の一人がむこうからやってくるのが見えた。逃げ場がないので、フェニモアは立ちどまって彼に挨拶した。相手は明らかにびっくりした様子で、あわてて立ち去った。最初フェニモアはむっとしたが、自分のみなりを思い出してニヤリとした。この新しい人物像は便利に使えそうだ。退屈な人物との出会いはすべて避けられるではないか。彼は診療所の控え室に入っていきながら、口笛を吹いた。

「先生なの？」ドイル夫人が声をかけた。

「すぐそっちへいくよ」彼は着替えをしに、寝室まで階段を駆けあがった。熟練すればそのうち、電話ボックスで着替えられるようになるかもしれない。

31

月曜日の午後

「ダンディーダンディーダン」フェニモアはハミングしながら、かつて祖父のものだった乳鉢で乳棒を動かした。いつか有効な使い道があるだろうと思っていたのだ。だから、未練がましいといつもみんなにからかわれながらも、こういう古いものにこだわるのである。彼の祖父は薬草治療の有効性を確信していた。

フェニモアがせっせと粉末にしているハーブは、ロアリング・ウィングズのバンガローからちぎってきたキツネノテブクロの葉っぱだ。ラナピのお茶を淹れるにはマジョラムとアニスとシナモンも必要だが、それらは全部彼のスパイスキャビネットにそろっていた。

彼が非協力的なヤカンをにらんでいると、ドイル夫人が自分もお茶を淹れに入ってきた。

じめた。

「はやく沸け、くそっ！」

「まあまあ、先生、よくいうでしょう、見つめられてるヤカンは……」

この女性も彼女の警句も、たくさんだ。彼はヤカンに背をむけた。とたんに沸騰しはじめた。

ハーブとスパイスを混ぜあわせたものに熱湯をかけてかきまわし、うっとりと匂いを嗅いだ。彼がそれを口に含むのを、ドイル夫人は見守った。「うまい」彼はいった。

「飲むかい？」

「いいえ、けっこう。ビールだったらいただくけど」冷蔵庫の奥に何本かビールが入っているのを、彼女は知っていたのだ。ビールだけは、彼女のダイエットメニューからはずされずにいる。

フェニモアは眉をひそめて何度も舌打ちした。

「まったく勝手なんだから」彼女は自分のティーバッグを投げ出した。それから急に顔をあげた。「あなたのお茶を試せないなんて、サンティーノ巡査はかわいそう。電話で呼んだらどうかしら？」

だがフェニモアの拒否反応の激しさにあっけにとられ、彼女はたまっている国民医療保障の書類と格闘すべくデスクにもどっていった。

彼は最初のと同じようにしてもう一杯お茶を淹れ、細心の注意をはらって一オンスほどをプラスティックの試験管に注いだ。それに封をし、ラベルを貼ってドイル夫人に渡した。

「研究所に電話してこれを取りにきてもらってくれないか――大至急だ。今日中に分析結果を届けてくれ、といってね」

「了解」彼女は好奇心を隠しきれずにきいた。「砒素の検査ですか」

「いや。配糖体だ」

質問すべきでないことはわかっていた。「配糖体って？」

彼女がおそれていたとおりの報いがあった――生化学についての徹底的な講義。講義が終わると、配糖体というのは有機塩やフラボン類などに糖が結合した物質のことで、水とまざるとふつう糖が分解するものであることがわかった。植物の種類によって、含まれている配糖体のタイプも変わってくる。彼女は研究所に電話した。

分析結果は二時間ほどで届いた。フェニモアはそれをにぎると自分の部屋に姿を消した。

帰り支度をしていたドイル夫人は、大きな叫び声に足を止めた。

「これで彼は放免だ！」

「何かいいました、先生？」

彼は分析結果を振りまわしながら部屋から飛びだしてきた。「これを見てごらん、ドイル」彼はなにかの分析結果を見せたが、彼女にはちんぷんかんぷんだった。「これでたぶん、ロアリング・ウィングズの容疑は晴れるぞ」

「もちろんよ」彼女は礼儀正しくうなずいた。

「彼はキツネノテブクロ、つまりこの地方に自生するジギタリス・プルプレアからお茶を作った。ここで発生する配糖体は、ジギトキシン配糖体だ。だが、スウィート・グラスの血清から検出された配糖体は種類がちがう――ジゴキシン配糖体で、彼女の薬に入っているのと同じものなんだ。ジゴキシンは、この国ではめったに見られない種類のキツネノテブクロ、ジギタリス・ラナータから精製される。花も紫ではなく白で、おもにバルカン半島に生育する。彼女の血清サンプルにはジギトキシン配糖体は存在せず、あるのはジゴキシン配糖体だけなんだよ」彼は彼女が祝辞を述べるのを待った。

「すばらしいわ、先生」

彼は満足の笑みをうかべた。「うん、まったく、すばらしい。ラフに知らせてやらなくちゃ」彼は自分の部屋に電話をかけにいった。

ドイル夫人はコートを着たままデスクのそばに立って、考えこんだ。この事件はどうも彼女の手にあまるようだ。いつもなら、いまごろはなにかしら有益な助言を思いつくのに。今できることといえば、ここでうろうろして気持ちで応援するだけだ。彼女は、フェニモアがラファティとの電話を切るまで待っていよう、ときめた。デスクに座り、最後の雑用をかたづけているようなふりをした。そうしてよかった。部屋から出てきたフェニモアから、さっきのうきうきした気分は消えうせていたのである。

「彼、なんて?」

「〝よくまあ、ミツバチみたいにぶんぶん飛びまわってくれるよ、フェニモア〟」彼はラファティの言葉を引用した。「〝おまえはまず、死体をもう一個われわれのところに持ちこんだ。つぎにわれわれの第一容疑者への疑惑を一掃しちまった。ふつうの医者みたいにおとなしく、ゴルフでもやってたらどうなんだ!〟」

32

月曜日の晩

フェニモアはウォルナット・ストリートのニコルスン書店へと急いだ。二度もディナーへの誘いをすっぽかしたのに、ニコルスン父娘がまだ彼に会いたがっているのは、ありがたいことだった。歴史や古書への興味を彼と共有できるから、二人は彼と同席することに価値を置いてくれるのにちがいない。ジェニファーの評価にはそれ以上の理由があるのだ、と思いたい。彼女が簡単にめげる人間でないことはわかっている。過去二年、なんの保証もなしに一風変わった彼の性癖によろこんで付きあってくれたことで、彼はそう確信していた。重要な問題になると、ジェニファーはとても忍耐強くなれる。彼女は結婚を急いではいなかった。自分の仕事を楽しんでいるし、父親の世話もある。早く子供を産みたいという願望もない。ジェニファーを産んだとき母親は四十一だったが、生まれてみたらわたしもそう出来が悪くなかったらしいの、と彼女は彼に冗談めかしていったことがある。まあ少なくとも、父がわたしを好きなのは確かだしね。

父と娘は、書店の上の住居部分で一緒に暮らしている。この本屋はフィラデルフィアの最後の独立書店のひとつだ。店の前面は新刊本やベストセラーなどで占められているが、奥の、小さな部屋がウサギ小屋のように並んだ部分には、年齢にかかわらず学者たちが探し求めるような稀覯本が集められている。ほうぼう図書館を探したがみつからないとか、小遣いで買うには高すぎるとかいう書物を探しに、教授や学生がやってくるのである。中にはニコルスン書店を図書館がわりにする学者も出てくる。だが店主も娘も、彼らが何も買わずに何度やってこようと、何時間店にいようと、大目にみている。ニコルスン氏は学位の特権こそもたないが、立派な学者だった。古代から中世の歴史についての博識は並ぶものがないほどで、しかもその知識は大学で教わったものではなく自分の店を通過していく書物をむさぼり読んで頭に蓄えたものである。そして、ある種の学者たちとはちがって、彼はぶらりと店に入ってきたどんな人間とも、喜んで自分の知識を分かちあうのだった。

フェニモアはジェニファーに従って狭い階段をのぼり、上から漂ってくるおいしそうな料理の匂いを吸いこんだ。このアパートメントの広壮さにはいつも驚かされる。二〇年代の建物で、天井が高く窓が大きく、彫刻をほどこした軒蛇腹や精巧な繰形がすばらしい。彼がいちばん好きな部屋は、ディナーの前後に三人で過ごす書斎だった。今ジェニファーが彼を連れていこうとしているのがその部屋で、ガラス戸のついた本棚といくつものステンドグラスの読書スタンドとのあいだに、いつでも彼のために空けてある柔らかな安楽椅子があるのだ。彼の期待に寸分たがわぬマティーニをニコルスン氏から渡されると、医者兼探偵稼業のストレスと緊張は溶け去り、彼はちょっとした天国気分に浸った。

最初に挨拶を交わしたあと、医者と書店主は飲み物を味わいながら満ち足りた沈黙のときを過ごし、ジェニファーは台所でやりかけていたことを終えにいった。彼女がシャブリを手にしてもどってきたとき、いつにも増して健康そうにみえた。彼女の白い肌は黒い髪と鮮やかなコントラストを見せ、気持ちが昂ぶってでもいるのか(彼に会えたからか、それとも彼女が一日中酷使していたであろうガスレンジの熱のせいか?)、顔には赤味がさしている。

「今夜は冷たいお料理なのよ」彼女はいった。「お店のほうがとても忙しかったし、わたしも料理をする暇がなくて」

「じゃあ、この食欲をそそる匂いはどこから?」フェニモアはきいた。

「上の部屋からよ。独身の男性に貸したんだけど、彼、グルメの料理人なの」ジェニファーのこんなに近くに独身男がいるという事実か、その男の料理を自分は食べるチャンスがなさそうだということか、どちらがより腹立たしいかフェニモアにはきめかねた。

彼がしょんぼりした顔をしたのだろう、ジェニファーは急いでこういった。「心配しないで。シュリンプサラダとコーンマフィンが用意してあるから。解凍したの。それにデザートはホイップクリームを添えたアップルコブラー（上からパイ生地をかぶせた菓子）よ」

フェニモアはほっとした。三つとも大好物だ。独身男のことは後で心配するとしよう。

これ以上自分を抑えきれなくなったニコルスン氏が口を開いた。「きみがこの前ここに来たときから、何冊か入手したものがあるんだがね、先生」

フェニモアはしかたなくふりむいた。いつもならこの年配の紳士の稀覯本には夢中になるのだが、今夜はただ座ってジェニファーと楽しみたい気分だった。彼女に会うのは久しぶりだし、この前は少々緊迫した状況だったことだし。だが書店主が渡してくれたのはずっしり重い薄汚れた一巻で、彼はマティーニを置いて本を膝にのせないわけにいかなかった。

見開きをあけると、埃と黴の臭いが、上の階から漂ってくるうっとりするような芳香を完全に抹殺した。

薬草図鑑《マテリア・メディコ・アン・ヘルバリア》　ディオスコリデス著

——六百種に及ぶ薬草の特性——

中世風の筆跡で文字がページの上から下へと流れている。

「ディオスコリデスは紀元百年代にローマ軍とともに旅をしたギリシャ人でね」ニコルスン氏が説明した。「応用科学としての植物学を確立した最初の人物だ」

「パパ、今夜はアンドルーをくつろがせてあげたほうがいいんじゃない」ジェニファーがいった。入ってきたとき彼が疲れた様子だったことに、気がついていたのだろう。

「いや、大丈夫だよ」意志に反して、フェニモアは興味をひかれていた。そっとページをめくった。紙があまりにも古くてぼろぼろなので、うっかりすると破れてしまう。ポリー・ハードウィックのローマ風庭園のことが頭にうかんだ。彼女の展示植物を網羅してあまりあるほどの品種がここに収録されている。彼は手をとめて見慣れた植物の細密画に見惚れた。鐘形の花のひとつひとつ、一本一本の雄蘂《おしべ》の先の花粉の一粒一粒にいたるまで、念入りに手で描かれている。唯一欠けているものといえば色だけ、その学名――ジギタリス・プルプレア（紫のジギタリス）――が由来する繊細な淡い紫色だけだ。そして反対のページにはその変種――より丈が低くより小さな白い花をつけるジギタリス・ラナータ――の図が載っている。これはアメリカ大陸ではめったに見られない。その下には〝真夜中色の花〟としてよく知られるベラドンナの、同じように細密画がある。

何が客の注意をひいたのか知りたくて、ニコルスン氏が彼の肩越しにのぞきこんだ。

「〝手に手をとって、キツネノテブクロとベラドンナ／お仕置きと誇り高さの象徴《しるし》だから〟」書店主は引用した。

フェニモアは目をあげた。

「スコットだよ。〝湖上の美人〟」

フェニモアはキツネノテブクロの有毒性を思い浮かべた。この植物もこの世のほとんどの物質と同じように、毒にも薬にもなりうる〝両刃の剣〟であると、『心臓医学教本』には記述されている。ディオスコリデスもこのことを知っていたにちがいない。でなければ、ほかの有毒植物と一緒にまとめてあつかうことはしなかったろう。

「あなた、すごく深刻な顔をしてる」ジェニファーがいった。「特効薬はひとつ。さあ、食べましょう。ディナーができたわ」彼女はシャブリを飲み干して、二人をダイニングルームへ導いた。

食事のあいだ、ニコルスン氏は有毒植物に関する蘊蓄を傾けて二人を楽しませた。

「簡単に手に入って便利なのがクリスマスローズだ。ギリシャ人はよく、敵の水源を汚染するのにこれを使った。敵が下痢で弱り果てるので、しごく簡単に征服できたんだね。トロイの戦士たちがそろって男子トイレに駆けこむところを、想像してごらんよ」

「ディナーの席にぴったりの話題ね、パパ」

彼は笑った。「それに、多種多様な薬草で命を奪われた大勢の王たちのことを、考えてごらん」

「それに哲学者（ソクラテスをさす。古代ギリシャでは、死刑の判決を受けたものはドクニンジンの液をのまされた）もね」フェニモアが口をはさんだ。

「〝夜の闇に紛れて掘り出されたるドクニンジン（マクベス四幕一場）〟」ジェニファーが朗誦した。

「もちろん、いい面もあったわけだが」書店主はいった。

　フェニモアとジェニファーは怪訝な顔をした。

「失業者が減ったんだ。毒見役として雇われてね！　王も王妃も、毒見役なしにはいられなかった。中世の秘密文書は、彼らが載せた求人広告でいっぱいだったろうよ。もちろんこの職場は一時的なもので、彼らの履歴書もそう長いものにはならなかったはずだ。要求されるのは、味蕾と自殺願望傾向だけだったからね」彼は言葉を切って、生死に関わる原料を玩味するかのように、用心深くコーンマフィンをかじった。

「ルイ十三世時代の枢機卿リシュリューはすごくしみったれで、毒見係を雇わなかったって、どこかで読んだことがあるけど」ジェニファーがいった。「彼はまわりに猫をいっぱい飼っていて、猫に食べさせてみるまでは何も口にしなかったんですって」

　これを聞いたらサールはなんというだろう。

「当時は砒素が好んで使われたんだ」ニコルスン氏がいった。「〝猫いらず〟という形で簡単に手に入ったし、どこの食料庫にもけっこう常備されていたからね。一家の女主人がべつの目的にそれを使うことはままあったようだ。悪名高いマダム・ラファルジュはこの方法で数人の夫を始末した。それからブランヴィーユ公爵夫人というある貴婦人は、一家の繁栄の邪魔になるというので、父親と二人の男兄弟を殺している」

「毒殺者は女ときまったわけじゃないわよ、パパ」ジェニファーが注意した。「もしかしたら、アンドルーはディナーの毒見にサールを連れてくるべきだったかもしれないわね」とつけ加えた。

「残念だが、それはうまくいかないね」

「どうして?」

「サールはコーンマフィンは好きじゃないんだ」

ジェニファーがバスケットからマフィンをひとつつまんで彼に投げつけると、彼のワイングラスにぶつかった。幸い、倒れたグラスは空だった。

ニコルスン氏がグラスを立ててワインを注ぎ、話を続けた。「砒素中毒の症状がコレラの症状とそっくりだということは、知ってるかね、先生?」

フェニモアは首を振った。彼はこのディナーと、先日のハードウィック家のディナーを比べていた。あの人たちには愉快な時間があるのだろうか。

「当時はコレラが流行っていたから、毒殺もコレラのせいにされて捜査されないことがよくあったんだ。毒を盛った人間が罪を免れるのはしょっちゅうだったんだよ」

「毒殺者の全盛期ってわけですね」フェニモアは笑った。

「感心してしまうわ」とジェニファーがいった。「毒を盛るのによくもこんな天才的な方法を考えつくものね。〝毒の指輪〟って、聞いたことある?」

二人はぽかんとしていた。

「その指輪は一見なんの変哲もないんだけれど、石の裏側が空洞になっていてバルブがついてるの。空洞のところに砒素とかほかの猛毒を仕こんでおいて、次に敵と出会ったときにその男だか女だかと親しげに握手するの、そうしたら――サッと――敵に致命傷の引っかき傷ができる」

「そいつは聞いたことがないな」ニコルスン氏はいった。「だが、笏《しゃく》の先に毒を塗った王のことは聞いたことがある。王は突然従者が嫌いになったり話題が気にいらなかったりすると、笏で相手の頭をかるく叩くだけでいい」

「ぼくはもっと直接的な方法が好きだな」フェニモアがいった。『ハムレット』みたいに、毒を塗った杯とか剣とか」

「ハムレットの父親が殺されたのは、全然直接的な方法じゃないわよ」ジェニファーは朗誦した。

小瓶なる呪われし毒液をもて
わが耳の口より注ぎこみしは
世にも恐ろしき蒸留物……

フェニモアはほどよき感銘をうけて拍手した。

彼女は顔を赤らめた。

「ラナピ族の場合はどうだろう」フェニモアは、ジェニファーが持ってきてくれた本を読み終えたばかりだった。「彼らはクルミの青い実を砕いて河に投げこみ、魚を睡眠状態にして簡単に捕まえたんだ」

「あまりフェアとはいえないわねえ」ジェニファーがいった。

「牛を殺す前に鎮静剤をあたえるわれわれの習慣よりひどくはないよ」フェニモアはいった。

「ラナピ族は槍や矢の先端にも毒を塗ったんだろう？」ニコルスン氏がいった。

「じつはそれは誤解なんです」フェニモアはいった。「毒矢に射られて死んだとわれわれが考えてきたインディアンの多くは、じつは破傷風で死んだんです。われわれが毒だと思っているあの矢に塗られた緑のべたべたしたものは、鏃《やじり》を固定するために動物の皮やひづめから作った一種の糊なんですよ」

ニコルスン氏はがっかりした顔を隠せなかった。「こんな調子で歴史が書き替えられるとしたら、わたしの書物なんかすぐに価値がなくなってしまうね」

「心配いりませんよ、先駆者たちの奇妙な説を読んで笑いたい、という読者はかならずいるでしょうから。あなたの蔵書は値のつけられないほど貴重なコレクションになります」フェニモアは請け合った。

ホイップクリーム添えアップルコブラーをもってジェニファーがあらわれた。この夜初めて、テーブルに沈黙が訪れた。

ディナーの後は書斎にもどって、コーヒーを飲みながらビデオで古い映画を見るのが彼らの習慣だった。

「今夜は何にする？」フェニモアはお気に入りの椅子にもたれながらきいた。「《毒薬と老嬢》？」

ジェニファーは考えていたカセット《汚名》を彼に見せた。

「いいね」彼はいった。

ジェニファーはカセットをセットする前に、彼の膝に二冊の本を置いた。レイモンド・チャンドラーの『三つ数えろ』と『長いお別れ』。「今は読んじゃだめ」一冊目を開いた彼に、彼女はいった。「持って帰っていいわ。あげるから」

「もらっていいの？」

彼女はうなずいた。「あんなひどい目にあった後で、どうしてこんな暴力的な本を読みたがるんでしょうねえ。わたしなら、ステキなコージー・ミステリのほうがくつろげると思うけれど」

フェニモアは膝の上で本を閉じ、深い満足の笑みをうかべながら椅子にもたれ、最後の最後にケーリー・グラントが助けにくることがわかっているので安心しつつも、イングリッド・バーグマンが徐々に毒を盛られる筋書きに見入った。

家路にむかうフェニモアの足取りは軽かった。さっきまでの疲れは跡形もなく消えていた。ジェニファーのお休みのキスから立ち直りながら、ディナーの席での会話を反芻した。ジェニファーの言葉が頭に引っかかっていた。〝感心してしまうわ、毒を盛るのによくもこんな天才的な方法を考えつくものね〟今となっては、スウィート・グラスがジギタリスの毒で死んだことは疑う余地がない。だが、どのようにして毒が摂取されたのか？　何者かが砕いたジゴキシンの錠剤を彼女の食べ物か飲み物に混入した、という最初の考えを彼が捨てたのは、パーティの出席者全員が同じ出所のものを飲み食いしたからだった。彼は信号で止まった。もしかしたら、何か考えちがいをしているのかもしれない。インディアンの毒矢という間違った結論にとびついた歴史学者のように。彼は道路を横断した。しかし、どうやったのだろう？　ハードウィックのバーベキューには剣も笏もなかった……

彼ははたと、足を止めた。

33

十一月八日　火曜日

午後四時。最後の患者が帰ったあと。ドイル夫人も、ペーパーバックの新刊ロマンスをこわきにはさんで姿を消した。美しき若き相続人アマンダ・グレイと、不滅の愛を装いながら金のためにアマンダに言い寄る文無し貴族ヘンリー・ダベンポート。この二人とともに過ごす一夜を、彼女はたのしみにしているのだ。ドイル夫人はあきらかに、スウィート・グラスの事件に興味を失っている。それがフェニモアには意外だった。珍しいこともあるものだ。いつもならもう、少なくとも五、六回は有効な助言をしてくれているはずなのに。彼が診療所のスタッフを増やしたことを、まだ根にもっているのでなければいいが。

ホレイショは残って、毎週の請求書に切手を貼っている。彼はドイル夫人から最初の支払い小切手をもらったところだが、急いで使うつもりはないらしい。

フェニモアが声をかけた。「ラット、そっちがすんだらぼくと一緒においで。きみに見せたいものがあるんだ」

このまえ雇い主に付きあったときのことを思い出して、彼は用心深く顔をあげた。ハツカネズミやサルや守衛の不愉快な姿が、頭をよぎった。だが彼はすばやく請求書の整理を終え、フェニモアについて戸口を出た。

「どこへ行くんだ」数ブロック歩いたところで彼はきいた。

「今にわかるよ」

フェニモアは十八丁目を左に曲がった。そのブロックの中ほどで両開きの鋳鉄の門を通り、堂々たるレンガ造りの建物の大理石の階段にホレイショを案内した。

少年は敷居のところで立ちどまった。「これ、宮殿か何かかい?」

フェニモアはこの光景を少年の視線でながめた——広大な寄木細工の床、そびえたつ古典的な円柱、ずらりと並んだ金の額縁の中から二人をみおろす〝傑出した〟人物たち。全体を支配している静寂。

フェニモアは首を振った。「でも、きみのいう意味はわかるよ。この連中は」と肖像画を手で指した。「自分ではかなりその気になってるからね」

「だれなんだ?」

「医者だよ。だが彼らの業績は科学よりも、残念だが政治の分野のほうに偏ってる。おいで」彼は少年をせかした。「きみを連れてきたのは、こいつらのためじゃないんだ」

少年は彼の後に続き、磨き抜かれた床の上を歩いて無人のフロントデスク（受付嬢はもう帰ってしまったのだろう）を通りすぎた。

カチッ、カチッ、カチッ。

「何の音？」フェニモアはふりかえった。

「おれの靴底のすべり止め金具」

彼はうめいた。「外に放り出されるぞ」

「どうして？　ここはジムじゃないんだろ」

「音をさせないように気をつけろよ」

二人はセコイアほどもある二本の円柱のあいだを通り（ホレイショは爪先立って）、壮大な階段をまわり、小さな看板の出ているふつうのドアの前で止まった。〈ウィンタベリー博物館　火曜から土曜　九時から五時まで〉「これだ」フェニモアがドアを開けると、ホレイショが鼻に皺を寄せた。

「ホルムアルデヒドだ」フェニモアが不快な臭いについて説明した。「標本の保存につかわれている。すぐ慣れるよ」

二人が入った部屋は、今通ってきたところとは正反対だった。狭苦しくてごたごたしている。三方の壁にはガラス戸のついた木のキャビネットが並んでいて、医学的珍品—

ー一フィートものびた爪から双頭の胎児まで——の数々が詰めこまれている。さらに、似たりよったりの陳列ケースが部屋の真中を占めている。奥はすりきれたロープで仕切られていて、一八九〇年当時の医者の診察室が再現してある。

「こりゃあ、あんたの診療所そっくりだぜ、ドク」

類似点があることは認めざるをえなかった。彼も真鍮の付属品つきの顕微鏡をもっていて、埃よけのために釣鐘型のガラス覆いをかぶせている。やはり医師だった祖父が使っていたものだ。フェニモアは簡単なプレパラートを見るのに、ときどきこれを使っている。むしろそれが自慢だった。ここのテーブルにあるような遠心分離機も持っている。これは父のものだった。こっちは、血液や尿を分離させるために使うことがある。まだ使えるなら使えばいいじゃないか。それに流し台の上の棚に並んだ古めかしい瓶は、彼の薬キャビネットにあるのとそっくりだ。実際には使わないがながめているのが好きで、とても投げ捨てる気にはなれない。

「カッコいいじゃん」ホレイショは、医者の診察室から二体の骸骨が入った背の高いガラスケースに目を移していた。一体は八フィートもあり、もう一体は四フィートもない。プラカードには〈巨人と小人〉と書かれている。

次にべつのものが彼の注意をひいた。「見ろよ、ドク」彼はガラス瓶の双頭の胎児をのぞきこんだ。「サーカスのやつよりこっちのほうが上等だな」

この比較にフェニモアは不意をつかれた。価値あるウィンタベリー博物館をサーカスと一緒にするなど、考えたこともなかった。「ちがうんだよ、ホレイショ。ここは研究や勉強のために見学するところで、笑ったり面白がったりする見世物じゃない」医学部一年生のグループが巨大結腸の展示に見とれていた部屋から、笑い声が聞こえてきた。この巨大な大腸（紙粘土で実物をかたどったもの）は直径が六インチもある。この腸のもともとの持ち主はハーシュスプラング病の犠牲者で、カードによれば、四十二日に一度しか排便ができなかった。

「この博物館の目的はだね」とフェニモアはむっとして続けた。「インターンや医学部の学生たちに異常な症例を見せて、それを治療させることなんだよ」彼は口をつぐみ、突然自分の偉そうな口調に気がついた。この場所にはたしかに人を酔わせるようなところがある。

「あのデカいやつ、治してもらいたがる理由があるかね？」ホレイショは巨人の骸骨にむかってうなずいた。「〈シクサーズ〉ならあいつを使いたがるぜ。あいつは有名になって金持ちになる。それに隣のチビのほうは、泥棒にぴったりだよ。街のどんな宝石屋にだって忍びこめる」彼はぴたりと黒い目をフェニモアに合わせた。「なんでみんな同じじゃなきゃならないんだ」

フェニモアはたじろいだ。「そのほうがみんな気持ちがいいからじゃないか」

「気持ちがいい、へっ！　おれなら栄誉殿堂入りのほうがいいな」彼は八フィートの骸骨をふりむいて惚れ惚れとながめた。「絶対にこいつは〝史上最高のバスケットボールプレーヤー〟になったよ」

ホレイショは有名なフィラデルフィア市民が考案した心肺装置をさっさと通りすぎ、気管支鏡の展示のところにへばりついた。人間の気管や肺から摘出された小さなものがいっぱい入った引出しに夢中になっている。ボタン、魚の骨、針、ピンなどの引出しを次から次へと開けて見ている。〈皆勤賞〉と刻まれた日曜学校のピンまであった。だが取り出されたものでいちばん一般的なのはジャックとよばれる六つの突起のついたちいさな金属のおもちゃで、かっては女の子たちはみんな玄関の階段で、ゴムボールを投げあげてそれが落ちてくるまでにジャックをあやつって遊んだものである。遊びながらジャックを口にくわえる技があったことをフェニモアは説明した。ゲームに熱中してくると、このジャックを気管に入れてしまうことがよくあったのだ。

ホレイショは小言をいう親のように首を振った。

次には壁一面をおおうガラスケースのところへ行った。三段の棚に人間の頭蓋骨がずらりと並んでいる。ハエの糞のシミがついたカードによれば、これは、一八〇〇年代に囚人墓地や無縁墓地から頭蓋骨を収集していたヨーロッパ人の医師から、博物館が購入したものであるという。

「当時は頭蓋骨を合法的に手に入れるのは、難しかったんだ」フェニモアがいった。

「こっそり手に入れなきゃならなかった、ときには真夜中にね」

「つまり、掘り出すってこと？」

彼はうなずいた。「しかし、りっぱな理由があってのことだからね。骨から多くのことが学べる。こいつを見てごらん」彼はてっぺんの表面が陥没している頭蓋骨を指さした。「このへこみは結核によるものなんだ。それからあそこのは、水夫の病気である壊血病にかかった人の骸骨だ」

「どうしてわかるんだ？」

「ほら、歯のまわりが侵食されてるだろう。あれはビタミンCの欠乏によるものなんだ。船に乗っていると果物も野菜も充分摂れないからね」

それを裏付けるように、下のカードにはこうあった。〈船員。一八九四年に海上で死亡〉「この男がどうして死んだかを言い当てるのは簡単だね」フェニモアはピンポン玉ほどの穴の開いた頭蓋骨を指した。下のカードにはこうある。〈強盗。脱獄を企てて射殺される。一八七九年、マドリッド〉

ホレイショが目を丸くした。

「行こうか？」フェニモアがきいた。

シャム双生児の一連の写真に目を奪われた少年は、無言だった。

フェニモアは腕時計を見た。「こうしよう、ぼくは二階の図書室で仕事があるから、きみはここでいろいろ見てるといい。終わったらここへもどるから」

図書室はこの建物でもっとも魅力ある部分だ。片側の壁に背の高いアーチ型の窓がずらりと並び、日光がいっぱいに射しこんでいる。あとの三方の壁は作りつけの本棚と木のファイルキャビネットにおおわれている。部屋の中にはあちこちに別個の本棚が置かれ、そのあいだに磨かれたオークのテーブルがいくつも置かれている。どのテーブルにも削りたての鉛筆とメモ用紙、紙コップ、いつも冷たい水が入った魔法瓶ふうの水差し。そして椅子は、ほとんどの図書館とはちがい、かけ心地がいい。背もたれも肘掛も丸みを帯び、背中と座席はふかふかしていて、学問の追究はかならずしも痛む尻と同義語である必要はないことを証明してくれている。

フェニモアはファイルキャビネットへ行ってP－Oと書かれた引出しを開け、〈有毒《ポイズナ》植物《ス・プラント》〉の項にくるまでカードをくった。さらに調べると、三つの題名が見つかった。〈猛毒の樹木、草、花〉〈殺す薬草、癒す薬草〉〈合衆国とカナダの有毒植物〉彼は貸し出しカードに記入し、図書館員に提出した。座って待つまもなく、三冊がカウンターに姿をあらわした。フェニモアがこの協会のメンバーにとどまっている主な理由はこれだった。図書館員が彼の会員証を照合し終えると、彼は本を小脇に抱えてホレイショのところへいった。

ホレイショはガラス瓶に浮かんだ脳に熱中していた。カードによれば、この脳は一八九二年にアッパー・ダービーで、殺人罪のため絞首刑になった男のものであるという。

34

火曜日の晩

フェニモアが玄関のドアにチェーンをかけキーをまわし、それから寝室へむかう狭い急な階段をのぼったのは、十時過ぎだった。数日前に二人の暴漢に襲われた記憶は、すでに薄れかけている。サールは先に来ていて、ベッドの足元のブルーのカバーの上に丸くなり、ぐっすり眠っている（か、そのふりをしていた）。彼女はふだんより大きく見える。お産が間近に迫っているのだろう。服を脱ぐ前に、ビューローの上にブリーフケースを置いて蓋を開いた。中には〈PSPS〉の図書室から借り出した三冊の書物が入っている。多くの人間が面白いミステリをながめるように、ドイル夫人の場合はロマンス小説を見るように、彼は期待に満ちた目でそれらをながめた。

パジャマの上に着古されたチェックのバスローブを羽織る。だがスリッパは履かない（片方がまだ見つからないのだ）。それから明るい読書ランプをつけてベッド際の椅子に腰を落ち着けた。

『猛毒の樹木、草、花』はやたらにカラー写真を使った、あきらかに素人が書いた本だった（これがどういう経路で〈PSPS〉の図書室の蔵書となったのか、見当もつかない）。もしポリーのガーデンクラブの植物の名前が知りたいのならば、これはまさにうってつけの本だろう。彼はこれをわきへどけた。『殺す薬草、癒す薬草』はもう少し学究的な本だった。前半は、毒茸からツタウルシにいたるまですべての有毒植物に対する過激な警告にあふれている。後半は、前半の警告を守れなかった場合にほどこすべき治療に捧げられている。彼はこれを最初の本に重ねた。『合衆国とカナダの有毒植物』は、じつにそっけない題名ながら、なかなか組織的によく書けていた。

内容は〝有益〟な植物と〝有害〟な植物とに分けられている。有害植物はさらに様々なクラスに小分けされている。彼は頭に描いているある種の有害植物を探しながら、小見出しに目を通した。ジゴキシンに含まれているような強心性配糖体の記述もあるにちがいない。これが内臓に摂取されると、ジギタリス中毒によってもたらされる症状とよく似た症状があらわれる——嘔吐、めまい、目のかすみまたは黄暈《こううん》、頻脈、不整脈、昏睡、そして——ついには——死にいたる。強心性配糖体の記述が見つかった。

強心性配糖体を含む有毒植物

学名	通称
アドニス種	フクジュソウ
アポシナム種	バシクルモン
コンヴァラリア・マジャリス	スズラン
ジギタリス・プルプレア	キツネノテブクロ
ジギタリス・ラナータ	
ネリウム・オレアンデル	セイヨウキョウチクトウ
テベティア・ペルヴィアーナ	キバナキョウチクトウ
ウルギニア・マリティマ	カイソウ（海葱）

八種類もあった。ひと目でわかる。フェニモアはベッドサイドテーブルのメモ用紙から一枚剝ぎ取り（夜中にひらめいたすばらしいアイデアを書きとめるために備えてあるのだ）、リストを書き写した。キツネノテブクロの隣に、〈ジギトキシン配糖体〉と書き、ほかのいくつかの横には〈ジゴキシン配糖体〉と書いた。任務を終えた今、彼はぱっちり目が覚めていた。サールが片目を開けて彼を見つめ、カバーの上で半分寝返りを打ち、また眠りにもどっていった。彼もそうできればよかったが。

35

十一月九日　水曜日、朝

翌朝フェニモアは真っ先にマイラ・ヘンダースンに電話をかけた。

「今ちょうどあなたのことを考えてたのよ、先生。今夜うちで、このおばあさんとディナーをつきあっていただけないかしらと思って。最高のマティーニを作るけど」

彼女の招待に気持ちを動かされ、彼は笑い声をたてた。「あなたのマティーニ、思い出しますね。べつのときだったら、喜んでうかがうんですが。今はちょっとスウィート・グラスの事件でにっちもさっちもいかなくて」

「じゃあやっぱり、事件なのね」

「どうもそのようです。あなたならけっして口外なさらないと思いますが――」

「もちろんよ」

「ある情報がほしいんです。あなたに聞けば教えていただけると思って」

「知ってることはなんでもお話しするわ」

「バーベキューのとき、あなたもほかのお客も自分で串に刺した肉を焼いた、といわれましたよね」

「ええ、昔ふうの串よ、木の枝の先を尖らせた。あの日はハードウィック一家はスウィート・グラスのために自然に帰ろうとしてたんじゃないかしら」

「さあ、そこなんですがね。よく考えてください、串は積み重ねてあったところから自分で選んだのか、それともだれかに手渡されたのか」

彼女は思い出そうとしてちょっと黙った。「みんな一本ずつ手渡されたわ」

「スウィート・グラスも？」

「ええ、たしか。彼女はわたしの隣にいたから」

「だれから渡されたんです？」

また沈黙。「ごめんなさい、わたしはスウィート・グラスとおしゃべりしていて、気にとめなかった」

「ポリー、ネッド、それとも女の子のだれか……？」

「ほんとうにごめんなさい。どうしても思い出せないわ」

「いいんです」フェニモアは溜息をついた。「その後のことは？　ネッドが、豚肉がまざっているからよく火を通すように気を配っていた、といわれましたね」

「ええ、そうよ。まさか、彼女が旋毛虫症で亡くなったと思ってるわけじゃないんでしょうね、先生?」

フェニモアは咳きこんだ。「ちがいますよ」

彼がそのままあまりに長く黙っているので、とうとうヘンダースン夫人はこう尋ねた。

「先生、まだそこにいらっしゃる?」

「ええ……」その声ははるか遠くからのように聞こえた。

「何かのお役にたったかしら?」

「おかげでとても参考になりました」彼はあわてていった。「ディナーのお誘いはまたの機会に、ということにしていただけるとうれしいんですが」

「招待は無期限で有効よ、先生」

その日の昼近くに、ラファティの部下の一人がジョー・スミスの解剖結果を届けにきた。報告書はがっかりするような内容だった。最初に死因とされた食中毒説を覆すような事実は何ひとつ発見されなかったのである。フェニモアはあのホームレスに関するメモを探して、デスク中をかきまわした。探していたものは見つかった。ジョー・スミスはフランクリン病院へ運ばれ、彼もまたMVAつまり〝天国の門症候群〟と診断されている。したがって彼の血清サンプルはアップルソーン研究室に届いているはずであり、ジゴキシン配糖体の有無はチェックできる。もしあれば、彼がスウィート・グラスと同じ方法で毒殺されたという可能性が強い。しかし今度はホレイショと二人でその血清を盗み出す必要はない。裁判所命令でそれを提出させるだけの証拠は集められるだろう。

36

水曜日、正午ごろ

ポリー・ハードウィックが緊張した顔でフェニモアをドアに迎えた。

その朝、彼がランチに行っていいかと電話をかけたところ、彼女は喜んで承諾してくれた。ところが彼が、家族全員にいてほしい、一人ずつ話がしたい、というと、彼女は落ち着かなくなった。

「やってみるけど、アンドルー」彼女はそういったのだった。「でもバーニスは街にでかけてるし、ネッドの予定はわからないわよ」

「ぜひなんとかお願いします」彼は強調しておいた。

彼女は彼をしたがえて、前に彼がスウィート・グラスの日記を読ませてもらった小さな書斎の前を通りすぎ——今日はドアが閉まっていた——直接、広々した居間へ案内した。遅い朝の太陽が紗のカーテンごしに射しこみ、部屋に微妙な輝きを与えている。ピアノの上の陽だまりには黄色い小菊の鉢が置かれ、もっと背の高い花瓶に活けられた錆色の菊がマントルを飾っている。毎日切りたての花を活けられるというのは、フェニモアが金持ちをうらやましいと思う数少ないことのひとつだった。

「娘たちは自分の部屋でお待ちしてるわ。男性陣は庭を散歩。あなたが呼びたいときに声をかけるといってあります。ああ、それからバーニスは少し遅れると電話してきたわ。まずリディアを呼びましょうか」

「お願いします」

リディアは、翡翠《ひすい》色のセーターに黒いパンツ、黒髪を同じ翡翠色のリボンでうしろに結んで、急ぐ風もなく入ってきた。片手にペーパーバックを持っている(インタヴューが退屈になったときのためだろうか)。カバーが裏返されていて、題名はわからない。

ポリーが席をはずすと、フェニモアは前置きなしに切り出した。「あなたはスウィート・グラスをどう思ってた?」

彼女は椅子の中でもじもじし、一本の指にかさねた二つの指輪をまわした。「彼女のことはほとんど知らないもの。一、二度会っただけなのよ、彼女が、彼女がその……」

「テッドはいいひとを選んだと思った?」

彼女は溜息をついた。「まあね。彼女は自然派で芸術家っぽいし、どっちも兄が憧れてるものだから。わかるでしょ——破れたジーンズ、胚芽小麦、そして彼女の場合のアートは織物」

「彼女は織物の名手だったらしいね」

「わたしには全然」彼女はみごとにマニキュアを施された生気のない手を振った。「彼女の織物なんて見たことないから」

「あのバーベキューの日、彼女は具合が悪そうだった？」

彼女は眉をひそめた。「そういわれれば、ちょっとやつれてたかしら。でも、結婚式の準備とかで疲れてるだけだと思ったわ。母が彼女をしごいてたから」

「彼女はここを出たあと、食中毒で救急治療室《ER》に行って亡くなったことを、知ってた？」彼は作り話をしてリディアの反応をうかがった。

彼女は目を丸くした。「だって、彼女は心臓病で亡くなったんじゃないの、子供のころからの。ファ……なんとかっていう」

「それは初期の診断でね。その後、彼女が摂取した何か、おそらくパーティでと思われるが、それが死の原因であることがわかったんだ」

「だったら、どうしてほかの人たちもおかしくならなかったの？」あっけらかんと尋ねている。

フェニモアが答えずにいると、彼女の顔が急に仮面に覆われた。

「何か思い当たることは？」彼はきいた。

彼女は彼の視線を避けていった。「あなたがたには専門的な診断がおありでしょうから、必ず答えが見つかるはずよ、先生」

くそ。せっかちにやりすぎて、リディアを逃がしてしまった。

「お話がおすみだったら……」彼女は立ちあがりかけた。

しかたなく彼はうなずいた。そして彼女がテラスに続くフレンチドアから出ていくのを見送った。ランチの用意ができるまで、日光をあびながらペーパーバックを読むのだろうか。そういう暇な人生を送るってどんな感じなんだろう、彼はふとそう思った。

「次？」キティがドアから金髪の頭をのぞかせた。

「お入り、キティ。たいして手間はとらせないよ」

「あら、いいのよ。べつにすることもないんですもの」彼女は彼のむかいの椅子に腰をおろし、大好きなテレビ番組が始まるのを待つ子供のように、幸せそうに微笑んだ。

「あのバーベキューの日、お兄さんの婚約祝いの日だけど、なにか変わったことに気がつかなかったかな？」

「そうね、十月にしては暖かかったわね」

「いや、人間のことを聞きたいんだけどね」

彼女は爪を嚙みはじめた。「いいえ。みんなお母様とパパのお友達よ。あのヘンダースンのおばさまが、煙が出るとか自分で食べ物を焼くなんてとか、文句をいってらしたけど」

「ご両親はどう？　お二人とも、いつもと変わらなかった？」

「ええ、もちろん。パパはだれにでも先祖を自慢するし、お母様は〝空が落ちてくる〟って叫ぶチキンリトル（童謡の主人公のニワトリ）みたいに駆けまわるし」

「まさか」

彼女はクスクス笑った。「だってあの人、大きなチキンにそっくりだし、なんでか慌てててるみたいだったわ」

「きみはスウィート・グラスが好きだった？」

彼女の微笑が消えた。「いいえ」

「なぜ？」

「結婚式の付き添い人やらせてくれないんだもの」彼女は下唇を突き出した。「テッドだったらやらせてくれるにきまってるの。せっかく、すごくかわいいドレスを選んでおいたのに。スカイブルーなのよ」それを思い出して、また微笑がうかんだ。

「そりゃ残念だったね」

彼女は立ちあがると、足を踏み鳴らした。「大っ嫌い、あんな人」

「ねえ、まさか本気できみは……」

「でも、もう結婚式はないのよ」彼女がいうと、またかすかな笑みが唇のまわりに忍び寄ってきた。

「それがうれしいの？」

彼女は彼を見つめた。「きまってるじゃない」そして一瞬のあいだのあとでこう付け加えた。「これでわたしたちは、またテッドをとりもどせたのよ」

ポリーが戸口にきていた。近くをうろうろしていて、娘がかっとなったのを聞いたにちがいない。

「ありがとう、キティ」フェニモアはいった。

彼女は簡略な会釈をすると、母親に視線をむけることもなくそばをすりぬけてリディアのいるテラスへ出ていった。

ポリーは心配そうに彼女を見送ると、フェニモアにむきなおった。「いったいどういうことなの？」

「キティはスウィート・グラスがあまり好きじゃなかった」

「意外でもなんでもないわ。あの子は兄に夢中だったから」彼女は部屋に入ってきた。

「今度はわたくしの番？」

彼はうなずいた。

「シェリーはどう？」

「ええ、いただきます」

ポリーは大理石張りの磨きこまれた木の引出しつきテーブルへ行き、小さなグラス二個とデキャンターを取り出した。黄金の液体で満たされたグラスは上品で、繊細なブドウの蔓の模様が刻まれている。彼女はひとつをフェニモアに渡した。

彼はそれを受け取りながら、自分の用件がグラスに見あう繊細なものであればいいのにと思った。

彼女はソファの隅に座り、シェリーを口に運んだ。体格と年齢にもかかわらず、ポリーは印象的な女性だった。今日はグリーンのウールのスーツを着て、同系色のチェックのスカーフを首に巻き、トパーズのピンで留めている。かつて赤味がかったブロンドだった髪は、ところどころに灰色が混じって落ちついた色になり、シニョンにまとめてあるのがよく似合う。メイクは最小限にとどめている。唇は淡いサンゴ色に彩られていた。

「あなたのローマ風庭園はどこまでできました？」彼はきいた。今度はゆっくりいこうと心を決めていた。

いつものように、大好きな趣味のことをいわれて彼女の顔が輝いた。「全体がまとまってきたわ。植物はすっかり注文し終わったし。もう届いてるものもあるの。御覧になる？」

「ええ、ぜひ」

彼女は居間に続く温室に彼を案内した。ガラスのはめこまれたドアを開くと、心地よい涼しさが一転してジャングルの暑さに変わった。彼は彼女に続いて、鬱蒼たる緑の壁のあいだの通路を進んだ。

「あれがオリーブの木」彼女はテラコッタの鉢の、灰緑色の葉のほっそりした木を指さした。フェニモアは、この木が何百本単位でフローレンス近郊の丘に点在していたのを思い出した。「それからあれがセイヨウキョウチクトウ。あれはちょっと前に着いたのよ」

彼は身を屈め、長い茎とつやのいい葉を観察した。

「それからあっちはハイビスカスね。まだ咲いていないけれど、ちょうどショウのころには咲くでしょう」

フェニモアのシャツは背中に貼りつき、額には玉の汗がういた。

「あなたが溶けちゃうといけないから、もう出ましょうか」彼女は笑った。

居間にもどると、ポリーの態度が変わった。「でも、あなたはもちろんハイビスカスの話をしにここへみえたわけじゃないわよね、アンドルー」

彼は首を振った。「残念ながら」フェニモアはそれとなく話を始めた。「ここにスズランはありますか」

当惑して、ポリーは考えながら答えた。「切花にはしないけれど、庭の日陰の花壇にあるわよ」

「海葱《カイソウ》は？」

「シー・オニオンね」彼女はうなずいた。「テラスのそばよ。一本か二本あるわ」

「バシクルモンも？」

「どういうことなの、アンドルー？　庭作りでも始めるの？　あなたが好きとは思わなかった」

彼は溜息をつき、注意深くコースターの上にシェリーを置いた。「バーベキューの日のことを思い出してほしいんです」彼はいった。

彼女は眉をひそめた。

「あの日のスウィート・グラスの様子を憶えていますか」

「そうねえ、着ていたのは……」

「そうじゃなくて、顔なんです。蒼ざめていたとか、具合が悪そうだったとか？」

彼女は首を振った。「正直なことをいうとね、アンドルー、あの日はすごく動揺してたものだから、彼女が裸でも気がつかなかったと思うわ、きっと」

「どうしてそんなに動揺したんです？」

「結婚式やそのほかいろいろで」彼女はグラスを置いた。「あなたが考えてるようなことじゃないのよ。彼女がアメリカ先住民であることとはまったく関係ないの。問題は彼女の健康。わたしの一人息子の結婚相手が、子供を育てられないほど寿命が短いかもしれないと思うと、耐えられなくてね」

フェニモアは目をパチパチさせた。「それは不当な考えです。彼女と同じ状態で子供を育てた女性は大勢いますよ」

彼女の眉が吊りあがった。「だって彼女は亡くなったじゃないの！」

「ええ、でも自然死ではありません」

たとえ彼がガラガラヘビを差し出したとしても、彼女はこれほど激しくひるみはしなかっただろう。

「スウィート・グラスには先天的に重い心臓疾患がありました」彼女に平静さをとりもどす時間を与えようと、彼は続けた。「が、これは子供のときの外科手術で治っています。その手術によって引き起こされるちょっとした副作用を軽減するために、毎日ジゴキシンを服用はしていますが。でも彼女の寿命は同じ年頃のほかの女性とほとんど変わりません、子供を育てようと育てまいと」

「じゃあ、彼女はなんで亡くなったの」

「ジゴキシン中毒──長年彼女がのんでいた薬の大量摂取の結果です」

「ではやっぱり、自殺？」彼女は希望に胸をふくらませた。自殺説は代替案として急に好ましく思えてきたのだろう。

彼は彼女を用心深くながめた。「それで大量摂取の説明はつくかもしれませんが、埋葬の説明にはなりません」

「彼女の兄さんよ」彼女はすばやくいった。「ラナピ族の埋葬の習慣や古い墓地の場所を知っていたのは彼だけだわ。彼は妹がアパートメントで亡くなっているのを発見して、埋葬するために遺体を引き取った。ラナピ族は自殺を不名誉なことと考えていて、彼はそれを隠そうとしたのかもしれないわね。テッドに——あるいはわたしたちに、そのことを知らせようという考えは、彼にはうかばなかった」

フェニモアはたまたま、ラナピ族が自殺を不名誉とは考えないことを、知っていた。だが、ただこういった。「でも彼は否定しています」

彼女が肩をすくめたのは、彼の言葉がそれにふさわしいと考えたことを意味していた。

「実際には」とフェニモアは慎重にいった。「彼らの埋葬の習慣は、字が読める者ならだれにでもわかることなんです。アメリカ哲学協会や大学の博物館には、レニ‐ラナピ族に関する書物がたくさんありますからね。それから墓地についても、あそこはけっこう知られた場所なんですよ。契約書が市庁舎の記録部に保管されています」

彼女が彼を見つめる視線は鋭くなっていた。「あなたは何がいいたいの」

肩をすくめるのはフェニモアの番だった。

「何をほのめかしてるの?」彼女は立ちあがった。

「何も。ぼくは真実を見つけたいだけです」

彼女は怒った女神のように彼を見おろした。「真実？　真実は、彼女が不健康で不幸せな女性で、自ら命を絶ったということよ」

フェニモアは彼女の激しいまなざしに対抗するために立ちあがった。「ところがですね、彼女は愛する男性と一生をともにすることを楽しみにしていた、健康で幸せな女性だったんです」

「どうしたんだね？」ネッド・ハードウィックが戸口でいった。庭仕事のあとで顔が紅潮し足に泥がついている。「大きな声が聞こえたが」

フェニモアはポリーに目をむけた。

彼女は顔をそむけた。「そんな泥んこのブーツでここへ入ってこないでちょうだい」

彼女は反射的にいった。

彼は足元に目をやった。「すぐくるよ」彼は靴脱ぎ室に姿を消した。

ポリーはもとのソファにまた腰をおろし、無言で東洋の敷物をにらんでいる。フェニモアは、深々と椅子に沈んでさっきのような不利な立場にたちたくなかったので、立ったままでいた。二人が沈黙を続けていると、ネッドがもどってきた。

彼がL・L・ビーンのモカシンを履いていることに、フェニモアは気がついた。おろされるのを待っていたような、新品だ。フェニモアは自分の擦りきれたスリッパを懐かしみ、片方がまだ出てこないことを思い出した。こんな緊迫したときに、いったいどうしてこんな無意味な考えがうかぶのだろう。

「さあ、ここで何が起こっているのか、聞かせてくれるだろうね」ネッドはかわるがわる二人をながめながら、シェリーのデカンターの方へ歩いた。

ポリーが偉大な雌ライオンのように頭をうしろへそらした。「ここにいらっしゃるあなたのいわゆる〝お友達〟が、スウィート・グラスが死んだのはわたしたちのだれかのせいだ、とほのめかしたところなの」

外科に関すること以外は比較的反応の鈍いネッドは、おもむろにいった。「どうしてだね？」

「こちらのシャーロックさんによれば、わたしたちの一人が彼女をやったんですって」

フェニモアが疑惑をぶちまけて以来、彼女は一度も彼を見ていなかった。彼女にとって、彼はもはや存在しないも同然だった。たったひと言の発言で、彼は魔法の輪の外へはじき出されたのである。ハードウィックの社交仲間でないものは、自動的にみんなこの広大な灰色の空間に放り出される。

ネッドは自分のモカシンを見つめた。

「何の騒ぎ？」リディアがテラスから姿を見せた。

「ああ、何でもないのよ。わたしたちが人殺しだといって、責められただけ。いらっしゃいよ、面白いから」ポリーは彼女を手招きした。

リディアが不審そうにフェニモアを見て腰をかけるかかけないうちに、キティがさっと飛びこんできた。一瞬立ちどまってから水槽に突き進み、吹雪のように餌を振り撒いた。

「餌をやりすぎちゃだめ」ポリーが鋭く注意した。

娘は奇妙な笑みをうかべてふりむき、歌うような調子でいった。「ランチタイム」

「フェニモア先生はランチまではいられないの」母親はいった。

「そう？　残念」キティがいった。「わたしの大好きなものなのよ。シェパードパイとホイップクリームを添えたラズベリーゼリー」彼女は手を打ちあわせた。

リディアは面白がっている。

ポリーが顔をそむけた。

「失礼しなければ」フェニモアはドアの方へ歩き出した。

外科医が後に続いた。「わたしが見送ろう」

廊下に出ると、主《あるじ》は声を落とした。「ポリーのことは気にしないでくれ。なにか誤解しているんだ、きっと。彼女はときどきかっとなるんでね。とくに家族のこととなると。子持ちの雌ライオンと同じだ」彼はなかば誇らしげにいった。「家族を守るためならどんなことでもする」

どんなことでも？　「よくわかりますよ」フェニモアはいった。

「なあ、フェニモア、明日の午後、〈PSPS〉に来てくれないかね。ウィンタベリー博物館を祝うささやかなレセプションがあるんだ。きみも知ってのとおり、百周年記念だから。きみを招待したいんだ。悪感情がないことを見せてくれよ。どうだろう?」彼はかるくフェニモアの腕をたたいた。

「カレンダーを調べて電話します」フェニモアは玄関からまばゆい日光の下へと足を踏み出した。

車まで歩いたとき、垣根の刈りこみをしているテッドの姿が目に入った。青年は手を振ってこっちへ近づいてくる。フェニモアはドアのハンドルに手をかけて待った。

「ランチを食べていらっしゃると思ってたのに」

「予定変更だよ」

「緊急事態ですか」

「まあね」

「じゃあ、引きとめちゃいけませんね」彼は手にした鍬に視線を落とした。

「刈りこんだ枝はどこへ捨ててるんだい」フェニモアはきいた。

「あっちにコンポストがあるんです」彼は車寄せの中間あたりの木立を指さした。

フェニモアは車に乗りこんでキーをまわした。テッドが体を引いた。車を出しながら見ていると、バックミラーに映った彼の孤独な姿はゆっくりと家のほうへむかっていった。

37

水曜日の午後

車寄せの出口でフェニモアは車を停めて待った。ハードウィック家のランチが始まったと思われるころ、彼は外に出て林のほうへと車寄せを歩いてもどりはじめた。道のりのほとんどは躑躅《つつじ》と柘植《つげ》の生垣の高いこんもりした茂みで、屋敷から隔てられている。だが林に着くと、木々のあいだからひらけた芝生と家が見えた。芝生にもテラスにも人影はなく、刈こみ機もしんとしている。ランチが進行中なのだろう。用心深く木立に入った。コンポストはすぐに見つかった——自分がその中に落ちたのだから。朽ちかけたものが積もった柔らかい地面に彼の片足がずぶずぶ沈んだのである。足を引きぬくと、ズボンに芝草がくっついていた。わざわざ払い落とすことはしない。仕事が終わるまでにどうせ草だらけになるだろう。穴は刈りこんだ芝や小枝や生垣の葉っぱなど、手入れのいい敷地から掃き集められた夏のゴミでほとんど縁まで埋まっていた。彼は足で草の山をほじくり返した。芝は赤茶けて干からびている。さらにほじくった。似たような草が出てくるだけ。屋敷を視界にとらえながら、手近なシャベルを手にとって掘った。手応えがあった。引っ張り出してみると、二フィート半ほどの木の枝だ。片方の先が尖って、焦げている。ほかの部分を観察した。木の専門家ではないが、ごくありふれたクルミかカエデのようにみえる。もう少し掘るとまた二本出てきた。どちらも先が尖って焦げていて、同じ木から取った枝らしい。彼の捜査に腹を立てたのか、頭上でカラスが鳴いた。バーベキューの客の人数をヘンダースン夫人にきいておきさえすれば、串を何本探せばいいかわかったのに。さらに掘ると今度は三本。ハードウィック家のランチは後どのくらい続くだろう。ディナーだったらわかっている。果てしなく続くのだ。時計に目をやった。ほぼ十分が経過している。きっとシェパードパイを食べている最中だ。もっと掘った。同じようなのがまた二本。彼はそばの木立を調べた。まずはカエデ。その枝と掘り出した枝を見比べたところ、カエデの木から切り取られたと考えて間違いはなさそうだ。しばらく掘るとさらに四本出てきた。汗が流れる。調べながら用心深く家のほうに目を配った。同じような枝ばかり十六本掘り出したところで、もうやめようと思った。あとひと掘り。ぐっと深く掘りさげて、十七本目を引きだした。ざらざらではなく、すべすべした感触。それにほかのとちがって固くない。片端をもっと先がややしなった。これではしっかりした串はできない。

彼はズボンの草を払い落とすと、掘り出した棒を集めて小脇にかかえ、車寄せを自分の車にむかった。最後の躑躅の茂みをまわったとき、日光を浴びてなにかがキラリと光るのが目にはいった。車のバンパーだ。しかも彼の車ではない。

「あら、先生」真っ赤なジャガーから手を振ったのはバーニスだった。「お会いできないかと思ったけど、入ってくるとき先生の車が停まっているのが見えたから」その笑顔はあまりにも親しげで、彼女がまだ家族と接触していないのは明らかだった。今日の悶着のことは何も知らないのだ。

「もう帰るところなんだ。病院にもどらないと。急げば、きみはラズベリーのゼリーにまにあうよ」彼女がこの棒切れのことを聞かずにいてくれたら。

「薪集めなの?」彼女は棒切れに目をむけた。

「ちょっとね、じつは小枝を盗んできた」彼は恥ずかしそうに微笑んだ。「うちに暖炉をつけたんだけれど、フィラデルフィアの散歩じゃあ、薪がみつからなくてね」

「どうぞご自由に。うちは薪に埋まりそうだもの。庭師の手間がはぶけてありがたいわ。ごめんなさいね、遅れて」彼女は笑顔でエンジンをかけた。

「待って」彼は車の窓に歩み寄った。「きみに聞きたいことがあったんだ。専門的なことだが、きみは植物学者だから知ってるかと思って」

彼女はエンジンを切った。

「強心性配糖体を保有する植物って、何だろう?」

「わあっ」彼女は目をパチパチさせた。「それって、博士論文級じゃない」彼女は考えこんだ。「いくつかなら挙げられるけど——キツネノテブクロでしょう、それからスズラン、バシクルモン……」顔をしかめた。「ごめんなさい。勉強したのはかなり前だから。どういうことなの?」まともに興味をひかれた様子だった。

「ジゴキシンの効果を研究してる同僚がいて、似通った化学物質をもつ植物を知りたがってるんだ」

「家に帰れば、探してあげられるわ」

「ありがたいな」

彼女は手を振って走り去った。

もしバーニスが強心性配糖体に関してあまり知識がないふりをしていたのだとしたら、彼女はたいした役者だといえるだろう。

街にもどって最初にフェニモアが立ち寄ったのは、〈ペン・ボット〉すなわちペンシルヴァニア植物学協会だった。ほかのドライバーがあっけにとられているのもかまわず二重駐車すると、彼は枝を振りまわしながらドアから駆けこんだ。受付にいた堂々たる中年婦人が怯えて顔をあげた。

「急いで。この枝が何の枝だか、最初に教えてくれた人に寄付します」

「さあ、わたくしは……」

「何なの、エセル？」隣の部屋から小鳥の囀りのような声がした。

「質問があるという〝紳士〟がみえてるの」

囀り声の主があらわれた。「お役にたてるかしら？」

「ええ。これは何です？」彼は彼女の鼻先で棒切れを振った。

「そんなに振りまわされては、わかりっこないわ」

「いや、すみません」彼は動かすのをやめた。耳をつんざくような警笛が空気を揺るがした。

「エセル、あのひどい騒ぎは何なのか見てきてくれない？」彼女は棒切れをためつすがめつ慎重にながめ、樹皮を触った。「葉はお持ちにならないの？」咎めるような視線を彼にむけた。

「すみません」

「ちょっとお待ちになって」彼女は部屋を出て、本を調べながらもどってきた。

「二重駐車で交通妨害している車があるの」エセルが報告した。

「ほんとうに困ったものだわ。少しは考えればいいのに」彼女は一枚の写真に見入った。

「そうよ」最後にいった。「これにまちがいないわ」彼に写真を見せた。

彼は下のキャプションを読んだ。「ありがとうございました」いうなり棒をつかむと外へ飛びだしかけ、約束を思い出した。後戻りして二十五ドルの小切手を切った。

「なんてヘンな人なの」エセルは手の中の小切手を見つめながらいった。

もう一人の女性がうなずいた。「ドアから何が飛びこんでくるか、わかったもんじゃないわね」

彼の次の立ち寄り先は警察本部ビルだった。二重駐車はしないことにして、二ブロックほど先にスペースを見つけた。ラファティの部屋に入ったときには、息を切らしていた。

警部は書類の山のあいだから彼をのぞいた。「何か貸しでもあったかな――」

フェニモアは棒切れをその山の上に投げ出した。

「何だ、こいつは」

フェニモアは話した。

「驚いたな。じゃあ、逮捕できる」

「まだそこまでは。明日まで待ってくれないか。完全な自白が取れると思うんだ」

「それは危険だ」

「うまくやれるさ」

「応援を頼んだほうがいい」

「必要なら、きみに電話するから」

「どうも気にいらんな」

「じゃあな」彼はもうドアの外だった。

ラファティはフェニモアが残していった棒切れを調べた。好奇心が満たされると、丁寧に袋に入れてラベルを貼った。裁判になれば、これは間違いなく重要な証拠物件となるだろう。


盛りだくさんだった一日が過ぎたその夜、フェニモアはできればすぐに眠りたかった。だがまだ『合衆国とカナダの有毒植物』に読まなければならない個所がある。セイヨウキョウチクトウの個所を開いた。

セイヨウキョウチクトウ（ネリウム・オレアンダー）は二十フィートほどに達する常緑低木あるいは灌木で鑑賞用に植えられ、地中海地方に自生する……

フェニモアの目がすばやくページの下に動いた。

セイヨウキョウチクトウは全体に激烈な毒性があり、生の状態でも乾燥しても、あらゆる種類の家畜、人間に有害である。馬や牛の場合、その体重のわずか〇・〇〇五パーセントの葉の摂取で死にいたることがわかっている……人間にとっては一枚の葉が致死量と考えられるだろう。セイヨウキョウチクトウの枝に刺して炙った肉で人の生命を奪うということは昔から繰り返し行なわれたことで、戦時にはときとして大量殺戮にも利用された……

38

十一月十日　木曜日、午後六時

ウィンタベリー博物館のドアは閉じられていて、ドアのむこうで大変革が行なわれている気配はまったく感じられなかった。あまりにもしんとしているので、日をまちがえたのではないかと思ったくらいだ。だが、そっとノブをまわすと、フェニモアはいきなり甲高いおしゃべりと、科学とは無縁の匂いの混合物とに迎えられた。溶けたチーズとマッシュルームの匂いがベーラムやシャネルの匂いと競いあっている。高価な服に身を包んだゲストが空間のすみずみにまであふれ、ありとあらゆる場所を花が覆いつくしている。心肺装置から菊が飛び出し、巨大大腸陳列ケースの上でヒャクニチソウがはじけ、気管支鏡による展示ケースのまわりは観葉植物の数々で埋まっている。女性委員会のメンバーの残業の成果だ。ホルムアルデヒドの刺激臭や、敬愛すべき図書館の静寂や埃は、すっかり影をひそめていた。すみからすみまで掃除機がかけられ、どこもかしこもピカピカだ。パッとしないものがあるとすれば、それは会話だった。「思ってもみなかったわよ、彼女が再婚するなんてね……」「ワトスンが所長に任命されたんだってよ……」「じゃあ、きみはついになりふりかまわずあのヨットを買ったわけか……」

フェニモアはバーはないかとおそるおそる部屋を見まわした。それは〈ヴィクトリア時代の診察室〉の中にあった。マホガニーの診察台のむこうで、手際のいい白上着のバーテンダーが飲み物を作っている。彼は人ごみのゆるすかぎり急いでそっちへ進んだ。近づいていくと、ネッド・ハードウィックの幅広い背中が目に入った。外科医はふりむいてフェニモアに声をかけた。「よう、来たね、フェニモア。忘れてるんじゃないかと、心配してたんだ。何を飲む？ わたしは今夜は禁酒だ。ちょっと胃がむかついてね」彼はレモンの切れ端をうかべたペリエのグラスを見せて説明した。

「スコッチの水割りをお願いします」

ネッドがバーテンダーに注文を伝えた。

「大盛況ですね」フェニモアがいった。「レセプションはいつもこんなに出席者が多いんですか」

「まあ、今回は特別だろうな――博物館の開設百周年記念だしね。それに、もちろんふだんはここではやらない。表のホールに集まるのが慣例だ。それでもけっこう盛会だよ。きみももっと出席したまえ」

「花がすばらしいですね」

「ああ、女性委員会が総出でね。今年はポリーが会長だから」

「彼女の仕事だとわかりましたよ。どこにいらっしゃるんです？」

「ええと、いろいろ準備があって、つい暮方までここにいたんだが。もう仕事が終わったんだろう。家に帰るとくたくたで、ベッドに直行さ……」彼の目がかすかに揺らいだのを見て、ポリーは彼のために席をはずしたのだろうとフェニモアは察しをつけた。

「それは残念です」ぐっとスコッチを流しこんだ。

元気ではちきれそうな若い二人づれがネッドの前にすすみ出た。「ハードウィック博士、妻のナンシーをご紹介します」

ナンシーはネッドの手を握った。「ああ、ハードウィック博士、先生のことは彼からたくさん伺っています」

フェニモアは失礼して（彼がその場を離れたのにだれも気づかなかったから、失礼する必要もなかったが）、通りかかった盆からキュウリのサンドイッチをつまんだ。白い上着の青年たちがいたるところを走りまわって、シャンペンのグラスやみずみずしいオードブルをすすめている。フェニモアは飲んだり齧ったりしながら、部屋を見まわして顔見知りを探した。いた、いた、心肺装置にもたれているのは医学部の同級生だ。フェニモアに負けず劣らず、場違いで居心地悪そうにみえる。客やウェイターやその助手たちを避けながら、彼はそっちへ進んだ。「ピート?」彼は相手の腕に手をかけた。「アンディか?」彼は救命いかだにつかまるようにフェニモアの手をにぎりしめた。それから二人はアルコールとキュウリのサンドイッチを異常な勢いで摂取しながら、楽しげに追憶の海へと漕ぎ出していった。

　診療所へ場面をもどそう。この少しあと、ホレイショが部屋に駆けこむとドイル夫人はまだ残業をしていた。「ドクはどこ？」

「知りたがる人でもいるの」

　彼はこわい顔をした。たった今、フェニモアの〝未決書類〟のトレイにピンクの伝言メモを見つけた彼は、〈冗談につきあう気分ではなかった。メモにはこうあった。〈アップルソーン博士に電話されたし。血清の件について。大至急〉

　ドイル夫人はカレンダーに目をやった。「いまごろは、フィラデルフィア内科および外科医協会のそれはそれは華やかなパーティに出席しているはずよ」

「場所はどこ？」

「十八丁目とウォルナット・ストリートの角」

「ああ、あれか。あそこなら知ってる」

「知ってるの」ドイル夫人はびっくりした。

ホレイショは開けていたファイルキャビネットをばたんと閉め、革ジャケットに手をのばした。

「まさか行くんじゃないでしょうね」

「ドクに会わなきゃ」

「でも先生は、緊急事態でないかぎり連絡しないように、とわざわざ指示していったのよ」

「まさに緊急事態なんだよ」

「あんた、具合悪いの？」彼女は心配そうにちらと彼を見た。

彼は首を振るなりドアへと駆け出した。

「お待ち……」

だがすでに彼は消えていた。


大きな、アカデミックな丸い時計が八時十五分を指している。装飾係がパーティのために花やシダで変装させることができなかった唯一のものが、この時計だった。フェニモアは三杯目のスコッチと五つ目のサンドイッチを口に運びながら、彼がほかの医学生と一緒にやったバカ騒ぎの話で連れを楽しませていた。ウッドランド・ストリート四十二丁目で路面電車めがけて水入りゴム風船を投げつける、といった悪ふざけだった。話がクライマックスに近づいたとき、白上着のウェイターがまた一人、彼の鼻先に盆を突き出して残ったクレソンだけのサンドイッチをぜひ試してほしいと強くすすめた。サンドイッチはなんとなくひからびた感じで、切り口も干からびていたが、このころには緊張もほぐれて空腹になっていたフェニモアは、やすやすと勧めにのった。それをポンと口に入れた。そうしながら、部屋のむこうからじーっとこっちを見つめているネッドの視線に気がついた。行儀作法に問題があったのかな？　こういう格式ばったところへは長らくご無沙汰していたからな。彼はゆったりともたれていた心肺装置から上体を起こし、ネクタイがちゃんとしているかどうか襟元に手を触れた。おれの話は、どうもさっきほど生き生きしていないようだ。それでも連れがすごく喜んでくれるし熱心にせがむので、彼はまたべつの話を始めることにした。だがひと言ふた言しゃべったところで、彼の目があたりをうろうろしている給仕見習いに釘づけになった。双子といってもさしつかえないほど、ホレイショと瓜二つではないか。用心深く、フェニモアは自分のスコッチを見つめ、グラスを置いた。前にも一度、飲みすぎたときに物が二重に見えたことがある。無礼講の同窓パーティから帰宅する途中、月が二つ見えたことがあったっけ。過剰なアルコールによって脳幹が影響を受けたためと、自己診断をくだしたものだった。だが、存在すらしない者が二重に見えるというのは？　しかも急用らしくこっちへやってくるのは何者だろう？

「ドク、話があるんだ」

「どうやってここへ入った？」

フェニモアの友人は礼儀正しくその場を離れた。

「それに、どこでその衣裳を手に入れたんだ？」彼は白上着を指していった。

「盗んだのさ」

「そりゃあいい」

ホレイショは彼のうしろにちらっと目をやった。「話があるんだ」

フェニモアは肩に手が置かれるのを感じた。「だいぶ人が減ってきたな」ホレイショを無視したネッドだった。

フェニモアは見まわした。人がまばらになっている。バーテンダーは飲み残しのボトルをカートンにしまいはじめている。ウェイターとボーイたちは部屋のすみずみから汚れたグラスをさげたり、皿を重ねたりしている。ホレイショ以外は。

「きみに見せたいものがある」ネッドはフェニモアの肩に手をかけたまま、部屋の反対側の、人間の頭蓋骨を陳列した長いガラスケースに連れていった。ここは今夜のためにライトアップされている。ホレイショは二人についていった。ネッドが急に彼をふりむいた。「おまえは仕事があるだろう」

ホレイショは得意の目つきでにらんでみたが、この外科医には通用しなかった。すでに陳列ケースにむきなおっていたのだ。「これを見てごらん」彼はほとんど歯のない頭蓋骨を指さし、下のカードを読みあげた。「〈船員。マルタ沖で短剣に刺されて死亡。一八一六年〉それからあれだ。〈トランシルヴァニア出身のマジャール人。脱走兵でゲリラに加わり、絞首刑に処せらる。一八六一年〉」

フェニモアはおとなしく従った。ネッドは頭蓋骨案内を続け、フェニモアはホレイショを探したが、姿はなかった。ネッドは頭蓋骨案内を続け、フェニモアはこの忌まわしいカードを、逐一読んで聞かせるつもりなのだろうか？　足がぐにゃぐにゃで、頭痛がする。明日の二日酔いがひと足早く始まったにちがいない。ネッドは単調に読みつづける。フェニモアはこっそり時計を盗み見た。八時半になるところ。この宴会は八時にお開きのはずじゃなかったっけ？

「それからあれだ。〈強盗。フランス警察の手によって射殺。一八六二年〉暴力に優先順位はなさそうだね、どうだ、フェニモア君？」

「うー」というのがフェニモアにできた最高の返事だった。アルコールのせいか連れのせいか、吐き気に襲われていた。ケースの中の頭蓋骨は目の前で老化していくようにみえる。象牙色だったものが、しだいに紫がかった黄色に変色していく。肩越しにふりかえった。最後の客もいなくなっている。バーテンダーも、ウェイターも、ボーイもいない。ホレイショも影も形もなくなっている。話があるといっていたが、何だったのだろう？

「こいつを見るんだ」ネッドはケースに沿ってさらに進んだ。

ついていこうとして、フェニモアはよろめいた。

「おやおや」ネッドはニヤリと笑った。「すっかりスコッチがまわったらしいな」

フェニモアはそっとガラスケースに寄りかかった。どの頭蓋骨にもまばゆいばかりの黄色い後光が射している。「めまいが……酒が……」

彼が爪でガラスを引っかきながら膝から崩れ落ちるのを、ネッドはじっと見守った。顔に驚きの表情をうかべて一瞬動きを止めたと思うまに、彼は横様に床に倒れこんだ。

ネッドは動かなくなった彼の体を見おろしながら、しばらく様子をうかがった。それから屈みこんで彼のポケットをさぐりはじめた。目当てのものが見つかったらしい。キーの束だ。それを手に取るとドアへむかった。立ち去りぎわにふりむいてささやいた。

「わたしが一人息子をインディアン女と結婚させるなんて、本気で思ってたのかね、フェニモア？」

39

木曜日の晩の少し後

〈PSPS〉の玄関ホールはがらんとしていた。小さなグリーンの笠のスタンドがひとつ、受付デスクに灯っているだけ。ハードウィックのゴム底靴は寄木細工の床の上を音もなく進んだ。彼は重いドアを開けて外に出た。ドアは彼のうしろでどっしりした音をたてて閉まった。

十八丁目には人影もない。彼は鋳鉄の門を出て右に曲がり、スプルース・ストリートにむかって歩き出した。腕を絡ませた若い二人連れとすれちがった。彼は顔をそむけた。もう一度右に曲がって三ブロック歩けば一五五五番地だ。表に面した窓はみんな暗かった。大理石の階段を三段あがり、懐中電灯で鍵束のどのキーが玄関のキーかを調べようとした。合いそうなのが二つある。最初のを急いで鍵穴にいれようとしたとき、束ごと落としてしまった。大理石の階段でガチャンと音をたてた。彼はまわりを見まわした。

幸いにして、警邏の巡査は今日はもう通ったあとだった。もう一度試みた。合わない。二つめのキーで、ドアは簡単に開いた。中に入ってそっと閉め、玄関に立って耳を澄ます。奥の部屋のスタンドの明かりが、かすかに廊下にもれている。診察室だろうか？しかし、明かりがついているからといって、人がいるとはかぎらない。よく明かりをつけっぱなしにしておく人間がいる――テレビやラジオまで――泥棒に留守ではないと思わせるためだ。彼は控え室のドアを少し開けた。ドアが軋んだ。

「先生なの？」明かりのついた部屋から女性の声がした。「先生に聞いてから、この書類を片づけてしまおうと思って、お待ちしてたのよ」

ハードウィックはホールのクローゼットに飛びこんで、そっと扉を閉めた。聞こえるのは自分の息の音だけ。彼女は空耳と判断して仕事にもどったのだろうか？　彼は細く扉を開けた。

「ニャオゥーーー」

「サール？　おまえなの？」

「フゥーーー！」

彼は扉を閉めた。

椅子の脚がうしろに引かれるキーッという鋭い音。やわらかいゴム底靴が床を踏む音。看護婦の靴だ。

「どうしたのよ、猫ちゃん」彼女の声が近くなる。

猫が耳を伏せ尻尾をピクピクさせて跳びかかろうと体を丸めている様子が、目に見えるようだ——クローゼットの扉をにらんで。看護婦——おそらくこれもクローゼットをにらんでいる。彼は飛び出そうとノブをにぎりしめた。

鍵がまわる音がした。

彼はノブをガチャガチャやった。

ぱたぱたというすばやい足音が走り去っていく。彼は肩で扉にぶつかった。

「九一一ね？　家宅侵入です」

彼は扉を叩いた。

「フゥーーー！」

「スプルース・ストリート、一・五・五・五番地。急いでね」

彼はドアを叩いたり蹴ったりした。

ヴィクトリア時代の建物が堅牢なことをよく知っているドイル夫人も、祈らずにいられなかった。

40

同じ木曜日の晩のもっと後

ホレイショは隠れていた心肺装置のうしろから顔をのぞかせた。最初は照明を当てられた頭蓋骨の列しか見えなかった。ハードウィックが出ていくときに明かりを全部消したのだが、陳列ケースの中だけはスイッチを切り忘れたのだ。

「ドク？」

じっとりと重苦しい沈黙。

手探りで巨人と小人の入ったガラスケースをまわりこむ。ピンだの魚の骨だの突起のある金属片だのが詰めこまれたキャビネットにぶつかった。足が何かに触れた。下に顔を近づけた。「ドク！」

夢中で電話はないかと見まわした。ドアから飛び出したが、危うくうしろでドアが閉まりそうになる寸前に、スニーカーを片方脱いでドアと竪枠《たてわく》のあいだにはさんだ。二跳びで受付のデスクの電話に手が届いた。

「九一一？ 緊急事態なんだ。十八丁目のスプルースとウォルナットの中間。しゃれた門のあるでかいレンガの建物。薬物中毒の人がいるんだ。いや、ヤクなんかじゃない。FABをもってくるよう伝えてくれ。ちがうよ、洗剤じゃない。F－A－B。抗体のことだったら、まったく。大至急だよ！」

41

十一月十三日　日曜日

　フェニモアが目を開けると、みんながベッドを取り囲んでいた――ジェニファー、ラファティ、ドイル、それにホレイショ。いないのはサールだけだ。みんなこっそりサールを抱いてこようとしたのだが、探しにいったとき彼女は見つからなかったのである。

「何があったんだ？」彼は一人一人に目をむけた。頭は、叩き割られて中身を引きずり出され、それをかき混ぜてからまた中に押しこまれたような、そんな感じだった。

「おまえが最後に一個食った薬物サンドが余計だったんだよ」ラファティがいった。

「新しい中身のサンドイッチよ」ジェニファーが説明した。「マヨネーズであえたセイヨウキョウチクトウの葉っぱの」

　フェニモアはうめいた。

「だから、食生活を変えなければだめ、といったでしょう」ドイル夫人が厳しく口をはさんだ。

「これからはマヨネーズは遠慮するよ」彼はいった。

笑顔がベッドのまわりに広がった。こんなに弱ってもジョークをいっている。少し気分がよくなったにちがいない。

彼は大きな花籠が視界をふさいでいる窓に目をむけた。みんなが彼の視線を追った。ドイル夫人が籠のわきに添えられたカードを摘んで読みあげた。〈すっかりよくなったら、お電話ください。ガラス瓶をいっぱいにして待ってるわ。マイラ〉

二人の女性はかすかに困惑の表情を見せた。

「きっと、二人だけのジョークなのね」ドイル夫人がいった。

「きっとそうよ」ジェニファーが相槌をうった。

フェニモアはそしらぬ顔でニコニコしながらたずねた。「ぼくはいつからここに?」

「三日前からだ」ラファティが即座に答えた。「一日目に不整脈を排除し、二日目に心臓の微振動を改善し、三日目におまえは昏睡から覚めたわけだ」彼は心臓医学の特訓コースの成果を披露せずにいられなかった。

フェニモアは体を起こした。「ハードウィックは逮捕したのかい?」

ラファティはドイル夫人を見やった。「彼女のおかげでね」彼女のすばやい判断――クローゼットに鍵をかけるという――がいかに彼の逮捕を容易にしたかを説明した。

全員が――ホレイショまでが――ドイル夫人に尊敬のまなざしをむけた。

「あなたはこの事件には興味がないと思ってたんだが」フェニモアがいった。

ドイル夫人は顔を赤らめた。「じつはね、サールがいなかったら……」そういって逮捕に猫がひと役買ったことを話した。

「しかし、どうやってぼくはここにきたんだろう？　ぼくを見つけてくれたのは誰なんだい？　無数の頭蓋骨がニヤニヤする中で床に倒れこんだのが、ぼくの最後の記憶なんだけどね」

みんなの目がホレイショにむいた。

「こいつがいてくれなかったら、おまえは今ごろ六フィートの穴の中だ」ラファティがいった。「話してやれよ、坊主」

フェニモアの掛け布団から目をあげようともせずに、ホレイショは聞きとれないほど低い声でぼそぼそと救助のいきさつをつぶやいた。そのあいだじゅうドイル夫人が妙に甘ったるい顔つきで彼を見つめているのに、フェニモアは気がついた。意識を失っているあいだに、事態は変化したらしい。

ホレイショの話が終わると、フェニモアは静かにいった。「ありがとう、ラット」白衣を着て首から聴診器をさげた、成人したホレイショの姿がフェニモアの頭をかすめた。

「FABが必要だなんて、よくわかったね」

「ただのカンだよ」彼は肩をすくめた。「あの年寄りの太った医者がウェイターに皿を渡して〝あそこにいる友人がこれを欲しがってるはずだから〟といってるのを見たんだ。ウェイターはびっくりした顔をしながら、皿を受け取ってた。それがどうも気にいらなくてさ」

「なあ、ラット、ぼくは拳で襲いかかってくる暴漢にはちゃんと用心してたんだよ。しかし、いつのまにか毒を盛られるとはなあ」彼は目を閉じた。

「でも、犯人は女じゃなかったわけよね」ジェニファーが茶々をいれた。

フェニモアは目を開けて微笑んだ。両性間の戦いはまだ続いている、なんてありがたいんだ。それは彼がまだほんとうに生きているという証拠だった。彼はラファティに顔をむけた。「もうひとつ知りたいことがある。ハードウィックはぼくの診療所で何を探してたんだろう？」

警官はニヤリとした。「スウィート・グラスの血清だよ。どうやら、おまえのお友達のアップルソースが――」

「アップルソーンだ」

「とにかくそいつがだ……彼女の血清の一部がなくなっていることに気がついた」

「いったいどうして？」

「アップルバターのとこでは毎朝研究室のサンプルの量をチェックするのが日課なんだ。

スウィート・グラスの試験管の分量に何ミリリットルかの誤差があるとわかって、彼が病院で大騒ぎしたもんだから、ハードウィックの耳にも入ったんだな。ハードウィックはもちろん、推理を働かせた——そしておまえにたどりついた」

「ぼくがサンプルをきみに送ったなんて、彼は知る由もなかったわけだね。きっとまだうちの冷蔵庫に保管されているだろうと考えたんだ」フェニモアの気分はだいぶよくなっていた。

「さて今度はこっちが聞きたいんだが」ラファティがいった。「あの気の毒なホームレスはどうからんでるんだね？」

「ああ」ベッドのまわりで耳を傾ける聴衆にホームレスの男の役割を説きあかす段になって、フェニモアは彼の真骨頂を発揮した。「ハードウィックは〝汚ない仕事〟に〝ジョー・スミス〟を雇ったんだ——墓穴を掘り、ヴァンを借りて運転し、死体を埋める、という仕事のためにね。彼はラナピ族の埋葬方法のことまで調べていた。だが、ジョーは穴は掘ったものの、暗くなるまでは死体を埋められなかった。ホレイショとぼくが猫を埋葬するためにそこに姿をあらわしたのは、その待ち時間だったんだね。そのときぼくはヴァンを見て、機械的にナンバーを記憶したんだが、そのことはずっとあとまで忘れていた。ヴァンは掘った穴を隠すために上に停めてあったにちがいない。運転手の姿はみえなかった。

ぼくが心臓部会の会議に出、ホレイショが家に帰っているあいだに、ジョーはスウィート・グラスを埋めた。彼は、ハードウィックからラナピ族式にやるように指示されていたはずだ。それからジョーはヴァンを〈バジェット・レンタカー〉に返しにいった。おそらくその後どこかで、ハードウィックから金を払ってもらう手はずになっていたんだろうね。しかし彼は契約以上のもの――ハンバーガーかホットドッグにうまく仕こまれたセイヨウキョウチクトウの葉っぱ――を受けとってしまった」

「じゃあ、おまえを殴ったのはだれだ？」ラファティが訊いた。「ジョーが立ち去ったあとでおまえが現場にもどったんなら」

フェニモアはしばし無言で考えこんだ。「確証はないが、ハードウィックだと思うね。賭けてもいいが、彼はジョーがちゃんと仕事をやったかどうかたしかめるために埋葬地にもどってきたんだよ。外科医というやつは、往々にしてそういう衝動に駆られるものなんだ。そしてなんとなんと、死体を埋めた墓のすぐそばにこのぼくの車が停まっているのを発見したわけだ。彼はパニックに襲われた。外科医もたまには冷静さを失うことがあるからね。ぼくに見られるのではないかと恐れて、彼は手近な武器――ぼくのシャベルだが――それをつかんでぼくを殴り倒した」

聴衆はその劇的なシーンを頭に描きつつ、敬意にみちた沈黙を守った。

「たぶんハードウィックは何らかの口実を作ってバーベキューパーティを抜け出し、スウィート・グラスの跡をつけて病院まで行ったはずだ」フェニモアは続けた。「彼にはいずれ彼女が倒れることはわかっていた。道端か、病院でか、それとももっとあとかは予測できなかった。彼は毒が効いてくるまで、できるだけ目立たぬように彼女を尾行しなければならなかった。彼女が病気の友人を見舞うあいだ様子をうかがっていて、彼女が救急治療室《ER》から出てきたとき声をかけたにちがいない。ネッドはその気になれば非常に説得力や魅力を発揮できる男だからね。家まで送っていこうと申し出て、彼女がそれを受け入れたのかもしれない。そのころには彼女はそうとう気分が悪かったはずだし。彼は毒がすっかりまわるまで彼女を車に乗せてまわった。それから遺体をジョーに引き渡して始末させたんだ」フェニモアは疲れ切ってぐったりベッドにもたれた。

友人たちはそれぞれの思いにふけりながら沈黙を続けた。

「ある点までは、ハードウィックの計画はみごとだった」フェニモアは体を起こした。「スウィート・グラスに毒を盛ってそのままにしておけばね。彼女がどこで死んでも、あらゆる可能性からいって——心臓の既往症があるわけだから——死因はファローの四徴症による合併症ということになっただろう。だがハードウィックは、外科医の御多分にもれず神経がこまかい。異常なほど念には念を入れた。しかも彼の少数民族への嫌悪感は根深かった。万が一にも彼女の死体が発見された場合、その責めがもう一人のラナピ族、つまり彼女の兄の〝唸る翼《ロアリング・ウィングズ》〟にむけられるようにしておかない法はない。

というわけで、ラナピ族の墓地と伝統的な埋葬方法が選ばれたんだね」フェニモアはかつての仕事仲間の邪悪な本性に圧倒されて、ちょっと口をつぐんだ。「ただスウィート・グラスがERに行ったことは、彼も予想外だったろう。彼は不意打ちを食らい、計画に狂いが生じた。ジゴキシンの検査でセイヨウキョウチクトウの配糖体が検出されることはわかっていた。だから彼女がいなくなってから、彼は彼女の血清サンプルを盗み出さなければならなかった。そしてそれをやりとげたんだね。どうやってかはわからないが」

「ただ外科医の上着をひっかけて、てんやわんやの最中に入っていってそ知らぬ顔で盗んだのかもしれんな」ラファティがいった。「緊急治療室は修羅場になってることがあるからね」

「きみのいうとおりかもしれない」フェニモアはいった。「当直の看護婦が、あの晩はごった返していたといってたよ。しかし、血清の一部がアップルソーンの研究室に送られたことは、ハードウィックもまったく知らなかった。ここにチャンスの入りこむ余地ができ、彼の破滅の元となった。自分を破滅させることのできる証拠をぼくがにぎっていると知って、彼は逆にぼくを消すしかなくなったんだ」

ちょっと間をおいてから、フェニモアはいった。「ぼくが理解できないのは、なぜスウィート・グラスがあんなに慌てて緊急治療室を出ていったか、なんだ。もし残って抗体を打ってもらっていたら、彼女は今も生きていたかもしれないのに」

「なぜかわかるわ」

全員の目がジェニファーにむいた。

「ただ嫌だったのよ。スウィート・グラスはすぐ治療してもらいたくてERに行ったの。でも入院させるといわれて、彼女はパニックになった。一度入院すれば、総合的な検査を受けなければならないことはわかっていた。何日もかかるかもしれないわ。ということは、結婚式が延期されてしまうってことよ！　それが耐えられなかったんだわ。こんなに間近になってから。しかも長いあいだ待ったあげくに」

フェニモアは天井の一角に目を凝らした。

「だから彼女は危険を冒したの」ジェニファーは続けた。「病院を出てひと晩ぐっすり眠れば症状が軽くなる、と思おうとした」

「無責任もいいところだ」フェニモアがつぶやいた。

「おまえは結婚を目前にした花嫁になったことがないだろう」ラファティがたしなめた。

「おれにはうなずける話だな」

「わたしもそう思う」ドイル夫人が賛成にまわった。

ホレイショはこの話題にはなにもいうことがなかった。

「彼女の車はどうなんだ？」フェニモアは急いで話を変えた。「ハードウィックはどうやって処分したんだろうか」

「そりゃあ、簡単さ」ラファティがいった。「彼は車を北フィラデルフィアの中心部まで運転していって放置した、と供述している。あれはしゃれたトヨタの小型車だった。背中をむけたとたんにだれかが盗んでくれるにちがいないと、彼は思ったそうだ」

ホレイショがもっともらしくうなずいた。

「彼はどうやって文明人にもどったの」ドイル夫人が聞いた。

「ジョーにヴァンでついてこさせて、彼がヴァンを返してくるまで待った。そのころには暗くなっていた。ハードウィックは公園のどこかでジョーと落ちあい、支払いをして死のサンドイッチを食べさせた。それから病院の駐車場の自分の車を出して家へ帰った」

「まだひとつわからないことがあるわ」ドイル夫人がいった。「もしハードウィックが、あなたが死体を発見したことを知っていたのなら、どうして事件の調査にあなたを雇ったりしたのかしら」

「妻と息子からぼくに依頼するようせっつかれたんだ。それを拒めば、怪しまれるかもしれない。それに、ぼくがすでに事件に関わっていることを知った彼は、雇っておくほうがぼくから目を離さずにいられて好都合だと判断したんじゃないかな。ずっとぼくを監視していたにちがいないよ」

「あとひとつ」ジェニファーがいった。「どうしてハードウィックは、有罪の証拠になるセイヨウキョウチクトウの枝を燃やしてしまわなかったの？　それがなければ、事件は成立しなかったでしょ」

「燃やそうとしたんだよ」ラファティがいった。「でも燃えなかった」

「当然さ」フェニモアはベッドに起きあがった。「ポリーのセイヨウキョウチクトウから切ったばかりの枝だからね。ほかの串は何週間も地面に放置されてカラカラに乾いていたのに、それだけはまだ枯れずに青々としていたんだから」

「そのとおり」ラファティがいった。「しかもあいつは高慢ちきな野郎だから、自分の敷地の自分のコンポストの穴に埋めておけば、完全に安全だとたかをくくっていたんだろう。そんなものをだれが見つけるというんだ？」

「超人探偵アンドルー・B・フェニモア、その人であります」ジェニファーがベッドの足元から彼ににっこりと笑いかけた。

フェニモアは急に回復の兆しを感じた。

看護婦がドアから首をのぞかせて眉をひそめた。「どうやってそんな大勢で入ってきたんです」突慳貪《つっけんどん》ないい方だった。

「みんな言い逃れの名人なんだよ」フェニモアはいった。「ぼくならこの連中のいうことは絶対信用しないんだけどね」

「一度に二人が規則です。先生がお疲れにならなきゃいいけど」看護婦はホウキを振りまわすに劣らぬ目つきで彼らをドアのほうへ押し出した。

「今度はサールを連れてきてくれ」と彼はみんなのうしろ姿に呼びかけた。猫がいなくなったことだけが、彼の唯一の気がかりだった。


二日後、警部ラファティさしまわしのパトカーでフェニモアが自宅に帰ると、友人たちが待っていてくれた。だが、彼らは彼を出迎えに駆け出してきたわけではなかった。彼が小さな外泊用のバッグを手にして、弱った体でふらつきながらドアから入っていったときも、家の中はしんとしていた。

「ヤッホー？　だれもいないの？」

「シーーーッ」家の奥から制止する声が聞こえた。

静寂に怯えつつ、彼は抜き足差し足で洗濯室のほうへと進んだ。そこには、膝をついて輪になり、真中のある一点にじっと目を凝らしているジェニファーとドイル夫人とホレイショの姿があった。

彼は咳払いをした。

ジェニファーが顔をあげて微笑んだ。「見て」

彼は見た。

彼らの輪の中心には、消えたと思った彼の寝室用スリッパがあった。スリッパにくるまれているのは、まだ目の開かない生まれたての三匹の仔猫だった。彼らの輪のまわりを、サールが毛を逆立てて歩きまわっていた。

42

十一月下旬のある土曜日

「ラナピ族は魂が二つあると信じているんだよ」フェニモアはジェニファーに説明した。「真実の魂と血の魂と。ラナピ族の医者の中には、ほんものの魂が火花とか小さな人型《ひとがた》となって肉体から飛びたつのを見た、という者が何人もいるんだ」

彼女は彼をまじまじとながめた。

「真面目な話」

彼は彼女を乗せて、なめらかで平らな道路をラナピ族居留地へと車を走らせていた。キシンウィカオン、つまり大きな儀式が行なわれようとしているのである。キシンウィカオンは、ラナピ族が母なる大地を祝い創造主に豊かな実りを感謝する儀式なのだ、と彼女には説明してあった。お祝いは十二日間続く（全行程に参加するつもりはないことは、急いで彼女に約束した）。その年にあった誕生、死、武勇といった重大なできごとも同時に記憶にとどめられる。スウィート・グラスの死もそんなできごとのひとつだった。この儀式は一九二四年を最後に行なわれなくなっていた。〝唸る翼《ロアリング・ウィングズ》〟が伝統を復活させようと計画したのだ。式典の最初の部分は〝甘い草《スウィート・グラス》〟に捧げるもので、〝唸る翼〟はフェニモアとテッドを招いていた。そこでフェニモアはジェニファーを誘ったのである。テッドにも、一緒に乗っていかないかと声をかけたが、テッドは自分の車で行くほうがいいと断わってきた。テッドの父親が逮捕されて以来、二人のあいだには当然のことながらわだかまりができてしまっていた。

「真実の魂は体を離れた後、十二日間、近くを漂っているんだ」彼は続けた。講義をしたい気分になっていた。「それから地上を離れて天の川に沿って旅をし、創造主であるキセルムコンクのところへたどりつく。この創造主は〝われわれすべてを存在させようと考えた方〟として知られているんだよ」

「気に入ったわ」ジェニファーはいった。

「でも、血の魂のほうは、きっと気に入らないよ。そっちは、肉体を離れると黒い玉になり、厄介ごとを引き起こしながら永久に地上をさまようんだ。それに触れると麻痺や脳卒中が起きたり足がきかなくなったりする。ラナピ族はそれを怖がってる」

「そりゃあ怖いわよね！」ちょっと間をおいて、ジェニファーは考えこんだ。「文化がちがうと、魂についての考え方がそれぞれにちがうみたいね。あるアフリカ文化圏の人たちは、写真に撮られることをいやがるのよ。魂が盗まれてしまう、一種の精神的暴行を受けたような感じになる、ってことなのね」

「じつは、ラナピ族には第三の魂を信じる者もいるんだ」

「数は多いほど心強い、っていうし」

「第三の魂は何かに映った彼らの影なんだ。アルゴンキン語の魂という単語は〝シイカンコック〟つまり〝鏡〟なんだよ」

ジェニファーはバッグからコンパクトを取り出し、自分の顔をつくづくながめた。

「ぼくは小さいころにね」といいながら、フェニモアは四十マイルでのろのろ走っているトラックをうまく追いぬいた。「自分の魂はスミス・ブラザーズの咳止めドロップみたいなものだろうと想像してた——透き通った金色の楕円形の玉で、体のどこかに埋めこまれてるんだってね。悪いことをすると必ず、それが少し溶けるような気がした。しょっちゅう悪さをすると、そのうちに完全に溶けてなくなってしまって、死んだとき魂なしでは天国に行けないんじゃないか、と心配したよ」

「最初の解剖のときはどうだったの?」ジェニファーが意地悪く尋ねた。「無神論者になってたの」

彼は微笑んだ。「いや。そのころには考えが変わってたよ」

しばらくは地平線まで広がった草原を楽しみながら、二人は無言で走った。行き交う車もあまりなく、フェニモアはジェニファーの手をにぎることができた。赤や金色の色調はほとんど野原から消えているが、冬の厳しさはまだやってきていない。風景は、だれかが季節と季節のあいだに息継ぎする合い間を作ろうと、ラヴェンダー色のベールですっぽり覆いつくしたかのようにくすんでいる。

ジェニファーはパチンとコンパクトを閉じると、バッグにもどした。「あなたの咳止めドロップって、ステキな考え方ね。胸のすみっこに嵌《は》まっている金色の小さなドロップのことを、死ぬほど心配してるあなたが目に見えるようだわ。チョコレートサンデーや野球の試合が待ってる天国に行けるほど、それが残ってるかどうかってね」

「きみはどうなの」フェニモアは彼女の手をにぎりしめた。「魂《ソウル》のことで悩んだことはないの？」

ジェニファーは声をたてて笑った。「わたしが悩んだソウルといえば足の裏《ソウル》だけよ」放課後はレジの前に立ちっぱなしだったし、週末は家業の本屋を手伝ってやっぱり立ちっぱなしだったのだ。「魂といえば、ハードウィックはどうかしら？　彼に魂があると思う？」ジェニファーは急に現実的な問題にもどってきた。

フェニモアは無言だった。

「人の命を救う仕事を一生やってきた人間が、どうして急に背をむけて人を抹殺したりできたのかしらねえ」ジェニファーはきいた。

「自分を神と思いこむ〝ゴッド・シンドローム〟だよ」フェニモアは手厳しくいった。「そういう医者を何度か見たことがあるけれど、ここまで極端なのは初めてだね。おれに人の命を救う力があるなら、奪うこともできたっていいじゃないか、という理屈だ」

「計算表をつけていたのかもしれないわね。救われたたくさんの命と、奪われたたくさんの命を秤にかけて」彼女は身震いした。「テッドはどうしてるの」

「家族の古巣にもどったよ。今はポリーが彼を必要としてるし、彼も当面は父親の罪を償おうとしている。ぼくは彼にはあまり希望をもっていない。スウィート・グラスこそ、彼のささやかな独立心――と幸せとを支える力だったんだからね」

「ポリーはこの件には何も関係がなかったの？」

「意図的にはね。思いがけなく殺人の凶器を提供することになったけど。彼女はローマ風庭園を造るためにセイヨウキョウチクトウを注文していた」フェニモアは首を振った。「ネッドにはいってやりたいことがひとつある。むろん彼は自分が使う薬のことは知っていただろう。セイヨウキョウチクトウが有毒だというのは常識だが、その毒の特性がジゴキシンと似ていることを『薬理学教科書』から学んだにちがいない」

「〝唸る翼《ロアリング・ウイングズ》〟はどうなの？」

「彼は深い恨みを抱いている。今度の事件は白人にたいする彼の悪意を強めたにすぎない。ハードウィックがやったことを知ったとき、彼はたったひと言〝サアー！〟といったよ」

「つまり？」

「〝恥〟だ」

ジェニファーは溜息をついた。「一歩前進、十歩後退、って感じね。どうしてあなたとテッドを、彼は式典に招待したのかしら」

「それはぼくもまだわからない」

「妹を殺した犯人に正義の裁きをうけさせてくれたことを、感謝してるのかもしれないわね」

「ついに彼も、テッドがほんとうに妹を愛していたんだと信じられるようになったのかもしれない」

ジェニファーはこっそり彼を盗み見た。彼もじつはだれかを愛している……そのことを自覚するまでいったいどのくらいかかるのだろう、と思いながら。

二人を乗せた車はキャンプ・ラナピの開かれたゲートをくぐった。

葬儀の日よりはるかに大勢の人々がその敷地に集まっていた。野原には乗用車、キャンピングカー、トレーラーなどがいっぱいで、三人の男が忙しそうに交通整理をやっていた。ジェニファーとフェニモアは車からおりると、人の流れにしたがって納屋のほうへ歩いた。いくつかの家族がキャンピングカーの外に椅子を持ち出して座り、バーベキューをやりながらパレードを楽しんでいる。両親にやめなさいといわれるまで、車のあいだで鬼ごっこをしている子供たちもいる。木の葉を燃やす（田舎の地域ではまだ許されている）匂いに入り混じって、チキンやポークやビーンズをローストするいい匂いがする。野原の先では最後のウルシやアキノキリンソウが人目を引こうと競いあっている。空は晴れわたってすばらしい秋の一日となっていた。二人が納屋の影に足を踏み入れると、太鼓が鳴り出した。

「すごく大きな納屋なのねえ」ジェニファーは高い屋根とそそりたつ垂木を見あげながら叫んだ。

「じつは納屋じゃなくて」とフェニモアは訂正した。「ラナピ族はこれを〝大きな家《ビッグ・ハウス》〟と呼んでるんだ」

ほの暗い明かりに目が慣れると、踊り手たちの衣裳が見えてきた。娘たちはビーズの冠を、若者たちはビーズの鉢巻をつけている。手首と足首につけられた鈴が、歩くたびにチリチリと音をたてる。彼らは全員、色鮮やかな羽飾りをつけていた。踊り手の何人かが、客と体を擦りあわせるようにして通りぬけていく。フェニモアとジェニファーは待機用のベンチに腰をおろした。

何分かが過ぎた。衣裳を着けた者、着けない者が〝ビッグ・ハウス〟から出たり入ったりしている。太鼓は一定のリズムを刻みつづける。鼓手は家の北の端にある壇の上にいるのがわかった。彼らは深紅に染めた鹿の鬣《たてがみ》をつけている。「闘鶏の雄鶏みたいね」ジェニファーがいった。

ビーズをちりばめた衣裳の女性たちが数人、鼓手のうしろに集まって高い声で歌いはじめた。建物の両端に掘られた大きな穴の火を、少年の一群が煽りたてる。立ちのぼった煙は、屋根の二つの穴から流れ出していく。やがて整然と列をなした人々が入ってきて、男は片側に女は反対側に並んだ。フェニモアは自分がまちがった側にいることに気がついた。反対側に移ろうとする前に、〝唸る翼《ロアリング・ウイングズ》〟が彼を見つけて近づいてきた。彼は葬儀のときと同じ、手のこんだ衣裳をつけていた。

彼は重々しくフェニモアの手をにぎり、問いかけるようにジェニファーに目をむけた。フェニモアは彼女を、書店をやっていてライターでもあると紹介した。「彼女はラナピ族について本を書こうと考えてるんだ」

「ようこそ」彼は愛想よくいった。「ラナピ族について書かれたものはあまりありません。西部のインディアンをあつかった本がほとんどで」彼はフェニモアをふりむいた。「来てくださってうれしい。あなたにはっきりさせたいことがあったんです」

「なんだろう？」

「あなたが妹を発見した場所だが」

「古い墓地のことだね」

「あれは墓地ではない。〝ワセチュス〟のあいだで一般にそう信じられているだけで。あれは露営地です。もう一度、契約書を見なおしてください。あなたに話を聞いて直感したんです。犯人は白人だと」彼は間をおいた。「儀式の始まりが、妹を弔うための踊りです」彼はそういうと、果たすべき役目のためにその場を離れた。フェニモアはポカンと口を開けたまま、彼を見送った。

「すごく印象的ね」ジェニファーがささやいた。「あの眼……」

「ああ」フェニモアはわれに返ってうなずいた。「真っ先に注意を引かれるのがあの眼だ」

「わたしが本を書くって、どういうこと？」

彼は肩をすくめた。「きみがここに来た理由が何か必要だろう」

「まあ、悪い思いつきではないけれど」彼女は考えこんだ。

フェニモアは彼女を残し、〝ビッグ・ハウス〟の反対側にいる男たちのほうへ近づいていった。

焚き火と焚き火のあいだではさらに何かが行なわれているらしく、非常に手のこんだ衣裳のラナピ族の男女が輪になっていた。フェニモアはテッドの姿を探した。彼が最初の踊りを見逃しては残念だ。歌声が高くなった。輪の中の人々がそろって足踏みをはじめ、足首の鈴の音が大きくなった。彼らはゆっくりと時計と反対まわりにまわりはじめる。一周するたびにはずみがついてくる。

テッドはどこだろう?

羽飾り――鮮やかなピンク、紫、黄色、緑の羽飾りが炎に照り映える。歌声は最高潮に達しつつある。踊り手はくるくると身をひるがえし、速度を増しながら手足の鈴を鳴らす。一瞬、フィラデルフィアの有名な新年のパントマイムのことを思った。突如として中の一人が空を舞い、また一人、また一人とその後に続いた。彼らの羽飾りが色とりどりに滲んで渦をまいた。

ジェニファーの目はその光景に釘づけだったが、フェニモアは〝ビッグ・ハウス〟の暗がりを探し、ついに見覚えのある姿をとらえた。入口近くで炎と踊り手たちにじっと目を注いでいるテッド・ハードウィック。その顔は輝いて、幸せそうにさえみえた。

訳者あとがき

最近、新聞やテレビで報じられる犯罪の凶悪さ、異常さ、そして幼児虐待に象徴される弱いものいじめの病理に胸を痛めている方々――フィクションの世界でまで、そういった残忍な犯罪とお近づきになるのはさし控えたいという方々――しかしそれでもまだ、人間の悪行を素材にしたミステリを楽しみたいという方々。そんな方々にうってつけの作品が、本作『フェニモア先生、墓を掘る』（*The Doctor Digs A Grave*）である。

一九九八年度マリス・ドメスティック・コンテストの最優秀作品となった本書は、古都フィラデルフィアで小さな診療所をひらく医師兼探偵のアンドルー・フェニモアが事件を解決する物語で、著者ロビン・ハサウェイのデビューは各紙誌に盛大な拍手をもって迎えられた。たとえばカーカス・レヴューには、こうある。

医学的専門知識と複雑なプロットがたくみに料理された、肩のこらない魅力ある読み物。次作が期待される。

フェニモアは四十になろうという独身の心臓医だが、患者よりも経済が優先されがちな大病院の医療にあきたらず、父の代からの診療所をまもり、昔ながらの往診をつづけている。患者に入院が必要になったときの引き受け先を確保するために、大病院にも籍はおいているが、名誉や金にばかり関心の強い同僚とはどうもウマが合わない。そんな彼がある日、死んだ猫を埋める場所がなくて困っていた少年に声をかけたことから、事件にまきこまれることになる。

彼は少年の猫の埋葬を手伝っていて、昔からインディアンの墓地だったといわれる場所で、奇妙な格好で埋められている死後まもない若い先住民の女性の遺体を発見した。彼女の遺体には子供のころの心臓病の手術跡があり、死因は心臓発作と考えられたが……

さすがに医者だけあって、彼の推理は論理的かつ実証的であるが、やや世事にうとく体力にもかなり限界があるため、何度か窮地に追いこまれる。しかし、彼をとりまくそれぞれに有能な友人にたすけられて、事件は解決にみちびかれるのである。父の代からの看護婦で世話好きなドイル夫人や学生時代からの親友であるハンサムな警視正ラファティ、猫のとりもつ縁で診療所でアルバイトを始めたヒスパニック系の少年ホレイショやチャーミングな若き恋人ジェニファー、さらには飼猫のサールまでが、勝手気ままにフェニモアをもりたてていて心地よい。

祖父の代からの医療器具を捨てずに利用し、車は乗りつぶすまで乗り、衣類はもっぱら救世軍の古着を買い、猫まで救世軍で拾ってきたという究極のエコロジスト、アンドルー・フェニモアは、二十一世紀にふさわしいヒーローといえるかもしれない。

著者ロビン・ハサウェイはフィラデルフィアに生まれ育った。一九三〇年代にミステリ作家として売り出していたヘレン・マッコイが従姉だったことから、子供のころからミステリ作家になるのが夢だったという。この作品は彼女が少女時代に読みふけったにちがいないアガサ・クリスティーはもとより、さらにさかのぼってシャーロック・ホームズへのオマージュともいえるユーモアあふれる雰囲気を漂わせている。フェニモアのくゆらすパイプ、他人の領分に忍び込むためのゴム底靴（現代ではスニーカーと呼ばれる）、ささやかな変装、ベーカー街のハドスン夫人を思わせるドイル夫人などに、ニヤリとしてしまう読者も多いのではないだろうか。実際にはこの作品は〝フェニモア先生もの〟の三作目だが、このあともすでに二作が出版されて好評をえている。

最後に、先住民レニ－ラナピ族についてちょっとふれておこう。レニ－ラナピ族は約一万二千年前からアメリカ北東森林地帯に定住していたアルゴンキン語を話す部族のひとつで、十六世紀にはデラウェア河流域のニュージャージーから南ニューヨーク、南東コネティカットにおよそ一万人が住んでいたとされる。一六〇〇年以降、白人が入ってからチフスや天然痘などの伝染病で人口が激減したり土地を奪われたりして、しだいに西ペンシルヴァニアへと移っていった。だが白人のフロンティアも西に移るにつれて、彼らの白人への敵意がたかまり、その結果一七八二年には開拓者によるラナピ族の大量虐殺が行われた、との記録も残されている。自然と一体化した彼らの風俗習慣は、この作品の中で生き生きと描かれているが、遠からぬ日本の風景にも似てどこか郷愁をさそわれるのはわたしだけだろうか。

訳出にあたっては、早川書房編集部の本田真己さんにお世話になった。この場をかりてお礼をもうしあげたい。

二〇〇一年四月

パーネル・ホール

探偵になりたい
田村義進訳

何事にもひかえめな男が、探偵の真似事を始めたことからトラブルが！　シリーズ第一作

犯人にされたくない
田中一江訳

売春を強要されている人妻の救出作戦にのりだしたわたしに、何者かが殺人の濡れ衣を！

お人好しでもいい
田中一江訳

身辺調査に乗りだした夫婦はどちらも浮気をしていた。が、なぜか妻の方に尾行者が……

絞殺魔に会いたい
田中一江訳

わたしが行くところに次々と絞殺体が！　ひかえめ探偵が連続殺人の謎に果敢に挑戦する

依頼人がほしい
田中一江訳

妻の行動を探ってくれ。わたしに初の本物の依頼人が。が、その妻が死体で発見され……

訳者略歴　北海道大学文学部卒，英米文学翻訳家　訳書『真夏日の殺人』カールスン，『あるロビイストの死』ニール，『怯える屋敷』ニーリイ（以上早川書房刊）他多数

HM=Hayakawa Mystery
SF=Science Fiction
JA=Japanese Author
NV=Novel
NF=Nonfiction
FT=Fantasy

フェニモア先生《せんせい》、墓《はか》を掘《ほ》る

〈HM㊽-1〉

二〇〇一年五月十日　印刷
二〇〇一年五月十五日　発行
（定価はカバーに表示してあります）

著者　ロビン・ハサウェイ
訳者　坂《さか》口《ぐち》玲《れい》子《こ》
発行者　早川浩
発行所　株式会社　早川書房

郵便番号　一〇一‐〇〇四六
東京都千代田区神田多町二ノ二
電話　〇三‐三二五二‐三一一一（大代表）
振替　〇〇一六〇‐三‐四七七九九
http://www.hayakawa-online.co.jp

乱丁・落丁本は小社制作部宛お送り下さい。
送料小社負担にてお取りかえいたします。

印刷・信毎書籍印刷株式会社　製本・株式会社明光社
Printed and bound in Japan
ISBN4-15-172551-2 C0197